SUEÑOS DE CLOACA

SUEÑOS DE CLOACA

(Apuntes de mi paso por Boston)

Max Torres

Número de Control de la Biblioteca del Congreso de EE. UU.:   2013919438
ISBN: Tapa Dura   978-1-4633-6811-1
                  Tapa Blanda   978-1-4633-6812-8
                  Libro Electrónico   978-1-4633-6832-6

Este libro fue impreso en los Estados Unidos de América.

Fecha de revisión: 03/12/2013

Para realizar pedidos de este libro, contacte con:
Palibrio LLC
1663 Liberty Drive
Suite 200
Bloomington, IN 47403
Gratis desde EE. UU. al 877.407.5847
Gratis desde México al 01.800.288.2243
Gratis desde España al 900.866.949
Desde otro país al +1.812.671.9757
Fax: 01.812.355.1576
ventas@palibrio.com
496348

ÍNDICE

"Este libro me atrapó, crudo, real y con ojos del Sur. Max Torres relata con valentía, realismo y humor historias de inmigrantes que son las mismas de ayer, pero también de hoy y de mañana si la política migratoria de EEUU no cambia. Hay que leerlo y reflexionarlo..."

José Alemán,
Cónsul General de El Salvador
para la Región de Nueva Inglaterra

"Este es un libro que desnuda la vida del inmigrante indocumentado en su real dimensión y debería promoverse en Latinoamérica en Casas culturales, Casas de Estado, Congresos. Es una voz de alerta para los que quieren arriesgarlo todo por venir a los Estados Unidos".

Juan González
Teólogo guatemalteco y pastor de la Iglesia La Voz Eterna de Lynn.

"Como editor y jefe de redacción del periódico más grande de Nueva Inglaterra se puede decir que Max Torres lo ha visto todo y su libro refleja esa perspectiva que lo llevó a describir con real dramatismo la vida del inmigrante indocumentado. Es un tremendo aporte para la comunidad inmigrante y en Revista Hispana del Canal 7 NBC Max lo contó todo. Es un libro que hay que leer.

Alberto Vasallo III
Editor-in-Chief El Mundo Boston

"Grandes escritores y pensadores reconocen al periodista como el testigo cotidiano de su época, de su entorno social. En Sueños de cloaca, Max Torres, como en Los miserables de Victor Hugo, viaja con sus lectores por un infierno de dramas y tragedias, luchas y esperanzas, que envuelve a millones de migrantes que creyeron en el sueño americano, en las falsas maravillas atribuidas al llamado primer mundo".

César Terán Vega
Editor de opinión del diario El Peruano

"En Sueños de Cloaca Max Torres captura el penoso y difícil trayecto de nuestra lucha por transformar nuestra pesadilla en sueño. Su clara y precisa pluma refleja una realidad que nos obliga a pensar y actuar. Debe ser lectura obligatoria para todo inmigrante.

Félix Arroyo
Primer Concejal Latino de Boston

"Como activista comunitario, médico y ex Cónsul de la República Dominicana en Boston viví muchos años siguiendo el trabajo de Max Torres en favor del inmigrante y Sueños de Cloaca es una voz de alerta al mundo por las condiciones de miseria que viven muchos de sus hijos".

Dominico Cabral
ExCónsul General de República Dominicana en Boston

"Sueños de Cloaca no solo es un retrato descarnado de la situación de los migrantes en Estados Unidos sino es una descripción periodística de situaciones espectaculares en la que el autor sabe mantener la tensión como en la mejor novela de misterio, por citar el caso de la mujer con sabor invertido".

Luis Eduardo Podestá
Expresidente de la Federación de Periodistas del Perú

"Sueños de Cloaca me cautivó por su realismo, es el ojo avizor de un periodista que cuenta por fin el sueño de los migrantes latinos en los Estados Unidos convertido en una maldita pesadilla

Luis Alberto Guerrero
Periodista peruano

"Sueños de Cloaca patentatiza una realidad que a lo mejor muchos desconocíamos, es un libro que recoge la vida y morena de los inmigrantes indocumentados en los Estados Unidos con una mezcla de relatos que mueve al lector de la indignación al humor".

Alfredo Donayre Morales
ExGerente de Informaciones de la agencia peruana de noticias ANDINA

PRÓLOGO

Conocí a Max Torres en Lima, bien a comienzos de los años 70 cuando yo ingresaba a trabajar en la agencia noticiosa The Associated Press. Hacíamos labor reporteril con el entusiasmo de jóvenes que apenas pisan sus años 20. Fui entonces testigo de la avidez de mi amigo como reportero, lo cual lo llevó años más tarde a ser uno de los periodistas más conocidos de Perú.

Pocos años apenas de mi entrada a la agencia, salí de Perú de la mano de ella a Puerto Rico, iniciando un periplo profesional que me llevaría por varios países en los siguientes 30 años. Eran tiempos sin internet y comunicarse con alguien distante resultaba en la práctica un ejercicio de generosidad heroica. Entonces un día de los años 90 recibí una llamada telefónica en Nueva York. Una voz conocida me habló al otro extremo de la línea. Era Max Torres llamándome desde Boston. Un motivo de gran alegría. Mi amigo, que no había visto en 20 años, estaba cerca de donde yo vivía trabajando como editor del periódico El Mundo Boston.

En el 2013, cuando yo ya había tomado una jubilación adelantada después de más de 30 años de trabajar para AP, nos reencontramos en Lima, donde Max me pidió le escribiera este prólogo. Al leer su libro lo envidié. El conocía experiencias que ya me hubiesen gustado vivirlas y que hoy encuentro en Sueños de Cloaca como suplidoras de ese vacío.

Reportero observador e inquisidor, Max Torres no solo nos presenta historias que atrapó en su libreta de apuntes sino escenarios que su propia realidad le llevaron a comprender mejor y que ahora nos entrega como reconocido periodista bostoniano. Las historias que narra son verídicas, crudas, tristes, jocosas a ratos, y lo hace como todo periodista que se presta de serlo, con estilo propio. Con buen criterio, Max Torres no identifica protagonistas a ultranza. Sabemos que cada uno de ellos representa historias que se multiplican en esos 12 millones de inmigrantes que viven en similares condiciones en una nación que encandila y que pese a todo lo que se escriba o diga seguirá siendo el magneto de quienes en su propio país --de gobiernos ladrones y abusivos o autoridades con buenas intenciones pero sin un centavo-- no encuentran oportunidades de nada. Ellos seguirán viniendo a los Estados Unidos para darle lo mejor que tienen de sus vidas y sabidurías pero que, mientras sigan siendo indocumentados, los seguirá paradójicamente tratando como parias.

Porque ser un inmigrante indocumentado en los Estados Unidos tiene muchos perfiles y colores y olores, desde el azul perfumado principesco al rojizo de los prostíbulos de aromas sudados o al gris oscuro pestilente de las cloacas. Como lo dice Max Torres en este libro, la vida del inmigrante indocumentado no solo es triste, es también brutal.

Los inmigrantes generan actividad económica e incluso sostienen la vida cotidiana de las grandes ciudades. Pero, oficialmente no existen. Ellos han entrado subrepticios a la nación y viven como tales, en la penumbra, es decir en el punto donde la luz de la legalidad se atenúa para entrar en lo obscuro de la ilegalidad con todos sus matices de grises.

Ser un indocumentado en los Estados Unidos es estar en esos tonos grises. Allí no hay nada para uno y prácticamente amistad tampoco. Uno vive solo para sí mismo y quizás lo único que da vida es la fuerza que nos impulsó a salir de nuestros países: la familia. De allí salimos en medio del azul del sueño americano para vivir en las sombras maldiciendo el momento no solo que salimos sino que soñamos.

En su libro, Max Torres describe la vida del inmigrante en muchas formas, como si soltara voces dirigidas a todos para no seguir siendo indiferentes a migraciones irracionales que terminan siendo inhumanas.

Es mucho lo que se ha hablado de una reforma migratoria hasta este punto. En una presentación ante una comisión del Congreso en Washington, el alcalde de Nueva York Michael R. Bloomberg dijo que si se expulsara a todos los trabajadores indocumentados de Nueva York la ciudad simplemente colapsaría. Candorosamente explicó que no habría quien reemplace las botellas de agua en las oficinas, que operen las máquinas en las lavanderías ni picaran las verduras ni lavaran los platos. Y si eso se proyectara a toda la nación, no veríamos en los mercados fresas ni cítricos. En una palabra, nuestra vida diaria sería insostenible. El mensaje de Bloomberg, uno de los hombres más ricos del mundo, era que si se va a hacer una reforma de las leyes de migración no se debiera ser extremadamente duro con quienes vienen a los Estados Unidos no para destruirlo sino para aportar a su progreso que en buena cuenta es la propia vida de prosperidad de una nación que nació justamente para acoger inmigrantes que quisieran vivir en libertad. Este libro de Max Torres tiene un mensaje similar: Aparece en medio de propuestas de reforma en un difícil momento político y económico. Nos dice que es necesario tener en claro que la inmigración puede ser más consistente con el interés nacional si las políticas fuesen más flexibles y más concordantes con las necesidades económicas y humanas. Después de todo, no olvidemos que en la placa de la Estatua de la Libertad en Nueva York el lirismo de Emma Lazarus lleva vivo ya más de un siglo y sigue recordándonos los fundamentos que dieron vida a los Estados Unidos:

"Dadme a vuestros rendidos, a vuestros pobres,

a vuestras masas hacinadas que anhelan respirar en libertad...

!Yo elevo mi faro detrás de la puerta dorada!"

Los inmigrantes vienen a alimentar ese faro; no a apagarlo. Entonces, no les cerremos la puerta dorada.

Néstor Ikeda

Ex corresponsal de The Associated Press en Washington, DC.

DEDICATORIA

A todos aquellos que emigraron a los Estados Unidos en busca de
sueños y se perdieron en una cruda realidad.

INTRODUCCIÓN

Venía a los Estados Unidos con una visión de América diferente.

Y poco antes de hacer maletas y emprender el viaje me preguntaba *¿Cómo sería vivir en el país del primer mundo? ¿Vivir en el mejor país del mundo?*

La realidad fue otra, diferente a la que nos cuentan o la que vemos por la televisión o el cine o la que nos relata un amigo o un familiar que vive por este mundo de sueños, de fantasías, de ilusiones.

Lo cierto es que cada inmigrante vive su propia novela y unos con todos los ingredientes de una película "cebollera" al estilo de las viejas películas hindús con mucho drama, frustración y llanto.

¿Qué mundo diferente soñaba? Venía a vivir al primer mundo, a "gringolandia" y lo que me encontré como lugar de residencia fue un barrio llamado Worcester con rostro mayoritariamente latino. Los anglos habían desaparecido y les habían dado "cancha libre" a los inmigrantes hispanos, muchos de ellos caribeños y centroamericanos, que pululaban por todos lados, algunos borrachos y con botellas en la mano, desaliñados, sucios y malolientes

Julián, un buen amigo cubano, me decía: "esta gente ha traído el tercer mundo a Worcester", ubicado al Oeste de Boston, la cuna de la cultura de Massachusetts y la casa de Harvard University, una de las mejores universidades del mundo. La chancleta y el cuchifrito estaban por todos lados.

Se veía a gente en mal estado, ebrios hasta la coronilla y atontados por la droga. Lo mismo lo veías en Chelsea que en East Boston, en el mismo corazón de Boston, distritos mayoritariamente latinos, así como en Lynn o en Lawrence, distritos con una gran población dominicana.

Pero detrás de todo esto se escondía un mundo al que mucha gente no quiere ver o por lo menos no quiere exportar. La miseria humana que hay por las calles de muchas ciudades de Boston es terrible, sobre todo en estos tiempos de crisis económica en los que muchos latinos han perdido sus empleos, sus casas.

Hay gente latina que sobresale, hay inmigrantes que logran pasar la barrera y viven decorosamente, pero la mayoría de inmigrantes indocumentados --y con estatus legal también-- tiene que vivir como sea para poder subsistir. Carlos, un inmigrante salvadoreño, es un ejemplo claro. Con la salida del sol sale a trabajar y regresa muy de noche para enviar dinero a su familia. Eso es lo que más le importa. Para dormir comparte un departamento de un solo dormitorio con otras cinco personas para reducir los gastos de alquiler de una vivienda. Viven como ratas, hacinados y donde muchas veces el incesto y los abusos sexuales están presente, pero eso no les importa.

Su vida es trabajar y los fines de semana cuando descansan no tienen otra distracción que beber hasta perder el conocimiento. "Esto es vida, lo demás son cojudeces", era la frase que repetía Carlos entre trago y trago.

¿Pero realmente eso es vida?

Un incendio calcinó a uno de sus compañeros de dormitorio con el que se turnaba el colchón. Carlos dormía de noche y su amigo Sebastián de día. El fuego se desató en el edificio durante las horas de la mañana y Sebastián no pudo despertar pese a los gritos de los vecinos.

Uriel, otro inmigrante de origen colombiano, graficaba su vida en los Estados Unidos como si estuviera en una prisión. "América es una gran cárcel, hay trabajo para los que llegaron primero, se gana un poco de dinero, pero muchos viven solos, alejados de todo, de sus familias, de sus amigos, de sus países".

La desesperación lleva a muchas familias a separarse, a romper valores y a mandar al diablo matrimonios de años. Las organizaciones comunitarias culpan al gobierno de la separación de familias de inmigrantes indocumentados por las deportaciones, pero lo cierto es que muchas personas se ven obligadas por las circunstancias a dejar a sus esposos o esposas para buscar el ansiado "green card" (tarjeta de residencia)

El caso de Lucía es uno de los tantos que ocurren a diario en distintas partes de los Estados Unidos. Después de casi 20 años de matrimonio, Lucia tomó la decisión de dejar a su esposo Luis, un inmigrante peruano que colgó los hábitos por amor, para entablar una relación y casarse con un puertorriqueño para que le de los papeles a ella y a su hija de 17 años que estaba a punto de terminar el High School y quería ir a la universidad. Sin estos papeles no lo podía hacer.

Tacuri, un inmigrante ecuatoriano indocumentado que logró amasar una pequeña fortuna con una compañía de construcción de techos perdió todo lo que tenía y terminó en la cárcel. Lo acusaron de tráfico de indocumentados. Tacuri hizo pasar por la frontera a una treintena de ecuatorianos de su pueblo de Cañar, para emplearlos en su empresa. Les daba alojamiento en una de sus viviendas y los hacía dormir unos sobre otros. Estaban felices, trabajaban y se pegaban unas borracheras en las afueras de la vivienda hasta que los vecinos se quejaron y agentes de Inmigración los arrestaron de madrugada.

Mucha de esta gente no les cuenta a sus familias en sus países de origen las penurias y sacrificios por las que tienen que pasar para ganar los preciados dólares. En nuestros países creen que sus familiares viven en un lecho de rosas y que el dinero en los Estados Unidos "está botado". Cuanta mentira hay, pero eso es lo que menos le importa a Raúl que por su teléfono celular envía a su familia sus mejores fotos con su carro último modelo y ataviado con sus mejores trajes.

Raúl, un inmigrante de origen guatemalteco, tenia el apelativo de "Don Juan" por sus enredos amorosos, había dejado esposa e hijos en su país de origen, y viviendo en Framingham --distante a media hora de Boston y donde viven más brasileños que inmigrantes de otros países de América Latina-- casi termina "cocido" a puñaladas por una rusa que lo acuchilló por engañarla con una mujer colombiana.

Racismo hay por todos lados y los latinos somos los campeones. En las escuelas los latinos, los brasileños, los asiáticos, los anglos se segregan, hacen sus propios grupos. Se aíslan unos de los otros. Carmen es una joven estudiante ecuatoriana que fastidiada por algunos compañeros anglos se levantó la blusa para mostrar sus pechos. La maestra llamó a la madre para reportarla. La madre indignada llegó a la escuela y la emprendió a bofetadas contra la muchacha. La maestra la reportó al Departamento de Servicio Social y acusaron a la madre de agresión y violencia. Carmen y su hermana fueron a parar a un hogar transitorio. La madre lloraba y pedía que les devuelvan a sus hijas, pero la justicia la estaba investigando por supuestamente prostituir a sus hijas. Otra joven madre dominicana bajó a botar la basura al "dumpster" (basurero) dejó a su hija de un año sola en su apartamento. Cuando regresó el Departamento de Servicio Social se la había llevado, acusándola de negligencia. Una vecina la reportó.

Son muchas las historias que se pueden contar y que de hecho las voy a hacer. Unas más novelescas que otras, pero todas cargadas con crudo realismo, basadas en la vida de los inmigrantes latinos. No trato de afectar ni dañar a nadie. Worcester es un barrio latino como lo es Chelsea, East Boston, Jamaica Plain, Somerville, Revere, Lynn, Lawrence, Marlboro, Framingham, Milford, entre otros, donde el tercer mundo está presente. Esa es nuestra cultura, la de la chancleta y el cuchifrito. Y eso no nos debe molestar, todavía nos cuesta adaptarnos a la cultura de este país donde la justicia a la americana no mide a todos con la misma vara.

La historia de un amigo médico que terminó en la cárcel es como para llorar. La otra historia es la del "chateo" o de la comunicación cibernética. Muchos se la pasan largas horas "com-puta-ndo" como una fémina que venía de Suecia a vivir a Boston y estaba buscando por el internet amigos periodistas. Sus correos son por demás truculentos, morbosos, espeluznantes.

Pero el caso de Paola me tocó el corazón. Salió de su Medellín, Colombia, cuando tenía 17 años con un mundo de fantasía por las fotos y videos que le enviaban sus amigas con carros último modelo y una vida llena de placeres y de lujo. La realidad le cambió la vida. Paola cayó en las garras de la prostitución porque no conseguía trabajo por falta de la documentación legal.

¿Cuántas Paolas *andan sueltas?*

Cuántos latinos viven a salto de mata por las deportaciones que con el gobierno de Obama han sido brutales. El llamado presidente de las minorías, el ángel negro salvador, deportó a más inmigrantes latinos que ningún otro gobierno republicano o demócrata. Mucha de la miseria de los latinos de haber perdido sus casas, sus trabajos, de vivir como ratas está allí, en las calles de Boston, Nueva York o en cualquier parte de los Estados Unidos en pleno 2013, mientras las deportaciones se siguen multiplicando. Obama terminó su primer gobierno rompiendo récord de expulsiones.

CAPÍTULO 1

EAST BOSTON

América no es como lo sueñan, pero ¿quién no quiere vivir en los Estados Unidos, en el país más poderoso del mundo?

¿Quién no quiere saltar la frontera para buscar los preciados *verdes*?

Muchos lo hacen ilusionados, con una percepción inequívoca de que América es el "paraíso", pero la realidad es otra, una realidad cruda que no se quiere ver y mucho menos exportar.

Afuera hay un mundo de ilusiones, de inmigrantes que desafiando la muerte cruzan la frontera con México para labrarse un futuro mejor. ¿Cuántos lo logran? Las cifras resultan pequeñas, hay 12 millones o más de inmigrantes indocumentados que para subsistir y enviar dinero a sus familias tienen que vivir como ratas en cloacas, hacinados en pequeños cuartos de edificios en East Boston, Chelsea, Revere, Lynn, Lawrence, Framingham, Milford o Worcester que se caen de viejos. Massachusetts es uno de los estados con casas de más de 200 años.

Cuántos vivimos en este "paraíso de mierda", en esta "gran cárcel" como dice el colombiano Uriel. Las drogas, la prostitución y la cárcel también es el trinomio clásico del quehacer cotidiano de muchos inmigrantes.

Si antes a los negros se les describía como drogadictos, delincuentes, marginados y como padres irresponsables, hoy los latinos estamos marcados por ese mismo estigma.

Son muchos los latinos que pueblan las cárceles de los Estados Unidos, en su mayoría por drogas o por "gangueros" (pandilleros), pero son muchos más los que viven su propia cárcel, atrapados por un sistema que les da "migajas" para sobrevivir.

Pero ¿por qué y a qué venimos?

"Cualquier opción por difícil que sea es mejor que vivir en Guatemala o en muchos de nuestros países de América Latina", me decía Sergio Morales, procurador general de ese país centroamericano, cuando estuvo en Boston abogando para que paren las deportaciones, pero ¿qué dejó a su paso por esta ciudad? Una cruda realidad que se grita desde cualquier confín desde hace muchos años. "El flujo migratorio no se va a detener si las condiciones de pobreza no se modifican en nuestros países". Allí está la madre del cordero.

Aún en el 2013 la pobreza, los conflictos sociales siguen empujando a mucha gente a tratar de salir de sus países de origen para encontrar un mundo mejor.

Pero Estados Unidos ya no es el mejor camino. Ni la mejor opción. Por lo menos eso es lo que veo, hay una deportación galopante contra una corriente migratoria que no se detiene, pero que ya "es a cuenta gotas" y no como se veía en las décadas de los 90 o 2000. Pese a todo y al endurecimiento de las leyes migratorias, todavía hay quienes lo arriesgan todo para venir al mejor país del mundo.

¿Quién lo diría?, me decía Edwin Argueta, de la organización "Jobs with justice" (Trabajos con Justicia). Muchos nos ilusionamos pensando que eligiendo al primer presidente negro de los Estados Unidos vendría una reforma migratoria que cobijara a todos los inmigrantes indocumentados. "Lo veían como al Mesías que venía a salvarnos", pero nada de eso ocurrió. Por el contrario, las deportaciones se multiplicaron con Obama y la crisis económica ahogó a este país al extremo que por las calles se veía a inmigrantes (muchos de ellos

dominicanos, mexicanos, salvadoreños, colombianos, peruanos, brasileños) que querían salir corriendo porque no conseguían trabajo como era el caso de Mario que desesperado y agobiado por las deudas que se le iban acumulando se presentó en una estación de policía para que lo deporten.

Son muchos los Marios que andan sueltos, sumidos en la desesperación, en el desencanto como Paola que salió de su Medellín, Colombia, cuando tenía 17 años con un mundo de fantasía que le habían creado sus amigas en fotos con carros últimos modelo y una vida llena de placeres y de lujo. La realidad le cambió su vida. Paola cayó en las garras de la prostitución organizada porque no conseguía trabajo por falta de la documentación legal.

¿Cuántas Paolas *viven bajo ese mundo sórdido y espeluznante del que no pueden salir y mucho menos contar?*

La explotación de inmigrantes se ve a diario, en todo tipo de orden no sólo en la prostitución. Las empresas todavía echan mano al "cholo barato" y si es indocumentado mejor porque así le pagan menos, no reciben beneficios y no protestan. El caso del guatemalteco Adrián Ventura grafica lo que pasa con miles de inmigrantes. "Viví 9 años explotado", se leía en la portada del periódico El Tiempo de Boston del que fui director. Ventura dijo en la Casa de Estado de Massachusetts que las agencias temporeras que dan trabajo temporal a los inmigrantes, son "una mafia de explotación", pero nadie hizo nada al respecto. La comisión sólo escuchó su caso.

Centro Presente, una de las organizaciones pro-inmigrantes de Boston, puso en escena un mini-documental para denunciar la "explotación laboral" a la que son sometidos muchos trabajadores inmigrantes indocumentados. "Lo que queremos es generar conciencia en la comunidad inmigrante y no inmigrante y hacer llegar este mensaje a todo el país porque hay una explotación del trabajador inmigrante", me decía Patricia Montes, directora ejecutiva de esa organización.

El mini-documental narra las historias de muchos trabajadores inmigrantes que cuentan como los empleadores los explotan pagándoles menos del salario mínimo legal y haciéndolos trabajar más horas sin ningún tipo de compensación. "Me obligaban a trabajar más horas sin pago alguno porque sabían que era indocumentado y no podía reclamar", relataba uno de los trabajadores.

Las historias son para llorar y, según Montes, son miles y miles los trabajadores "explotados, engañados" en todo el país. En el área de Boston, Centro Presente había trabajado en una campaña en favor de 15 trabajadores "explotados" por una cadena de restaurantes muy famosa.

El Mundo Boston, el decano de la prensa hispana en Massachusetts del que fui editor, publicó la historia de uno de los inmigrantes indocumentados bajo el título "Yo fui explotado". Marcos Cucuy, de origen guatemalteco, contaba las penurias que lo hacía pasar una empresa que lo obligaba a trabajar seis días a la semana, de 11:00 de la mañana a 11:00 de la noche, por un salario de 375.00 dólares por 72 horas de trabajo, sin beneficios ni seguro médico.

"No reclamaba por mi condición de indocumentado y porque lo que quería era trabajar para enviar dinero a mi familia en Guatemala, tengo esposa e hijos que mantener", decía.

Son muchos los Marcos que trabajan de sol a sol con subcontratistas que no les pagan ni siquiera el salario mínimo legal y los hacen trabajar más horas sin pago alguno. Marcos se salió de la empresa para la que trabajaba, pero le quedaron debiendo varias semanas de trabajo. Marcos lloraba de impotencia y repetía "se quedaron con mi dinero".

Patricia Montes quería con ese documental enviar un mensaje a las autoridades, a la Fiscalía General del Estado y al Departamento de Trabajo para que ayuden a las organizaciones comunitarias que tienen centros laborales a fin de sancionar a los empleadores que violan los derechos de los trabajadores inmigrantes, así como mejorar las leyes laborales tanto a nivel estatal como federal.

"Desgraciadamente hay mucha explotación laboral y los trabajadores inmigrantes son muy vulnerables por su condición de indocumentados".

La explotación del trabajador inmigrante se da en todas partes, incluso en el aeropuerto internacional Logan donde se cree que por seguridad se deben pagar buenos salarios. Rocío Sáenz, presidenta del Local 615 de SEIU de Boston, desnudó una realidad cuando denunció a compañías subcontratistas del aeropuerto de pagar salarios miserables a los trabajadores de limpieza. Sáenz, una mujer de origen mexicano de "armas tomar" promovió innumerables campañas para obligar a Massachusetts Port Authority, la responsable del aeropuerto, a obligar a los subcontratistas a pagar salarios justos a sus empleados.

Gerson, un inmigrante brasileño, trabajaba un "part time" (medio tiempo) de noche en el aeropuerto y de día en un taller de mecánica de una estación de gasolina. Con Gerson conversábamos cada vez que llevaba uno de los carros de la familia para que le cambie el aceite del motor o para cualquier otro arreglo. "Yo se que en el aeropuerto me pagan una miseria, pero de algo me sirve para juntar dinero y regresar a Brasil", me lo repetía muchas veces. También se quejaba del salario que le pagaban en la estación de gasolina, pero trabajaba callado y cada semana enviaba dinero a su familia. Vivía como muchos brasileños o latinoamericanos apiñados en un cuarto.

Cada vez que lo visitaba en el taller, Gerson me decía "esto no es vida para mí, ya me regreso" y pasaron 15 años para verlo irse con maletas y todo, mostrándome orgulloso fotos de sus hijos y de la casa que había mandado construir en Minas Gerais con un gran taller de mecánica. Mi amigo Gerson había realizado sus sueños, pero cuántos brasileños o latinoamericanos andan por las calles de cualquier barrio de Massachusetts o de Estados Unidos tratando de hacer lo mismo. No todos corren con la misma suerte y muchos terminan enterrando sus huesos en un cementerio de Boston o en cualquier otra ciudad.

Gerson se fue diciendo: "Estados Unidos no es el país. perfecto, pero es el mejor país del mundo. Es un país de leyes y de principios", pero no a todos les cae eso por igual. Lo veia a diario en cualquier ciudad de Massachusetts o viajando por esas enormes y bien cuidadas carreteras de Boston a Nueva York.

Lo de Beatriz es otra historia truculenta, morbosa. Se la pasaba "chateando", buscando amigos periodistas y vendiéndose como una mujer hermosa a la que le gustaba el "sexo grupal" con hombres y mujeres. Venía de Suecia contratada por una universidad de Boston. Una noche salió de "reventón" como le dicen los mexicanos a las fiestas y se llevó sus placeres a otro mundo. "Este ha sido el polvo más caro de mi vida", le confió a un amigo. La policía detuvo el vehículo en el que salía de un motel de Chelsea con un negro al volante. En el interior los oficiales encontraron un kilo de cocaína.

Beatriz tuvo que dejarlo todo y salir huyendo con destino a Europa. Se fue dejando a su gatita Diva que --según decía-- le hacía el amor como los dioses y le brindaba placeres sexuales diabólicos. Su vida en Boston --aunque fugaz-- fue verdaderamente una caja de sorpresas no sólo por su "chateo" o correos electrónicos morbosos sino por su final escandaloso que dejó a muchos con un sabor invertido.

La corta estancia de Beatriz en Boston es como para no dejarla de contar, pero lo que más llama la atención es su larga relación cibernética de "e-mail's" y "chateos", muchos de ellos exageradamente aberrantes, satánicos, por lo menos eso es lo que creo porque la mujer de Suecia como la llamé a esta paisana es de "agarrarse los pantalones".

Cada una de estas historias son de la vida real, aunque puedan parecer de ficción o novelescas. Los latinos viven, gozan en este país de las oportunidades y del consumismo, pero sufren viviendo muchos de ellos una vida miserable. Uriel lo repetía una y otra vez: "Estados Unidos es una cárcel de lujo para nosotros los inmigrantes". Muchos latinos amanecen y duermen trabajando para ganar los preciados dólares.

César es otra historia extraída de la vida real, lo conocí hace muchos años por las inmediaciones de Harvard University, una de las mejores universidades del mundo. Es uno de esos inmigrantes que cualquier mortal no podía dejar de admirar. La gente lo rodeaba y se deleitaba viéndolo con su zampoña tocando música andina, canciones del Perú profundo. El "cholito" peruano logró hacer fama, pero su vida artística de más de 20 años se hizo pedazos de la noche a la mañana.

En sus inicios y cuando recién estaba fulgurando como artista se casó con una joven norteamericana que formaba parte de su grupo, tuvo dos hijos, pero el matrimonio terminó a las patadas. La mujer lo acusó de violencia doméstica. César casi fue a parar a la cárcel, pero los abogados lo ayudaron a salir del atolladero. Su separación lo dejó en la calle, pero lo que más le dolía era no poder ver a sus hijos. La mujer le puso una orden de restricción, es decir que no podía acercarse por mandato de la Corte a su casa ni a sus hijos de por vida.

Guiado por su pasión musical, César siguió actuando en diferentes escenarios, triunfando, sacando nuevos cds, pero volvió a caer en una de esas "trampas" de la vida. Una "gringuita" menor de 18 años lo acusó de tocarle los pechos y terminó sin ton ni son en prisión. El músico peruano gritó su inocencia, pero el abogado que contrató no hizo nada por ayudarlo, pero le llevó todo el dinero que tenía.

César arruinó su carrera, su vida, una vida que le tocó cultivar desde abajo cuando decidió salir de su pueblo Ascope en La Libertad, al norte de Lima, para buscar el ansiado sueño americano. "El cholo la cagó, las 'gringuitas' fueron su perdición", me decía Julián, un inmigrante de origen cubano con el que trabajaba. A las latinas siempre las ignoró. "Me gusta la carne blanca, soy internacional de la cintura para abajo", me repetía una y otra vez medio bromeando.

El artista incaico se comió casi tres años de cárcel, salió en libertad. Pero ¿qué pasó después? ¿Adónde fue a parar? ¿Por qué ese aparente y simple pecadillo *acabó con su carrera artística en los Estados Unidos?*

Sin lugar a dudas la vida le jugó una mala pasada, no sólo por lo que le pasó sino que por su estatus de residente legal todo se le hacía más difícil y la deportación le golpeaba la cara. Con Julián analizaba la situación de nuestro amigo César cuando Mauro nos interrumpió diciendo: "murió el 'adorado' John".

"¿Qué pasó? Si yo lo vi bien hace menos de una semana", exclamó Julián.

Juan Lozada o "adorado John" como gustaba que lo llamen murió en la calle, sentado en su automóvil en un día en el que el frío arreciaba. Era un tipo grande, regordete y con cara de pervertido como decía una amiga. Vivía en un cuarto en East Boston en el que sólo tenía una cama y un televisor, no tenía un solo centavo ahorrado y la comunidad tuvo que hacer colecta para enviar sus restos a Colombia.

La vida y muerte del "adorado John" era uno de los tantos casos que bien podría graficar la vida de muchos inmigrantes. Desde que emigró hace más de 15 años vivió en un mismo apartamento en East Boston que compartía con un amigo colombiano. Su origen era peruano, pero camino a los Estados Unidos se quedó a vivir unos años en Colombia donde se unió a una joven mujer y procreó una hija de la que nunca se olvidó.

"Cada fin de semana lo veías en Western Unión o en VIGO enviando dinero a su hija en Colombia y a su familia en Perú", me decía Mauro que vivía muy cerca de su apartamento. Pero siempre se quejaba. "El dinero que gano sólo me alcanza para pagar mis cuentas y enviar dinero a mi hija y a mis familiares en Perú".

El "adorado John" llevaba una vida tranquila, tenía 59 años y trabajaba para una compañía de productos lácteos que tenía horarios rotativos. Cuando trabajaba de 11:00 de la noche a 7:00 de la mañana se la pasaba todo el día en la cama entre durmiendo y viendo televisión. "Ese horario me mata, pero no hay de otra", le contaba a Mauro. El horario de trabajo de 7:00 de la mañana a 3:00 de la tarde era el que más le gustaba porque le dejaba tiempo para disfrutar con sus amigos y participar de las actividades de la Hermandad del Señor de Los Milagros en la Iglesia El Divino Redentor de la Maverick Street de East Boston de la que formaba parte.

John cargó muchos años las andas del Señor de Los Milagros cuando salía cada octubre en procesión por las calles de East Boston. Era un tipo simpático, bonachón, pero no a todos le caía bien. Luisa, una vieja zahumadora, decía: "este tío tiene una cara de mañoso, siento que con sus ojos me desviste y me hace el amor".

Desde que llegó a los Estados Unidos John hablaba de traer a su hija y a su mujer con la que quería casarse, pero no pudo cumplir sus deseos. La muerte lo sorprendió una mañana de crudo invierno cuando salió a calentar su carro para irse a trabajar. Allí se quedó sentado con las lunas cerradas y el motor encendido. Muchas personas que pasaron por el lugar no se dieron cuenta hasta que su compañero de apartamento llegó de trabajar casi por la noche y lo vio en su auto aparentemente dormido, rígido.

William trató de despertarlo, de reanimarlo, pensó que se había pasado de tragos y quedado dormido en el auto, pero la sorpresa que se llevó fue terrible. El "adorado John" estaba muerto y el calendario marcaba 19 de febrero. No hacía ni siete meses que los médicos le habían diagnosticado cáncer al estómago, pero nadie lo sabía. Por lo menos sus amigos con quienes bebía y jugaba billar los fines de semana lo ignoraban.

John tuvo que pasar casi tres semanas en la morgue hasta que miembros de la Hermandad del Señor de los Milagros pudieron reunir el dinero para sacarlo y enviar sus restos a Colombia para que su hija y madre le dieran cristiana sepultura.

Cada inmigrante vive su propio mundo, su propia realidad, unos más jodidos que otros, y con una verdad que se resisten a toda costa a que salga a flote como la mierda, en tanto los días y los años pasan sin pena ni gloria.

El padre Oscar Martín, de origen español y párroco de la Iglesia Nuestra Señora de la Asunción en East Boston, uno de los barrios más latinos de Boston, me decía: "la vida del inmigrante es muy dura y a muchos no les queda otra cosa que trabajar dos 'full time', tres 'part times' para poder subsistir, porque además de tener que cubrir sus gastos aquí tienen que apoyar a sus familias en sus países de origen, a papá, mamá, los hermanos, los tíos, la esposa, los hijos, a todo el mundo".

"El problema es que este país ha vendido una imagen de que aquí los dólares crecen en los árboles y no es verdad, la vida del inmigrante es muy difícil y a veces muchos de ellos tienen que vender hasta su alma al diablo para poder sobrevivir".

El padre Martín que tenía un contacto diario con sus feligreses, en su mayoría colombianos y salvadoreños, me hacía reflexiones en voz alta. "Las leyes de inmigración se ponen cada vez más severas y no hay forma de conseguir un estatus legal, esa seguridad que le puede dar una 'green card' (tarjeta de residencia), por todos lados hay inestabilidad y mucho miedo a que los deporten, a que los devuelvan a sus países de origen".

El padre Martín tenía razón y compartíamos la misma preocupación. Porque son muchos los inmigrantes indocumentados que luchan día a día con la desilusión, el abatimiento, el desconsuelo y la desesperación por no tener la bendita "green card". Lo veía a diario, en ese largo trajinar periodístico por las diferentes ciudades de Massachusetts o Nueva York. No hay que inventar nada, todo estaba allí, en la calle o en el apartamento de un inmigrante, cualquiera sea su origen, viviendo a salto de mata, llorando en silencio y pidiendo a gritos una reforma migratoria.

Lo sentía cada vez que conversaba con mi amigo Diego, un profesor y poeta colombiano que trabajaba como asistente en la Iglesia Divino Redentor de East Boston y luego limpiando casas. En la madrugada agentes de inmigración llegaron al edificio de apartamentos donde vivía. Los gritos de "la migra", "la migra" alertaron a todos los inquilinos que salieron huyendo por los techos. Diego y sus dos pequeños hijos se escondieron debajo de la "boila" (calefacción) en el sótano del edificio. Desde allí me llamó por el celular. Estaba asustado y los dientes le rechinaban cuando me decía "ya me jodí". Los agentes de inmigración estaban sobre su cabeza.

En su desesperación Diego también llamó a varios activistas comunitarios que llegaron hasta el edificio en la Maverick Street, pero nada pudieron hacer. Los agentes terminaron de "voltear" todo el edificio para luego retirarse con las manos vacías. Uno de los voceros de inmigración dijo que la operación tenía como objetivo capturar a un supuesto criminal, pero ¿quién les cree?, me decía Mauro. "Se está deportando a gente indocumentada más que en ningún otro gobierno".

Sudoroso y con las manos temblando, Diego al fin pudo salir de su escondite con sus dos hijos y allí prometió casi llorando regresar a su país. "Esto no es vida", decía. Y una noche partió para Colombia para nunca más volver. Dieguito era un tremendo tipo, un poeta loco y bebedor de vino de los curas. Muchas veces compartí esa delicia en su modesta vivienda de East Boston y cuando tenía unas copas encima le fluían los versos y no había mujer que se salvara de sus poemas, de sus poemas locos.

Dieguito regresó a su Medellín y, según me contaba en uno de nuestros contactos cibernéticos, estaba trabajando en una universidad, dando clases.

-¡Oye marica! el colombiano tenía por lo habitual esa palabra en la boca

-¿Qué querés cerote conchetumadre? respondía el salvadoreño.

-Anoche dejé mis zapatillas en el 'porche' y ahora no están.

-Quién va a coger esa mierda de zapatillas, anoche llegaste bolo, borracho hasta el culo y por allí las debes haber dejado botadas.

El colombiano se hacía tarde para el trabajo y tuvo que echar mano a sus zapatillas viejas, maldiciendo a quien se las había robado.

El salvadoreño las encontró después tiradas en el patio.

El colombiano era un tipo simpático, regordete y tenía la chispa y un cuento cada día en la boca que hacía cagar de risa a cualquiera.

Este chiste es una berraquera, me lo acaban de contar.

*Un niño llega corriendo a su casa y dice mamá, mamá, mi papá se quiere tirar del 5to. piso.

El hombre estaba maldiciendo su suerte y repetía 'mujer desgraciada, infiel, voy acabar con mi vida...' La mujer llega corriendo con el niño y le dice ¿qué te pasa? te vas a matar.

¡Que importa! mi vida es una mierda por tu culpa.

Pero Raúl te vas a matar, yo te he puesto cuernos, pero no alas...*

El salvadoreño se cagaba de risa, soltaba una carcajada a mandíbula batiente que contagiaba a medio mundo.

El colombiano bebía a diario, como decía el salvadoreño siempre estaba "bolo", trabajaba tiempo y medio, es decir tenía un "full time" en una panadería portuguesa y un "part time" en un restaurante italiano. Se llevaba bien con todos y compartía un apartamento de dos cuartos de dormir con otras cuatro personas, incluida Alejandra, una joven mujer mexicana que había llegado a vivir a Boston y trabajaba con el colombiano en el mismo restaurante.

Alejandra se la pasaba bien con todos, bebía sus tragos, pero por lo general lo hacía los fines de semana cuando descansaba y se dedicaba a arreglar el departamento.

"Oye colombiano cabrón porque no dejas tus latas de cerveza en el 'recycle', las dejas tiradas por todos lados y esto parece un mugrero".

Alejandra le reclamaba, pero al colombiano le daba igual y se escapaba de cualquier queja diciendo 'te cuento un chiste que es la muerte, me lo contaron anoche.

*Mario sospecha que la mujer lo engaña, no va a trabajar y se queda por los alrededores. De repente ve ingresar a su casa a un hombre alto, fornido y escucha decir a su mujer pasa William, el 'cornudo' ya se fue.

Mario regresa a su casa sin hacer ruido y ve a William quitarse la ropa, era un tipo con un cuerpo atlético, tenía unos pectorales, brazos y piernas envidiables.

Pero luego ve a su mujer despojarse de la ropa y se queda mudo viendo que los pechos casi le cuelgan, barrigona, con las nalgas deformes y llena de celulitis y dice...

¡Ay qué vergüenza William!...*

Alejandra gozaba también con las ocurrencias del colombiano que se la pasaba 'mamando gallo' y vivía de lo más bien con su botella en la mano. Era un bebedor de cerveza y de 'aguardientico', un trago colombiano parecido al anisado. Le gustaba hacer el 'prende' y 'apaga' y de allí que el salvadoreño decía "eso lo pone bolo".

La mexicana trabajaba con una uruguaya que, según decía el deslenguado de mi amigo Julián, tenía un recorrido más grande que el cañón de Gibraltar. "A esa tía le gusta el bicho, pero es sucia, descuidada". Julián trabajaba los fines de semana en discotecas como un celoso guardián de las puertas de ingreso. Nadie se podía "filtrar" sin pagar. Rafael Jaime, un venezolano que se metió con éxito al negocio de promotor artístico y de fiestas, le tenía mucha confianza y le confiaba la recaudación del dinero.

Muchas veces trabajando en el Wonderland se topó con la mexicana que llegaba 'encendida' con amigas dominicanas y boricuas que se vendían exhibiendo hasta lo que no tenían. "Es mucha la carne de prostíbulo que hay aquí", le decía a Mauro que allí también hacía su "part time" tomando fotos. Mauro las mostraba al día siguiente en la redacción y realmente era poco lo que esas niñas dejaban a la imaginación. Julián no tenía ningún empacho al hablar mal de esas muchachas, por supuesto no era el común denominador. Pero eran muchas las jóvenes que llegaban cada semana a las discotecas con unas vestimentas por demás atrevidas buscando pareja o sexo.

María vivía otra realidad, estaba en la sala de su casa viendo televisión en una noche de crudo invierno. Le entusiasmaba ver las telenovelas y a esa hora por el canal hispano de Telemundo estaban pasando "Pablo Escobar, el patrón del mal", una telenovela basada en la historia de uno de los narcotraficantes más famosos de Colombia y que estaba rompiendo los ratings de sintonía.

Entre comercial y comercial veía a través de la ventana como las calles se teñían de blanco y como "la blanca" se vendía en la esquina de su casa a diestra y siniestra. Una peluquería servía de pantalla.

La nieve ya había bloqueado gran parte de la entrada del edificio de apartamentos de la Centre Street de Jamaica Plain, uno de los barrios más latinos de Boston, donde vivía desde que decidió salir de su bello Baní, en República Dominicana, en busca del "Sueño Americano".

María se pasaba muchas horas sola, sus tres pequeños hijos dormían a esa hora y su esposo Pedro, de origen hondureño, veía la televisión en su dormitorio. Los programas deportivos y noticiosos lo transportaban a otro mundo.

Los partidos de fútbol de las diferentes ligas europeas que transmitían Fox Sport, BeinSport o SPN en sus diversos horarios nocturnos lo apasionaban, lo sacaban fuera de contexto que casi no cruzaba palabra con su esposa.

Ambos vivían su propio mundo. A María no la sacaba nadie de sus telenovelas y Pedro dirigía desde su habitación cada partido de fútbol que veía por uno de los canales de televisión entre gritos, oles y goles.

Entre los comerciales, María se paraba a ver las calles casi desoladas. No había un alma caminando, pero ya le era familiar observar al tipo bajito y barrigón que con tres celulares en mano se la pasaba caminando alrededor de la peluquería atendiendo llamadas. Cada tres o cinco minutos un auto que pasaba por el lugar se detenía para llevarse su "bolsita" de cocaína y luego seguir raudo y veloz. María lo veía a diario y temía por sus hijos.

Esta pareja de esposos es el arquetipo de una familia inmigrante que ya había logrado el "sueño americano" de la casa propia, tenían tres hijos, una vida en común, pero cada quien estaba en lo suyo, viviendo su mundo.

"Vamos a la 'cucuyera', hay que recoger a Juan", grita Mauro, quien por lo general tenía a flor de labios una frase que repetía a diario para darse aliento: "Se sufre, pero se goza".

¡La cucuyera! ¿Qué es eso?, pregunta Pedro intrigado.

"Es un viejo edificio de apartamentos donde viven y se reproducen ecuatorianos como cuyes", anota Mauro con una sonrisa de oreja a oreja.

Pero en ese descolorido inmueble de color marrón no sólo vivían ecuatorianos sino inmigrantes de varios países de Centro y Sudamérica, aunque la mayor población era de jóvenes parejas del pueblo de Cañar, al norte de Ecuador, que habían sido traídos por la frontera para trabajar en una empresa de construcción de techos. Allí muchos de ellos vivían hacinados en pequeños cuartos, dormían en colchones tirados al piso y para ir al baño tenían que hacer piruetas para no pisarse o aplastarse unos a otros.

Pero Virgen de la Altagracia ¡te vas a matar! grita Lucy desesperada.

Del maletero Manuel había sacado el gato o la gata y se daba de trancazos en la cabeza, quería quebrársela. Lucy estaba asustada, le pedía a Manuel que deje de golpearse la cabeza. Ambos iban de pasajeros en una station wagon que se estrelló contra otro vehículo en un accidente "fabricado" o arreglado que por esa época estaban de 'moda' para sacarle dinero al seguro.

Manuel había bajado de la station wagon para romperse la cabeza y cobrar más dinero al seguro del vehículo. Lucy me contaba que el muy cabeza dura nunca escuchó sus súplicas. Al final terminó siendo auxiliado por una ambulancia con un tremendo 'chichón'. "El muy desgraciado no se quebró la cabeza pese a que se dio con el gato muchas veces", me decía Eleuterio, otro de los ocupantes del vehículo.

Los accidentes fabricados se habían convertido en un negocio redondo no sólo para los que arreglaban un accidente sino para abogados y quiroprácticos que se multiplicaron en Boston.

Por un accidente de poca monta cada uno de los ocupantes de un vehículo podía llevarse entre 3,000 y 4,000 dólares sin saber leer ni escribir.

Lawrence, una de las comunidades con más población latina, registraba accidentes a diario hasta que la muerte de una anciana en un accidente automovilístico puso de vuelta y media a la policía que tras una exhaustiva investigación llegó a la conclusión de que el accidente había sido 'fabricado', es decir que los conductores de los dos vehículos se habían puesto de acuerdo para colisionar y cobrarle al seguro.

Mauro decía "las pendejadas se pagan" y el cubano lo remataba diciéndole "anda ajustando nalgas, porque adentro te van a moler a macanazo limpio". Alfonso reía de buena gana cuando el colombiano entra a la redacción diciendo "esta es buenísima, es toda una berraquera".

*Dicen que se encuentra Teodoro tendido en la cama. En la misma habitación están su médico, abogado, esposa e hijos. Todos ellos esperando el suspiro final, cuando de repente el paciente se sienta, mira a su alrededor y dice:

-Asesinos, ladrones, mal agradecidos, sinvergüenzas.

Se vuelve a acostar y entonces, el doctor, confundido, dice:

-Yo creo que está mejorando.

¿Por qué lo dice, doctor? pregunta la esposa.

-Porque nos ha reconocido a todos.

El cagadero de risa era general, el colombiano gozaba con los chistes que hacía y se daba tiempo para estar en la redacción saltando de un trabajo a otro. Lo que nadie sabía es como le hacía para terminar la noche 'bien pedo' como decía el mexicano con el que compartía cuarto. Cuando salía del trabajo de medio tiempo ya el colombiano se había metido varias 'botas' y la terminaba en el departamento, unas veces con el mexicano, otras con el salvadoreño o el dominicano. Siempre buscaba compañía, no le gustaba beber solo.

Al otro lado de la calle, en la Centre Street, Pedro y María vivían su propio mundo, ambos eran residentes legales, no sufrían los sobresaltos de los inmigrantes indocumentados, pero igual estaban pasando por una difícil situación económica. Ya casi no enviaban dinero a sus familias en sus respectivos países de origen y eso los apenaba. Sus ingresos habían mermado por los recortes de horas de trabajo que estaban llevando a Pedro a buscar otro trabajo extra.

Pedro le confiaba sus penurias a Mauro. "Estoy que me lleva el diablo, en el supermercado me han cortado las horas de trabajo y el dinero no me alcanza".

"Pero estas mejor que Javicho, tu mujer no te tiene como un mandilón", le decía Mauro.

"Ese es un verdadero saco largo", gritaba.

Javicho trabajaba hasta 16 horas diarias sino más para tener a la mujer contenta. Pero un día de invierno el cuerpo ya no le dio más y se lo llevaron de emergencia al hospital. Los médicos le recomendaron dejar un trabajo, pero Rosaura tiró el grito al cielo y se opuso.

"Puta que esa mujer es una salvaje, solo lo quiere para que traiga dólares a la casa, con una mujer así ni regalada", decía Pedro.

Pese a las recomendaciones del médico, Javicho siguió trabajando sin descanso hasta que un infarto cardíaco acabó con su vida y la mujer se quedó con casa, negocio y dinero.

"Que cosas tiene la vida chico, esa mujer no se merecía nada". Pedro sentía la muerte de su amigo como si fuera la de su hermano.

"Esto es lo de siempre, nadie sabe para quien trabaja".

Julián hacía este comentario porque Rosaura tenía un "amiguito" con el que salía y según las malas lenguas la maltrataba y le quitaba el dinero.

"Javicho se mató trabajando para que ese cabrón disfrute de todo su dinero, eso no tiene madre", reflexionaba Pedro.

"Pero la mujer está pagando ahora, el cabrón ese la maltrata, no trabaja y se la pasa en la casa durmiendo, bebiendo y viendo televisión, eso le debe doler a Rosaura".

"Que le va a doler, las mujeres están hechas para el castigo…"

"No todas compadre, no te pases de bocón".

"Tienes razón, pero Javicho le dio de todo a Rosaura, babeaba por ella, la tenía como una reina. ¿Para qué? ¿Para qué se mató trabajando? Javicho no merecía morir, tenía apenas 48 años de vida y desde que lo conocí le gustaba hacer deportes".

Con Alfonso y un grupo de inmigrantes de diferentes países latinoamericanos (peruanos, colombianos, chilenos, salvadoreños, hondureños y guatemaltecos), Javicho iba religiosamente todos los sábados o domingos al campo deportivo de la Barbieri de Framingham a jugar fútbol y se cagaba de risa cuando veía bajar de una "troca" (camioneta) a dos hermanos guatemaltecos que eran super petisos. La "troca" se los comía.

Pero lo más gracioso era cuando tenían que subir al vehículo. Lorenzo cruzaba las manos para hacerle un banquito al hermano a fin de que pueda montarse en la "troca". Una vez adentro Cucufate jalaba al hermano como si fuera un "costal de papas". Era un cagadero de risa y cuando alguien le decía cuidado que vas a chocar, respondían "insurance pay" (el seguro paga).

Los dos hermanos jugaban de delanteros, eran superveloces y no les importaba arriesgar la pierna. El chileno Carlos era puro número con el balón y el peruano Cachito no se quedaba atrás. Los dos eran comelones de pelota. Víctor era otro lote, le decían "el cholo Sotil" en alusión al jugador peruano, Hugo Sotil, que brilló vistiendo la casaquilla de la selección peruana y del Barza de España por la década del 70.

Después del partido muchos de los que jugaban se quedaban en la zona del estacionamiento bebiendo cerveza. Luchito llevaba en su camioneta un pequeño barril con hielo y cervezas de diferentes marcas, alemanas, holandesas, norteamericanas y la cuzqueña peruana que la traía de Nueva York. Cada semana Luchito tenía su "part time" (trabajo de medio tiempo) vendiendo cerveza hasta que se metió a la Iglesia "El Calvario" de Milford y se alejó del vicio y de sus amigos. Víctor no lo sabía y una noche fue a su casa a comprar cerveza cuzqueña. Luchito estaba en plena sesión de fe. Lo quiso hacer pasar, pero Víctor se rehusó y para no perder el negocio "camufló" las cervezas en una caja de leche para despistar a los "hermanos del calvario". Víctor se lo contaba a Alfonso matándose de risa.

Muchos de los que llegaban a jugar fútbol eran indocumentados y manejaban sus vehículos sin licencia de conducir como Lorenzo y Cucufate, pero no les importaba. Lo arriesgaban todo porque les resultaba difícil trasladarse a sus trabajos sin una movilidad propia. En áreas como Framingham, Milford, Holliston, Natick casi no había transportación pública a diferencia de Boston donde hay trenes y buses durante todo el día. Rosa vivía en East Boston y no necesitaba tener un vehículo para movilizarse.

Pero la mayoría de inmigrantes lo primero que hace es comprarse un automóvil, una "troca" o una "jepeta" (jeep) como le llaman los dominicanos. Ese es el "sueño" de muchos que incluso invierten hasta lo que no tienen en arreglos y "chucherías" para lucirse los fines de semana. Lo que menos le importaba a Rodolfo era dormir en una buena cama, en un buen apartamento, sino tener un carro con "rines" de los más llamativos para tomarse fotos y enviárselas a su familia.

La otra cara era la que vivía el guatemalteco Ramiro y la brasileña Natasha. Ambos gastaron hasta lo que no tenían para casarse en una boda de ensueño con carruaje y limousine. Se enamoraron y decidieron unir sus vidas, pero no se hablaron con la verdad. Los dos llegaron muy niños a vivir a los Estados Unidos, hablaban un inglés sin acento y se conocieron en el High School de Framingham donde terminaron sus estudios superiores. Ramiro nunca le habló de su estatus legal y Natasha tampoco lo hizo.

La sorpresa se la llevaron tres semanas después del matrimonio cuando Natasha le pidió a su flamante esposo que sometiera los papeles para hacerse residente legal. Ramiro le reveló que también era indocumentado. Desde allí todo cambió para esta pareja de jóvenes al punto que en un arranque de desesperación Ramiro le pidió a su amigo Víctor que era ciudadano norteamericano que se case con su esposa para que le dé la ansiada "green card". Se la ofreció también a otros amigos ciudadanos hasta que se separaron. Natasha era una brasileñita con unos lindos ojos y unas nalgas exuberantes que estaba dispuesta a vivir una segunda luna de miel a cambio de la tarjeta verde. "Cásate conmigo", le pedía a Víctor, quien se lo confiaba a su amigo. "Le tengo unas ganas, pero no quiero atarme a una mujer por los papeles", me decía.

Natasha creía que el hombre con el que había unido su vida era ciudadano o por lo menos residente legal, lo había visto viajar varios años a Guatemala y no le despertó ninguna duda, pero Ramiro ya se conocía el camino, tenía amigos "coyotes" y salía por la frontera con destino a su país, estaba 15 ó 20 días y regresaba como si nada caminando entre mierda y ratas por uno de los desagües que lo botaba ya en territorio norteamericano. Ramiro no le contaba a nadie su maldita odisea y mucho menos a su novia que trabajaba en el Metrowest Market, un supermercado latino de propiedad del cubano Isidoro.

El viejo Isidoro era un tremendo tipo, por muchos años ayudó a la comunidad inmigrante. Lo veía en diversas actividades siempre aportando, dando la mano. Su negocio marchaba bien hasta que enfermó y los médicos le recomendaron dejar el frío de Massachusetts. Se mudó a La Florida. Su hijo que no andaba por buenos pasos y que un tiempo se pegó al vicio del humo asumió el control del supermercado. Marito le dio un giro al negocio orientándolo hacia el mercado brasileño que por ese entonces había superpoblado Framingham.

Con Isidoro conversé varias veces por teléfono, aparentemente todo andaba bien. Su hijo le contaba que el negocio había crecido y que tenía trabajando a unos brasileños de toda su confianza. Ya no sólo vendía productos salvadoreños, guatemaltecos, hondureños, peruanos, colombianos sino también brasileños.

Pero de la noche a la mañana su clientela se dio con la sorpresa de que el supermercado había sido clausurado. ¿Qué pasó? ¿Por qué cerró sus puertas? Los brasileños vendían alcohol a menores de edad, alguien dio el "soplo" y policías encubiertos llegaron al negocio en horas de la noche cuando un joven de 16 años compraba vodka. Por ley está prohibido vender bebidas alcohólicas a jóvenes menores de 21 años y para comprar la persona tiene que mostrar un "Id" (carnet de identidad) que por lo general es la licencia de conducir que muestra la fecha de nacimiento.

Marito no sabía nada, estaba en sus andanzas de "play boy", pero cuando se enteró llegó a su negocio echo un energúmeno, gritó, insultó y agarró a golpes al brasileño hasta casi dejarlo inconsciente, varias personas tuvieron que contenerlo para que no termine moliéndolo a golpes. Couthino lo denunció a la policía por intento de asesinato. Marito desapareció y el negocio se perdió.

El viejo Isidoro terminó enterrando sus sueños, todos sus años de lucha y de trabajo, y no le quedó otra alternativa que vender el local.

Cada inmigrante tiene un mundo que enfrentar, una vida que librar a diario fuera de sus países de origen. Jesús Corcuera era otra historia. Salía de un bar atontado por el alcohol. Estaba sin rumbo, sin norte y caminaba casi tambaleándose. La gente que pasaba por su lado lo veía llorando, arrinconándose contra la pared para no caerse de bruces.

Casi frente a la estación de policía de East Boston, Jesús cae de rodillas y grita a todo pulmón "quiero que me deporten". Nadie le hizo caso. Muchas personas que salían de la estación del tren de la Maverick lo miraban sorprendidas.

Jesús tenía el rostro desfigurado por el alcohol, tenía casi cinco meses sin trabajo, "pateando latas" y sus sueños de seguir viviendo ilegalmente en el "paraíso" --en ese paraíso en el que muchos inmigrantes utilizan mil nombres, mil rostros para trabajar-- se habían desvanecido.

Después del 9-11, del maldito ataque terrorista contra las Torres Gemelas de Nueva York, todo cambió. América cambió y Jesús lloraba pidiendo a gritos que lo regresen a su país. En el bar se había gastado los últimos "cheles" que tenía de sus ahorros de casi 10 años de trabajo. "Mis ahorros siempre los tuve bajo el colchón. Allí estaba más seguro", decía. Pero Jesús ya había acabado con todos sus ahorros. Sin trabajo siguió enviando dólares a su familia y cubría sus gastos para sobrevivir hasta que se quedó en la calle.

Por muchos años Jesús trabajó con un número de Social Security (Seguridad Social) "bambeado" hasta que rebotó en un cruce de informaciones de la empresa de embutidos para la que trabajaba con Inmigración y el Departamento de la Seguridad Social. De la noche a la mañana se quedó sin empleo y ya no pudo conseguir otro. Los mayores controles migratorios y la crisis económica que rebotó en las manos del presidente Obama, le cerraron las puertas. Antes nadie decía nada, nadie preguntaba si eras legal o indocumentado. Las empresas abrían las puertas a cualquier persona que quería trabajar.

Ahora, cruzando el umbral del 2013, *¿Cuántos inmigrantes han perdido sus trabajos, sus viviendas por la recesión? ¿Cuántos inmigrantes indocumentados han hecho de la calle su lugar de residencia?* Muchos ya ni siquiera envían dinero a sus familias como Pedro y María que religiosamente mandaban cada semana entre 100 y 200 dólares a sus padres y hermanos en Honduras y República Dominicana, respectivamente.

Esa noche la nieve seguía poblando tupidamente la ciudad. "La nieve no para y mañana va a ser terrible", dice María casi gritando. Pedro no la escuchó, estaba abstraído en su mundo deportivo.

Los reportes del tiempo habían pronosticado una tormenta de nieve que obligó a los directores de escuelas a suspender las clases.

Eran las 10:40 de la noche cuando el timbre del teléfono comenzó a sonar.

María contesta ese maldito teléfono, gritó Pedro desde su habitación.

María no se dio por aludida y Pedro volvió a gritar.

¿Por qué no lo contestas tú? A lo mejor es uno de tus amigotes, le replicó María.

Pedro insistió.

María contestó el teléfono de mala gana.

¡Es tu hermana!, le gritó¡ Casi no puede hablar, parece que ha estado llorando.

Sobresaltado Pedro respondió de inmediato.

¿Qué pasa? ¿Cuál es el problema?, le inquirió.

Rosa casi no podía hablar, el llanto la dominaba.

Lo que te pido es que te tranquilices y me hables claro, le suplicó Pedro.

"Gerardo se fue por la frontera", le dice entre sollozos. "Le hablé de todas las formas, tal como me dijiste. Le expliqué de los problemas que hay ahora con inmigración, pero no me entendió y se fue con unos amigos para los Estados Unidos. Uno de ellos tenía contacto con un "pollero" que les ha prometido ayudarlos a cruzar la frontera por México. Estoy preocupada y lo que te pido por amor a Dios es que lo ayudes. No sé cuál va a ser su suerte".

Pedro se dejó caer en un sillón que estaba casi pegado a la puerta de su dormitorio.

María le pregunta casi a gritos desde la sala ¿qué quiere tu hermana?

Sus palabras no tuvieron respuesta, María se concentra otra vez en su telenovela y ya nada le importa.

Pedro estaba angustiado, preocupado por su sobrino y por el estado de tensión de su hermana. "No te preocupes, ya veré lo que hago", le dice.

¿Sabes cuánto dinero le va a pedir el «pollero»?

"Lo ignoro", le responde la desesperada mujer.

"Lo único que nos queda es esperar, es posible que el 'pollero' haga contacto conmigo y me dirá lo que hay que pagar. Lo único que te pido es que te tranquilices. Por ahora no podemos hacer nada más.

Ya te dije que la situación aquí está más difícil. Desde la voladura de las Torres Gemelas de Nueva York los controles migratorios son cada vez más severos. Las empresas están chequeando ahora con más rigurosidad los Seguros Sociales para dar trabajo. Pero ya se verá cuando llegue, no te preocupes".

La comunicación se interrumpió, mientras la nieve seguía cayendo con fuerza.

Pedro vuelve a la cama, apaga el televisor y trata de conciliar el sueño. Se revuelca en la cama, pero no logra dormir.

"Por favor María dame un vaso de leche caliente, no puedo dormir", le grita Pedro.

"Espera un momento, ya está por terminar mi novela", le responde.

"Mañana tienes que levantarte temprano para palear la nieve, sigue cayendo y ya cubrió toda la entrada y el parqueo. Los carros casi no se ven", le dice.

Pedro no le respondió, estaba preocupado por lo que le había dicho su hermana.

Cuando terminó su novela, María se levantó de su cómodo sillón, fue al refrigerador y sacó la botella de leche para complacer a su esposo sirviéndole un vaso que puso luego al microondas para calentarlo. Luego se lo alcanzó preguntándole ¿Qué pasó? ¿Qué te dijo tu hermana que no puedes dormir?

Pedro estaba distraído, casi no la escuchó, pero le atinó a responder ¿yo no sé por qué llamó a esta hora?, Si bien pudo esperar hasta mañana.

Pero Virgen de la Altagracia ¿qué te dijo?

"Que el muy cerote de mi sobrino se embarcó en la aventura de venirse para acá pese a todos los consejos que le di. Mi hermana no sabe dónde está ni cuánto le van a cobrar los 'coyotes'. Esperemos que estos días me llamen desde México o de la frontera".

¿Y tu hermana cree que acá fabricas dinero o lo recoges de un árbol? ¿De dónde vas a sacar ese dinero? Por lo menos el 'pollero' te va a pedir unos 5,000 dólares y tú no los tienes".

"Ya veré lo que hago, no podía decirle NO a mi hermana. Estaba desesperada".

Pedro casi no pudo conciliar el sueño, se levantó a las 4:00 de la mañana para limpiar todo el exterior de la casa que estaba cubierto de nieve.

Los autos casi no se divisaban en el parqueo. Las calles estaban aún con una acumulación de más de seis pies y los vientos soplaban a unas 45 millas por hora.

"Ya tienes que salir al trabajo", le grita María desde el interior de la casa. Casi a la carrera Pedro tomó una taza de café con leche y un pan con queso y salió presuroso. Estaba ligeramente tarde.

A Pedro le gustaba llegar temprano al trabajo para hacer tertulia con Julián, un cubano entrado en años que tenía un gran sentido del humor, con Mauro, el fotógrafo de origen dominicano que tenía también la chispa en la boca. Y con Alfonso, el peruano que cada día tenía una historia nueva llena de ocurrencias.

Pedro llegó al trabajo casi sin poder caminar. "Estoy como si me hubieran apaleado. Casi no pude dormir y me levanté a las 4:00 para limpiar todo ese desastre que dejó esta tormenta. Me duele todo el cuerpo".

¿Qué paso? ¿Por qué no has podido dormir?, ¿Tu mujer te ha tenido en el caballo?, le dice Julián entre risas.

"Nada de eso, mi hermana me llamó anoche llorando para pedirme que ayude a mi sobrino que está viniendo por la frontera con México.

No me pude negar, pero el problema es que no sé de dónde voy a sacar el dinero para pagarle al 'pollero'. Estoy quebrado".

"Tremendo embrollo en el que te vas a meter y encima vas a meter a tu sobrino en tu casa", le replica Julián.

"No me queda de otra, ya se lo prometí a mi hermana".

"Yo no lo haría, piénsalo. Si yo estuviera en tus zapatos le pediría a Ramos, el puertorriqueño dueño de varios edificios, para que te rente un cuarto. Así te sacas ese bulto de encima y el boricua puede darle trabajo limpiando. La cosa no está fácil, tienes que conseguirle un 'chueco' de los buenos para que no rebote cuando vaya a buscar trabajo. Cada día están chequeando más los Social Security (Seguros Sociales) y lo único que tienes que hacer es contactarte con boricuas que venden sus números".

Pedro estaba preocupado, salía de su casa muy temprano y regresaba de noche cuando sus pequeños hijos dormían, casi no les dedicaba tiempo. A los hijos casi no los veía y con la esposa sólo compartían la cama porque cada uno vivía su mundo televisivo, pero eso es parte del sistema de vida de los latinos en los Estados Unidos, especialmente de los que tienen familia. La mayoría tiene que trabajar hasta dos jornadas completas para poder vivir decorosamente, sin sobresaltos económicos. María también trabajaba cuidando niños y eso los ayudaba a cumplir con todas sus deudas y el saldo que les quedaba les permitía enviar dinero a sus familias en sus países de origen.

Para Pedro --según decía-- todo andaba bien hasta que se le ocurrió cristalizar el 'sueño americano'.

"Sin darnos cuenta nos metimos en un callejón sin salida, el mortgage (pago de hipoteca) de la casa que compramos se elevó hasta las nubes y eso nos ahogó, además de la reducción de horas de trabajo por la crisis económica. Los ingresos eran cada vez menores y los pagos más altos hasta que dejamos de pagar la casa".

Pedro se sentía cada vez peor, no sólo la casa lo agobiaba sino que las llamadas de su hermana lo atormentaban.

De repente Mauro ingresó a la redacción maldiciendo. ¡Qué mala suerte! La policía detuvo al "Chema" borracho.

"De que mala suerte hablas", le espetó Julián. "Para mi el Chema ha corrido con suerte porque la policía no sólo lo libró de la muerte sino de un accidente que le pudo costar la vida a otras personas".

Félix Rondán tenía 69 años y ya había sido arrestado por la policía bajo la influencia del alcohol en otras cuatro ocasiones. El viejo no entraba en razones, desde que vino de su país hace unos 15 años se pegaba unas borracheras de los diez mil diablos y gastaba hasta lo que no tenía en alcohol. Era un viejo que sólo trabajaba para enviar dinero a su familia y para beber. Ahora la justicia lo envió a prisión antes de su deportación.

"Para mi esta gente no tiene perdón de Dios porque no sólo arriesga su vida sino que causan la muerte de personas inocentes. Y como dirían en mi pueblo ¡Que se joda!", fue el comentario de Julián.

Mauro se quedó pasmado, tenía la intención de armar una discusión con Julián, pero la campana lo salvó. Max los interrumpió para decirle tienes que ir con Alfonso a ver un caso en Revere que puede ser la nota de portada de la edición. Pedro los llevará

Por lo general me gustaba llegar temprano a la redacción del periódico El Mundo Boston para hacer tertulia con la gente y armar el plan de trabajo, pero por ratos pasaba desapercibido porque me metía de lleno a revisar la infinidad de e-mail que llegaban a diario.

Max no hacía mayor comentario sobre los correos electrónicos que recibía, pero algunas veces compartía uno que otro correo que le parecía curioso, jocoso o de mal gusto.

Este es el tercer e-mail que me envía una mujer que dice ser periodista y firma como Beatriz, pero el correo tiene el nombre de Daniel Morote. Es curioso.

Pero ¿qué dice el e-mail?, pregunta Julián.

Escucha lo que escribe.

> *"Buscando un amigo periodista*
>
> *Explorando el internet encontré su periódico y nombre, me interesó porque me dijeron que usted es peruano. Yo también soy periodista peruana y me gustaría conocerlo, tratarlo e intercambiar puntos de vista. Hace muchos años que vivo en Suecia, pero estoy pensando mudarme a Jamaica Plain en Boston, lugar donde su periódico está ubicado. Soy una mujer sola y sin compromisos, tengo 45 años, soy contadora de profesión, pero estudié en la Universidad de Lima Ciencias de la Comunicación. Voy a radicar en USA en el mes de Julio y me gustaría contar con su ayuda para que me presente a otros periodistas, aunque le adelanto nunca me he llevado bien con las mujeres, prefiero la compañía masculina. Voy a trabajar en una universidad de Boston, pero el hecho de saber que puedo contar con usted me alegra mucho.*
>
> *He leído varios artículos suyos y me apasiona la manera como se enfrasca en los tópicos. Me gustaría que nos tratáramos, siempre me han apasionado los hombres peruanos y mucho más los intelectuales.*
>
> *En espera de su respuesta, pero desde ya tengo la impresión de que nos vamos a llevar de maravilla. La intuición me dice que lo conozco de siempre.*
>
> *He visto su foto en su columna y me encanta su perfil, tiene un aire muy intelectual.*
>
> *Cariños, Beatriz".*

Alfonso, Pedro y Mauro ya habían regresado de la asignación y habían escuchado parte del e-mail. "No sé, pero esta fulana me huele mal", fue el comentario de Julián. Mauro lo interpretó como "una confesión de amor a primera vista". "Es una ofrecida", dijo

Pedro. Alfonso no quiso hacer mayor comentario, pero Max decidió no responder.

¿Qué pasó en Revere? ¿Cómo fue todo?

Una verdadera tragedia, llegamos casi con la policía a la casa ubicada en la Huaman Street donde todavía la mujer yacía muerta a puñaladas. Es un caso pasional y envuelve a dos familias hispanas, relató Alfonso.

¿Es una buena nota de portada?

Por supuesto, es lo más espantoso que he visto. Logramos conversar con Vilma Ruiz, prima hermana de Braulio Ruiz, el hombre que victimó a puñaladas a su esposa Carmen e hirió gravemente a su compañero, aparentemente cegado por los celos. Un tercer hombre que estaba en la escena del crimen pudo librarse de la muerte.

"O sea que la mujer estaba con dos hombres en su casa", pregunta Julián. Lo irónico es que sus tres hijos producto de su matrimonio con Braulio a esa hora dormían.

Mauro conocía a la pareja de esposos, los había visto muchas veces en las discotecas de Boston. Parecía una pareja normal, enamorada. Lo mismo pensaba su prima Vilma.

Carmen, dominicana de 35 años, había llegado a su casa con dos compañeros de trabajo. Quería seguir la diversión, habían salido de una discoteca. Sus tres hijos dormían a esa hora, pero Jacne, la niña mayor de 12 años despertó sobresaltada. Su padre había aparecido de repente en el interior de la casa con un filudo cuchillo y sin mediar palabra alguna atacó a la indefensa mujer ante los gritos de horror de la niña.

La policía reportó que a pesar de que Carmen estaba desangrándose pudo tomar el teléfono y llamar al 9-11. También trató de pedir ayuda a los vecinos, pero cayó inconsciente cruzando la puerta de su casa.

Braulio estaba enloquecido y no sólo apuñaló a la madre de sus hijos sino que volvió la mirada contra uno de los compañeros de su ex que la policía identificó como Anthony a quien asestó también varias puñaladas, mientras que Angel, el otro acompañante, se refugió en el baño de la casa. Carmen murió camino al Mass General Hospital y Anthony tuvo mejor suerte.

El victimario aprovechó la confusión para huir, se refugió en la casa de su prima en Dorchester, pero luego su primo lo convenció para que se entregara a la policía confesando su delito.

¡Qué cosas tiene la vida chico! dice Julián parafraseando al popular cómico cubano ‹Tres Patines›. «Venir a buscar mejor vida y encontrar uno la muerte y el otro la cárcel de por vida. Y todo por los malditos celos. La mujer no era trigo limpio, se la buscó».

Julián tenía puntos de vista que muchas veces rayaban con lo normal, pero sus observaciones a cada caso que traían a la redacción los reporteros eran válidas. *"¿Qué hacía una mujer de bien con dos hombres hasta el amanecer y todavía querer seguirla en su casa. A no ser que sea una puta?"*.

Pedro no compartía la opinión de Julián y mucho menos Mauro. "Estás exagerando. Son muchas las mujeres que van solas a las discotecas en busca de diversión sana", le decían.

"Prefiero no seguir porque vamos a terminar peleando. Pero las fotos que traes de las discotecas lo dicen todo, es mucha la carne de prostíbulo que hay en esos lugares. Muchas de las mujeres van a las discotecas a exhibirse, a venderse. La vestimenta que usan no puede ser más descarada», retruca Julián.

Max los interrumpe con un "bueno, bueno se acabó la tertulia, hay que seguir trabajando".

Pedro y Mauro tenían también que ver con todo lo relacionado a la distribución del periódico en puntos en los que la comunidad hispana había crecido. Se concentraban mayormente en comunidades con una gran población latina como Jamaica Plain, East Boston, Chelsea,

Revere, Somerville, Lynn, Lawrence, Framingham, Worcester, donde había una gran diversidad de latinos. Los boricuas y dominicanos constituían la mayoría de la población de habla castellana en Massachusetts, seguidos por los mexicanos y por una creciente comunidad Centroamericana, especialmente salvadoreña, y de países del Cono Sur como Colombia y Perú.

Cada día Boston y otros puntos aledaños o periféricos se poblaban de latinos y ya se leían letreros en negocios hispanos como en la Centre Street de Jamaica Plain, uno de los barrios con más rostro dominicano, que decía "Sólo se habla español". !Qué ironía!, decía Julián. Pero a Mauro le caían bien esos letreros.

En los años 70 y 80 eran muy pocos los latinos que vivían en Massachusetts. "Los cambios han sido tremendos", me decía César Monzón que con medio siglo trabajando con el Censo en Boston vio crecer a la comunidad latina. Cuando llegó en el año 70 los hispanos apenas alcanzaban los 17,000, en el 80 llegaron a los 25,000, en el 2000 se censaron a más de 500 mil inmigrantes latinos en Massachusetts. "Las cifras pueden ser mayores porque el grupo de inmigrantes sin estatus legal es el más difícil de contar", admitía Monzón.

Sólo en Boston, en lo que se llama el Suffolk County, viven más de 117,000 latinos.

Pero el Censo del 2010 le dio otra cara a la población latina. De 35 millones de latinos habíamos crecido a más de 50 millones. En Massachusetts el salto había sido de 500 mil a más de 650 mil.

El crecimiento de la población latina o hispana había sido galopante no sólo en Boston sino en todo el país, en unos estados más que en otros. "Estamos multiplicando la pobreza", me decía Julián. Porque veía por las diferentes calles de distritos latinos de Massachusetts a jóvenes mujeres con rostro latino empujando cochecitos con sus niños recién nacidos y otras con el hijo en brazos y ya de nuevo embarazadas. Muchas de ellas eran madres adolescentes que recibían cupones de alimentos, seguro médico y otras ayudas del gobierno.

Las madres jóvenes o "madres-niñas" se habían multiplicado en los últimos años y su origen era diverso, podían ser ecuatorianas, salvadoreñas, peruanas, puertorriqueñas, dominicanas, hondureñas y de otros países de América Latina.

Los latinos habíamos dado un gran salto en población y de los más de 50 millones de hispanos contados en el Censo del 2010 casi la mitad se había convertido en ciudadano de los Estados Unidos, pero no salimos a votar. "Hay una apatía entre los hispanos para salir a sufragar", me apuntaba Oscar Chacón a quien conocí hace muchos años cuando dirigía Centro Presente, una de las organizaciones pro-inmigrantes de Boston, para ahora desempeñar el cargo de director ejecutivo de la Alianza Nacional de Comunidades de América Latina y el Caribe (NALACC).

Chacón no ocultaba su preocupación cuando apuntaba que las elecciones primarias del 2012 "no nos han dado una buena señal, la participación electoral ha sido muy pobre porque mucha gente dice "No ¿para qué voy a votar? si mire, Obama ni cumplió".

En el año 2008 cuando se eligió a Barack Obama como presidente unos 10 millones de latinos salieron a votar. Cuatro años después se hablaba de subir esa cifra a 12 y 15 millones, pero la realidad es otra por el impacto que ha tenido la crisis económica entre los votantes latinos. La crisis de la vivienda también había afectado a muchas familias latinas que perdieron sus casas y tuvieron que mudarse y no les dio tiempo o no les importó registrarse para votar.

El desánimo estaba en las calles, lo veía en el rostro de muchos latinos desalentados por la situación económica y por la falta de trabajo, pero ¿contamos en una elección? ¿qué influencia tienen los latinos? En unas elecciones cerradas o muy reñidas un voto hace la diferencia y, según Chacón, "el voto latino es muy codiciado". Y así ocurrió. Obama logró la reelección con más del 70% del voto Latino

Después del censo del 2010, Massachusetts tenía un rostro diferente. La población de dominicanos habían crecido en número y se ubicaba cada vez más cerca a los puertorriqueños que por años se mantienen en el primer lugar. Los centroamericanos, salvadoreños en su mayoría, aparecen tercero, seguidos por mexicanos, colombianos, peruanos, cubanos, ecuatorianos, bolivianos, y más abajo venezolanos, argentinos, chilenos y uruguayos.

Los dominicanos se habían anotado un tremendo logro cuando William Lantigua se convirtió en el primer alcalde latino en la historia de Massachusetts en una ciudad como Lawrence con más rostro dominicano-puertorriqueño.

Lawrence es una ciudad con los mismos problemas de cualquier ciudad de un país de América Latina. Robos, asaltos, delincuencia, drogas, alcohol, prostitución al punto que grupos de vecinos --y para colmo latinos-- habían intentado revocar el mandato de Lantigua, quien también estuvo bajo investigación por supuestas acciones de corrupción.

¿Quién lo diría? me decía Alfonso que había seguido muy de cerca el trabajo de Lantigua desde que fue elegido Representante estatal. Lantigua era uno de los dos latinos que habían llegado a la Casa del Estado, el otro era Jeffrey Sánchez de origen puertorriqueño. Cuando resultó electo alcalde, Lantigua renunció a su cargo y apoyó la candidatura de Marcos Devers, otro dominicano, que llegó a sucederlo en el cargo.

Como periodista apoyé el ascenso de muchos latinos en diferentes frentes como la candidatura de Sonia Chang-Díaz, de origen costarricense e hija del primer astronauta hispano, al Senado estatal. Una columna que escribí pidiendo apoyar a Sonia motivó toda una serie de comentarios y reacciones que incluso se publicaron en el Boston Globe que preferían la reelección de Dianne Wilkerson que terminó su mandato acusada y sentenciada por corrupción. Al final, Sonia Chang-Díaz resultó elegida Senadora y Wilkerson acabó presa.

Con Carlitos 'guey', un diagramador mexicano con el que trabajé en El Mundo, apoyamos a muchos latinos que tenían aspiraciones políticas. ¿Qué honda guey? era lo primero que le salía de la boca. Un día decidió regresar a México para visitar a su familia. "Lo que quiero es ver a mi madre, a mi esposa y a mi hijo a los que no veo hace mucho tiempo", me decía. Se fue por un mes para regresar por el 'hueco', pero nunca más volvió. Al cabo de un tiempo logré establecer comunicación con Carlitos a través de las redes sociales. Me contó que había intentado regresar hasta en tres ocasiones, pero no le fue posible y se quedó a vivir en su pueblo creando un periódico.

Carlitos 'guey' era un tremendo 'cuate', todo un 'cabrón' como él mismo se definía. Vivía en Chelsea en un cuarto de dormir, no bebía como muchos otros mexicanos y era vegetariano.

Cada semana enviaba dinero a su familia y todo el tiempo se la pasaba ahorrando bajo el colchón.

Con Julián jodíamos a Carlitos 'guey' para que no se vaya. Los Vasallos, dueños del periódico, también se lo pidieron, pero ya lo tenía decidido y nada se pudo hacer. Carlitos dejó un tremendo vacío y pasaron por El Mundo muchos diseñadores gráficos hasta que apareció Juan Luis Montero, un diagramador dominicano que tenía la profesión en las venas.

Carlitos le tenía un gran aprecio a Alberto Vasallo III ¿y quién no? 'ese cabrón se lleva a todas las mujeres'. Los mexicanos somos la mayoría de la minoría en este país, pero este 'guey' no nos deja nada'.

Vasallo III se reía de buena gana con lo que decía ese 'guey', pero Alberto estaba en todas partes como 'boy scout', siempre listo para disparar, porque no sólo estaba al frente del periódico sino tenía un programa de televisión en un canal americano y recibía invitaciones a diario para ser maestro de ceremonia en eventos a los que asistían gobernadores, alcaldes, y otras autoridades. Su lengua materna era el inglés, pero con sus padres cubano-ecuatoriana aprendió el idioma de Cervantes. Era un tipo carismático, ingenioso y de un buen sentido del humor.

Carlitos gozaba viendo hablar a Albertico y le decía a Jay Cosmopoulos, su principal soporte en El Mundo en el área de la publicidad, 'no seas cabrón, dile que te deje algo'.

Los latinos en esta parte de los Estados Unidos esperan cada año con ansias el verano para darle rienda suelta a la diversión, a nuestra participación en los festivales puertorriqueños, dominicanos, colombianos, entre otros. "El frío berraco que hay aquí nos paraliza", decía Carlitos. El Mundo tenía también su Festival Latino en el Fenway Park, el estadio de béisbol de los Medias Rojas de Boston, que cada año lo ofrece con la participación de artistas de talla internacional.

Sin duda alguna, en los últimos 20 años la población latina había crecido, lo veíamos en los festivales, en los estadios, pero también habían crecido los problemas que a diario ocurrían en las calles de Boston, Chelsea, Lawrence, Worcester, Framinghan, entre otras ciudades, donde los latinos no podían faltar.

Por ese entonces la "ganga" salvatrucha, una de las pandillas más sanguinarias integrada mayormente por salvadoreños, se había convertido en un dolor de cabeza para las autoridades locales de Chelsea. Sembraron el terror en la comunidad y muchos jóvenes se veían obligados a integrar esa pandilla para no ser agredidos físicamente.

Rigoberto tenía un hijo adoptivo que lo tenía loco, andaba con muchachitas a las que obligaba hacer sexo grupal como una prueba de su valor para integrar la "ganga". A su hijo lo obligaron a asaltar una gasolinera y matar al dependiente de un balazo como condición para formar parte de la pandilla.

Era gente sanguinaria que no tenía temor a nadie. "Yo los vi matar y dejar paralíticos a muchos jóvenes por negarse a participar", me decía Rigoberto, un reportero dominicano que vivía muchos años en Lynn.

Pero mucha gente de nuestra comunidad ya estaba harta con estos pandilleros y las voces de "prenderles fuego" o "fondearlos en el mar" no parecían tremendistas. "Esa gente no merece vivir y yo no sé porque los aguantan tanto y no los deportan a sus países de origen", repetía el cubano.

Para Julián le resultaba fácil darle solución a este problema y lo conversábamos cuando por mi correo electrónico apareció Benjamín LaGuer, el puertorriqueño condenado a cadena perpetua, con quien por muchos años mantuve comunicación por correo regular y por teléfono en su diaria campaña por llamar la atención de la comunidad no sólo de Boston sino de todo el país.

En el 2013 y casi 29 años después de que la justicia lo había hallado culpable de violar y dar muerte a una anciana mujer de 60 años, LaGuer seguía gritando su inocencia.

Desde su encierro en julio de 1984, LaGuer mantiene su inocencia y lo hará --según me decía-- hasta que le llegue la muerte. Lo meritorio es que desde su celda estudió y sacó un título de Bachiller en Humanidades y Artes de la prestigiosa Universidad de Boston.

Desde la prisión de Gardner muchas veces me escribió cartas, me llamó por teléfono para pedirme que lo ayude. Me decía "llevo la mitad de mi vida peleando por la verdad". Una verdad, su verdad que aún mantiene a lo largo de casi tres décadas.

Desde la redacción del periódico seguí su caso, escribí muchas historias y me gané amistades y enemistades de personas como el uruguayo Andrés que no creía en la inocencia del negrito puertorriqueño.

LaGuer fue condenado a pasar el resto de sus días en la cárcel luego que un gran jurado lo halló culpable de dar muerte a la anciana de 60 años luego de violarla repetidas veces. El Jurado emitió su fallo sin que existieran pruebas físicas contundentes que pudieran relacionar al acusado con el crimen, pero la mujer antes de morir había dicho que su atacante la ató, le robó su cartera y dos anillos y huyó de su casa después de ocho horas de violarla y abusarla.

Los jueces consideraron que esa era una conducta propia de los latinos y no dudaron en señalarlo como culpable.

En febrero del 2002 nuevas evidencias salieron a la luz y LaGuer creía que era el comienzo del fin de lo que parecía una interminable pesadilla. "Para mi la verdad está primero, mi libertad es secundaria", me dijo en aquella ocasión.

Desde el inicio del juicio, LaGuer se declaró inocente y lo repitió una y otra vez desde los muros del centro penitenciario donde estaba recluido. En su celda muchas veces escribió que "aunque ahora me encuentre a las puertas del infierno, yo no voy a estar en este lugar para siempre, sino que voy a regresar de nuevo a casa".

En su encierro LaGuer ingresó al mundo de la tecnología, armó su propia página web con fotos de cuello y corbata y con corbata michí roja, además de sus fotos de presidiario. No tenía la pinta de asesino sino la de un tipo agradable, simpático, de buenos modales. Cuando ingresó a prisión tenía apenas 18 años, ahora tiene 47. Le han arrebatado casi 30 años de su vida, pero no le guarda rencor a nadie. "Me bastaría con oír decir a los jueces que todo fue un error y me devolvieran mi libertad". ¿Pero cuántas personas son víctimas de una injusticia similar?

Contra esa terrible adversidad que le ha tocado vivir, LaGuer nunca bajó la guardia ni se durmió en sus laureles insistiendo en su inocencia y apelando por un nuevo juicio. El 9 de enero del 2002, LaGuer volvió a la Corte para aportar nuevos elementos de su inocencia.

"Necesito probarlo porque mantener mi dignidad es tan importante para mí como obtener mi libertad", me decía mientras buscaba en un cajón recortes y escritos suyos en los que hablaba de su encierro. "El polvo llena la celda como partículas de muerte que aparecen entre la luz y la sombra, me quitan el aliento y sistemáticamente drenará toda mi existencia", leía en uno de esos escritos.

"Si hubiera querido mi libertad, hace tiempo lo habría logrado, hubiera ido a 'Parol' y me dejaban libre. Pero el nombre de mi padre no está a la venta. Sólo tengo mi dignidad y mi nombre".

Su caso que no tiene paralelos en la historia jurídica de los Estados Unidos se ha mantenido latente durante 29 años. «Lo único que quiero es la verdad», me dijo muchas veces. Sus gritos de inocencia también llamaron la atención de los medios de comunicación anglos y se ganó el apoyo de personalidades estadounidenses y de diferentes nacionalidades en los ámbitos político, educativo, empresarial y de la comunidad. Son muchos los políticos y rectores de universidades norteamericanas que le dieron la mano. John Lozada, abogado y educador puertorriqueño con quien conversé muchas veces, creía en su inocencia, al igual que Félix Arroyo, el primer ex concejal latino de la ciudad de Boston, y Adolfo García, un mexicano que --según me decía LaGuer-- «se la jugó por mí».

Por muchos años se movió a la comunidad latina para que vean a LaGuer como un ejemplo de lucha, de coraje. Se basaba únicamente en el peso de la razón que le asistía para desafiar al sistema y a la Corte Suprema de Justicia. "Si cada acusado actuara de esa manera el sistema colapsaría", me dijo en esa ocasión Lozada.

Pero las pruebas de ADN le volvieron a jugar una mala pasada. Los jueces ratificaron su fallo luego de encontrar las evidencias que buscaban para incriminarlo y cerrar su caso. El uruguayo Andrés se rió en mi cara. "Ya vez ese negrito mentiroso y fanfarrón es culpable", me dijo. LaGuer insistió en su inocencia acusando a las autoridades de montarle las supuestas evidencias.

¿Por qué tanto show? ¿Por qué seguir gritando su inocencia si es culpable? Son muchas las interrogantes, pero lo más sensato hubiera sido que LaGuer admitiera su culpabilidad al inicio del juicio cuando tenía 18 años a condición de que sólo lo sentencien a cinco años de cárcel.

"Hubiese salido en dos años y medio, pero decidió pasar el resto de sus días en la cárcel por mantener lo que él llama su verdad, su inocencia", me decía Lozada.

Hasta ahora las dudas me asaltan y muchas veces he pensado que LaGuer debe estar loco o muy cuerdo para pasar todos estos años en prisión cuando pudo haber salido libre a los dos años y medio o tres si se declaraba culpable. LaGuer aún sigue escribiéndome desde la prisión, llamándome por teléfono y no se cansará de hacerlo. Seguirá gritando su inocencia hasta el final de sus días.

CAPÍTULO 2

JAMAICA PLAIN

Pasaban los días y Pedro no sabía nada de su sobrino. Cada mañana Julián le preguntaba, pero sólo se limitaba a decir que llegaba trasnochado porque su hermana lo sacaba de la cama para indagar por su hijo.

- "Pedro por amor a Dios ayuda a mi hijo, búscalo, viaja a California. Para ti es fácil", le decía Juana sin siquiera imaginar que su hermano estaba pasando por una situación económica difícil.

No hacía ni cuatro años que Pedro había cristalizado el "Sueño Americano" comprando su casa propia, pero ese sueño le duró muy poco convirtiéndose en una terrible pesadilla. Estaba a punto de perder su casa, los pagos mensuales le habían subido y los impuestos a la propiedad también, además de los servicios de agua, luz, calefacción, teléfonos y otros.

Pedro se desahogaba con sus compañeros de trabajo. "No quiero perder mi casa que compré con tanto sacrificio, gasté casi todos mis ahorros en el 'cierre' y en la reparación de la casa, me endeudé con las tarjetas de crédito comprando todo nuevo para mi dulce hogar, pero ya no puedo más, el pago del mortgage se ha disparado por los intereses y ya dejé de pagar al banco".

Abrumado por lo que estaba viviendo, Pedro buscó ayuda en Luis González, un inmigrante de origen peruano que por muchos años estaba metido en el negocio de bienes raíces en East Boston. Luis quería sacarlo del atolladero, pero le habló con sinceridad diciéndole: "lo que viene es inevitable, los latinos estamos perdiendo nuestras casas, ya son miles los que han caído en 'foreclosure' (embargo)". Eso puso a Pedro con los ánimos por los suelos.

Mauro lo trató de reanimar: "lo tuyo va a pasar, pero la suerte que está corriendo Angeles es inevitable, agentes de inmigración lo detuvieron cuando salía de trabajar de la panadería de Marlboro. Los hijos de puta hicieron una redada y se llevaron como a diez.

Las detenciones y deportaciones de inmigrantes sin estatus legal se habían multiplicado con la administración del presidente Obama. En el 2011 se expulsaron del país a unos 400,000 inmigrantes y en el 2010 las cifras llegaron a un total de 392,000, la mitad con antecedentes penales, marcando un hito histórico. En el 2012 Obama terminó su primer gobierno batiendo su propio récord de deportaciones.

Por primera vez en época reciente el número de extranjeros deportados con antecedentes penales había sido igual al de los expulsados sin récord criminal.

En el año fiscal 2009, la mayoría de los 389,834 deportados no tenían antecedentes.

Angeles no tenía récord policial, pero igual su suerte estaba echada. Inmigración lo mandó de Boston a una cárcel en Houston para que su familia no lo visite y no reciba asistencia de un abogado. Sus familiares indagaban a diario por él, pero ICE no les daba ninguna razón hasta que luego de pasar varias noches en uno de los centros de detención salió deportado a su país.

La cantaleta de ICE (inmigración) siempre ha sido decir que su prioridad son los delincuentes, pero la realidad es otra. Por ahora siguen deteniendo y deportando a decenas de miles sin antecedentes penales. Además, según me decían activistas, muchos de los inmigrantes expulsados solamente cometieron delitos menores.

Otra de las razones por las cuales el número de deportaciones se había incrementado era el polémico programa *Comunidades Seguras*, que entró oficialmente en acción el 15 de mayo del 2012 en el estado de Massachusetts y que puso de vuelta y media a las organizaciones pro-inmigrantes. Con ese programa, las huellas digitales de cualquier persona que haya sido detenida por la policía bajo la sospecha de que es indocumentada eran enviadas al FBI y al ICE.

A la luz de las denuncias salió publicado el informe *Year One Report Card* (tarjeta de reporte anual) en el que mostraban que los jefes de ICE habían fracasado en llevar a cabo los cambios y reformas que prometieron en los 350 lugares de detención para inmigrantes en el país.

Las promesas incluían mejores condiciones en la estrategia de detención, especialmente para inmigrantes sin antecedentes penales, con la posibilidad de dejarlos en libertad bajo supervisión electrónica o de sacarlos de lugares que parecen cárceles y ponerlos en facilidades con dormitorios.

Otra de las promesas había sido suministrar a los inmigrantes detenidos tratamiento médico adecuado, un asunto prioritario para activistas que defienden los derechos de los inmigrantes.

Según Centro Presente, hasta lo que va el segundo gobierno de Obama en el 2013 se habían deportado a más de un millón 600 mil inmigrantes indocumentados.

Cuando Mauro le hablaba a Pedro del drama de la familia de Angeles, un muchacho tranquilo que trabajaba de sol a sol para ayudar a los suyos, Max revisando sus correos le dice a Julián hay otro e-mail de Beatriz, la mujer de Suecia que está buscando amigos periodistas en Boston. Julián le pide que lo lea. Alfonso, Pedro y Mauro también ponen atención.

> *Estimado amigo Max*
>
> *Hace un par de días le envié un mensaje, sólo espero que no se haya perdido en el ciber espacio. Supongo que usted es un*

hombre muy ocupado y no tiene espacio en su vida para nuevas amistades. Ya verá como va a cambiar de opinión tan pronto me conozca.

Como peruana y licenciada en Ciencias de la Comunicación quiero decirle que estoy muy interesada en establecer una relación amistosa con usted. Después de todo cuando radique en USA no tendré amistades.

Como le decía en el correo anterior, me es muy fácil entablar amistad con los hombres. No sé porque, tal vez porque mis ideas de vida y amor son muy liberales y les asusta a las mujeres hipócritas que están a Dios rogando y con el mazo dando.

No soy nada romántica y mucho menos poética, pero vivo la vida hasta las últimas consecuencias. Estoy muy emocionada de vivir en USA y como le dije viajaré en Julio, mi visa de trabajo saldrá a fines de junio. El trámite es muy largo y tedioso. Sólo espero conocerlo y entablar una gran relación con usted y otros hombres de prensa. La vida es tan corta que hay que vivirla sin restricciones.

¿Usted qué piensa? Concibo la vida plena y total, sin ataduras. Por eso no acentúo las palabras ni brasier uso. Creo en la libertad plena y total y Ud????

En espera de su respuesta

Beatriz

Muy pocas veces un e-mail había despertado tanta curiosidad entre el personal de la redacción. "Es una libertina", "esa mujer quiere algo más que una amistad", decían. Cada uno tenía una opinión diferente, pero la del cubano rompía esquemas. "Esta mujer te quiere dar pa" bajo", repetía entre risas.

Max decidió no contestarle pese a que Mauro, Alfonso y Robert le pedían que lo haga. "Hoy, hoy no, ya mañana".

Pedro tuvo otra noche de perros. Su hermana lo había despertado varias veces indagando por la suerte de su hijo. Nadie sabía nada, no había recibido ningún mensaje de los "polleros". Pedro le había pedido a Max que hiciera contacto con radios y periódicos de la frontera con México para saber de su sobrino Gerardo.

"Las noticias no son nada alentadoras, de tu sobrino no se sabe nada. Pero ya encontraron el cuerpo de la muchacha que una familia salvadoreña había dado por desaparecida aquí en Boston", le dice Max.

Eso inquieto mucho más a Pedro. Mauro sabía del caso de la muchacha porque estuvo en la conferencia que dio la familia en un restaurante de Chelsea.

Eufemia, una joven de apenas 16 años de origen salvadoreño, había decidido dejar su vida en el campo junto a sus tíos para emigrar a los Estados Unidos y reunirse con su madre y su abuelita a las que casi no recordaba. Su madre la dejó cuando tan sólo tenía tres años. "Yo no quería que venga, yo crucé la frontera hace muchos años y sabía de todos los peligros, se lo dije, pero no me hizo caso", decía la madre que tuvo que viajar a California para reconocer el cuerpo de la joven muerta.

El llanto, el dolor se multiplicaron. Pedro estaba también impactado. "Venir en busca de su madre y encontrar la muerte es terrible, es injusto", repetía. Pedro se había quebrado en llanto y consolaba a la madre de la joven en su casa de Chelsea. Mauro lo sacó del lugar. "Ya terminó todo, vámonos", le dijo.

Pedro no quería salir, lo atormentaba las súplicas de su hermana para que vaya a buscar a su hijo en la frontera. Alfonso lo sacó del trance con un "vamos pues, carajo".

Camino a la redacción Pedro no cruzó palabra alguna, se la pasó en silencio mientras Mauro estaba molesto, incómodo.

"No sabes el papelón que hizo, se puso a llorar a moco tendido, parecía el padre de la niña", contó Mauro en la redacción. Julián miró a Pedro sorprendido, casi se pone a reír, pero se contuvo. "¿Qué paso? No que eras bien machito", le espetó.

"Ustedes no saben del dolor que estoy pasando, ruego que no le pase nada a mi sobrino. Lo de esta niña me destrozó el corazón", respondió.

Max sacó a todos del drama de Pedro diciendo volvió a escribir Beatriz. ¿Qué dice?, ¿Qué dice?, preguntó esta vez Mauro. Dice que está "desilusionada".

-----Original message-----

Desilusionada

Estimado señor

Esta es la tercera nota que le envío, no se si los mensajes se han perdido en el ciber espacio o si está usted de vacaciones o si simplemente no me quiere contestar. Todo es posible, de todas maneras voy a suponer que mis mensajes se han perdido en el ciber espacio. Como le decía inicialmente me alegra mucho saber que en Jamaica Plain hay un periodista peruano, ya que voy a radicar en los Estados Unidos. Si me presento tal cual soy es porque siempre me ha gustado hablar con la verdad en la mano y tampoco creo haberlo importunado. Yo estudié Ciencias de la Comunicación, nunca ejercí mi profesión porque me gané una beca para seguir estudios en Suecia y terminé de contadora pública, luego estuve en Miami por algunos años, convalidé cursos y saqué mi certificación. Me regresé a Suecia y al cabo de varios años conseguí trabajo en una Universidad de Boston y estoy viajando en Julio. Por medio de una agencia de bienes raíces ya encontré un departamento en Jamaica Plain y aspiro a su amistad. Pero no soy hipócrita y me molesta que me ignoren. Si no quiere que le escriba, por lo menos responda y dígame que no está interesado, pero no se quede mudo, nunca conocí un periodista mudo.

Bueno ojalá que este mensaje le llegue.

Hasta Julio.

Beatriz.

Max no sentía el más mínimo interés por contestarle. "No me despierta ninguna curiosidad, más bien me asaltan ciertas dudas", le confiesa a Julián. Venía de Suecia y sus ideas de "vida y amor liberales" lo inquietaban, en su mensaje anterior se vendía como una mujer que le gusta vivir hasta "las últimas consecuencias".

Mauro le pedía a Max que responda el e-mail. "No te cuesta nada, no quedes mal", le decía. "No cabe duda que ignorándola, le estás dando en lo que más le duele", retrucaba Julián. No quería hacerlo, pero Max lo puso a votación entre los que estábamos presentes. Beatriz ganó por 4-2.

Subject: Re: desilusionada

Estimada amiga Beatriz o Dante

Lamento no haberle contestado antes y por supuesto me gustaría conocerla, por aquí estuvo hace algún tiempo Timoyco, una peruana que resultó elegida Miss Gay Massachusetts y le dí todas las atenciones con otros amigos peruanos. Me alegra que usted se haya ganado una posición en una Universidad tan importante de Boston y con gusto la atendería. Jamaica Plain es el bastión principal del periódico El Mundo en el que trabajo y que tiene más de 40 años en el mercado. Cuando usted llegue por aquí deme una llamada o escríbame por este mismo medio y con gusto la atenderé con otros dos periodistas peruanos que residen por estos lares. Sólo sáqueme de una duda: Su nombre es Beatriz o Dante o cuál es su nombre completo, porque en el correo aparece el nombre de Dante Morote.

Max

Su respuesta fue casi inmediata, no se hizo esperar porque volvió a aparecer en pantalla cuando menos se esperaba. Parecía que estaba pegada a su computadora cuando en la redacción leían y comentaban lo que Max le decía en el e-mail. "No me parece de buen gusto que la relaciones con los gays", decía Mauro, pero el nuevo correo de la susodicha llamó mucho más la atención de todos en la redacción.

----Original message----

Hello Max

Que alegría tan grande recibir una nota suya, pero no entiendo porque me habla de los gays?

¿Qué tiene que ver eso conmigo?

Nací con hormonas femeninas y si bien es cierto hago el amor con hombres y mujeres, eso no implica que sea gay. Que manera tan estrecha de calificar a los seres humanos. No soy homosexual, pero en la cama disfruto tanto con hombres como con mujeres.

Además creo que usted se ha confundido conmigo, mi acercamiento no es sexual sino amistoso, siempre desde que viví en Cangallo tuve mis patas. Usted no me interesa sexualmente en lo absoluto, tengo 45 años y me gustan las chiquillas entre 18 y 25 y lo mismo me ocurre con los hombres.

Le aclaro que no soy gay, pero si me describo de una manera muy liberal. No soy nada hipócrita, como las cucufatas de mi pueblo o país, que siempre le cuerneaban a sus maridos o mujeres, pero estaban a Dios rogando y con el mazo dando.

Soy una mujer muy hermosa, con muchas cualidades en todos los sentidos. A los 23 años me fui a Suecia, me encanta la cultura y vida, pero me cansé y quiero explorar nuevos horizontes, encontrar otros retos y disfrutar mi libertad.

El goce no está en función del sexo sino del ser humano o bestia, todo depende de la intensidad y prolongación del placer a su máxima expresión. No sé por qué pensé que usted viviendo nada menos que en los Estados Unidos sería diferente, pero veo que arrastra la cultura peruana tan arraigada y que tanto odio. Mi nombre es Beatriz, pero el correo lo hice a nombre de un amante que tuve cuando era adolescente. Espero con esto haber aclarado sus dudas.

Beatriz

La respuesta dejó a todos helados. Julián, Mauro, Pedro, Robert y Alfonso que estaban pegados al computador se quedaron mudos. Nadie se esperaba una explicación tan liberal. Beatriz se describía como una mujer hermosa, pero --según decía-- le gustaba disfrutar sexualmente tanto con hombres como con mujeres. "Esta tipa si es peligrosa y es mejor que tus relaciones sean de lejos", aconsejaba Julián. Mauro, Alfonso y Robert reían y pensaban en voz alta que era una mujer interesante y que les gustaría conocer.

A esa hora el colombiano ingresa a la redacción matándose de risa, esta es buenísima.

Oye, ¿por qué caminas con las piernas abiertas?

-Porque tengo el colesterol muy alto.

-Y que tiene que ver el colesterol con caminar de esa forma?

-Es que el médico me ha dicho: 'Los huevos... ni tocarlos'!!!

"Ese es un chiste viejo", le replica Julián entre risas, pero con este si te vas a morir de la risa, es de una viuda gallega, es cortico.

-Se muere el marido de una gallega y se acerca un amigo a la viuda y le dice:

-Lo siento.

-No, déjalo mejor acostado.

"Mira, allí viene Ramiro, el viejo cagalitroso ese. Con que cuento nos vendrá ahora", dice Mauro. Ramiro era un inmigrante dominicano de

77 años que le gustaba contar sus experiencias amorosas. "Ay chico, anoche cogí a una colombianita a la que le dí hasta en el suelo...".

"Claro... para que sienta algo duro", lo interrumpió Julián.

El dominicano se fastidió con el comentario de su paisano y le dijo "no te estoy contando un cuento, es la pura verdad, la muy berraca gritaba".

Max gozaba a sus anchas con las ocurrencias de Julián.

"Mira este come mierda, dice que le dio hasta en el suelo, claro si no podía subir ni a la cama".

Mauro se reía también a mandíbula batiente, pero salió en defensa de Ramiro diciendo "hay que creerle cuando dice que todavía se le para".

Julián trajo a la memoria el cuento que les hizo el hijo luego de su viaje a la República Dominicana. "No exagero nada, recuerdan que nos dijo que un amigo le puso a una muchachita de 17 años a la que se llevó al hotel y que ya estando 'peladitos' le entró un cargo de conciencia y se puso a darle consejos. Dice que le dijo ¿por qué haces esto hijita? Estás cometiendo un pecado gravísimo. ¿Creen que eso *pasó*? La verdad para mi es que al muy comemierda no se le paró. Una persona que está con todo el fuego encima primero la mete, después aconseja. Es como el soldado que está cuidando la frontera y siente pasos, primero dispara y después pregunta ¿quién vive?»".

Max, Mauro y Robert se reían a carcajadas.

"Al pájaro se le conoce por la cagada". Julián tenía sus frases hechas y dejó al dominicano mal parado.

Pedro no se metió esta vez en el cuento, estaba abstraído, tenía mil y un problemas en la cabeza que casi no dormía. No solo el problema de su sobrino lo agobiaba sino su casa que la estaba perdiendo. Ya había dejado de pagar varios meses al banco. "No tengo otra salida, si pago el mortgage dejo de darle de comer a mis hijos. Tampoco podría pagar la luz, el agua, la calefacción y los teléfonos celulares", decía.

Pedro, al igual que muchos inmigrantes latinos con residencia legal, había caído en una "suerte de créditos" que dieron los bancos para comprar casa sin dar ninguna cuota inicial y sin verificación de ingresos. Los bancos jugaron con los sentimientos de la gente. Cada semana Luis Gonzáles escribía en su columna en El Tiempo de Boston, uno de los periódicos latinos de Massachusetts, sobre la pesadilla del embargo hipotecario o "foreclosure".

"Lo cierto y claro en todo esto es que los que más sufren son los dueños de casa que están perdiendo el sueño americano. Los bancos y financieras han recibido una descomunal inyección económica del gobierno de Obama, pero poco les importa ayudar a la gente que está perdiendo sus viviendas. Sólo simulan ayudar a sus clientes con más promesas que hechos", decía González. La realidad es que los bancos toman las propiedades y las venden en muchos casos a precios miserables a distintos grupos inversores.

"Muchos inmigrantes latinos ya perdieron sus casas porque el sueño americano los llevó a caer en la trampa del "80-20" que eran dos préstamos que al cabo de un año los intereses se disparaban y los mortgages (hipoteca) se volvían impagables".

Pedro estaba en ese proceso, en la triste realidad del "foreclosure" o embargo, pero todavía tenía la esperanza de no perder su casa. "No quiero perder mis sueños", le decía a Mauro. "Luis me tiene que ayudar". Max lo saca de sus sueños y le expresa sin mayor miramiento: "ya tienes que ir buscando un departamento de alquiler, esto no tiene vuelta de hoja".

Cada vez eran más las familias latinas que estaban perdiendo sus casas y la culpa no sólo era de los bancos sino de la gente que se metió en un préstamo sin tener un respaldo económico. "Porque si yo gano 2,500 dólares mensuales cómo voy a pagar 3,000 de mortgage".

La verdad es que mucha gente compró casa, invirtió todos sus ahorros sólo para abrazar el sueño americano. Pedro era solo un ejemplo de lo que mucha gente latina estaba viviendo.

Con su esposa y sus tres hijos todavía vivían en su cómoda y amplia casa que tenía una "yarda" (jardín) impresionante. "Ya quiero que pase el frío para hacer carnecita afuera antes de que nos quiten la casa", le decía Pedro a María que esa mañana le estaba preparando el desayuno.

Su hermana lo había llamado la noche anterior para saber si había noticias de su hijo. "Sigue angustiada y yo no se qué hacer. Ya Max se puso en contacto con periódicos y radios de la frontera, pero no hay ninguna información. Estoy desesperado" le dice a su esposa para luego enrumbar al trabajo. En el trayecto lo atrapa un tráfico de los diez mil diablos y llega tarde a la redacción.

Max, Julián, Mauro y Alfonso lo estaban esperando, Robert todavía no había llegado.

¿Qué pasó, por qué llegas tarde? "Mi hermana me volvió a llamar anoche, está desesperada, ya no sé cómo hablarle".

"Bueno, este fin de semana veremos qué hacemos para que viajes con Mauro y Alfonso a la frontera, tenemos que hacer una historia sobre eso", le dice Max. Pedro salta de alegría. "Por favor ayúdame a buscar a mi sobrino", le súplica. "Tranquilo que eso viene" y mientras decía eso revisaba sus correos. Otra vez la tía de Suecia envió un e-mail.

----- *Original Message*—

Max

Pensé no volverle a dirigir la palabra, pero lamentablemente cuando llamé al Consulado peruano y pedí la información sobre personas licenciadas en Ciencias de la Comunicación o Periodistas, me refirieron con Ud., me dieron su teléfono y correo electrónico los cuales ya los sabía.

En fin, el hecho es que parte de mi trabajo tiene que ver con la Revista de la Universidad y yo quisiera comunicarme con los otros dos periodistas, me dieron los nombres de Juana y Andy, pero no me quisieron dar los teléfonos, me dijeron que eran amigos suyos y que Ud. podría ponerme en contacto con ellos.

Estoy muy interesada y entusiasmada en conocer a los otros periodistas y ver si me pueden ayudar en mi proyecto. De hecho no cuento con Ud. ya que no hay química y desde ya nuestra relación es bastante mala. Como le dije anteriormente yo no tengo ningún tipo de perjuicio y me molestan las especulaciones y las etiquetas a las conductas y personas. Realmente no existe un ser humano libre de tirar la primera piedra y lamentablemente usted con quien me había entusiasmado me ha desilusionado

Me interesa mucho ponerme en contacto con sus otros amigos, siendo yo peruana y Licenciada en comunicación. Yo creo que tendremos mucho en común, solo espero que no tengan la mente estrecha y perjuiciosa como usted.

Supongo que tampoco quiere entablar una relación ni amistosa ni de trabajo conmigo, y lo comprendo y correspondo con el mismo sentimiento, pero eso no implica que me relacione con otros periodistas.

Beatriz

Ese nuevo E-mail sacaba a Max de su cuadro de amigos, "por fin entendió", dijo entre dientes. Max tenía muchos prejuicios y lo menos que quería era seguir manteniendo una relación electrónica con Beatriz, quería cortar por lo sano. "Esto podría terminar mal", le dice Julián. "Es mejor que le respondas". Max lo hizo de inmediato.

----Original-message----

Subject: Re: Necesito Información

Señorita Beatriz

Lamento que se haya formado tanto prejuicio de mi persona por una simple broma, no pensé que eso la molestara tanto y que la pusiera a llorar como una niña malcriada. Quizás mis amigos a los que los voy a referir tienen la mente más estrecha o prejuiciosa que la mía, pero los voy a poner en contacto con usted. Lo que le puedo decir es que no soy ningún cucufato ni un liberalista trasnochado. En fin, usted se pierde mi amistad, aunque estaré siempre a sus órdenes.

Hasta cualquier momento Max

Esa mañana Alfonso llegó tarde a la redacción. Se había pasado de tragos con unos amigos en una discoteca de Boston. Allí conoció a Arturo Corcuera, un inmigrante de origen chileno que estaba feliz. Estaba a punto de cristalizar sus sueños, se iba a casar con una "gringa" por amor a los papeles, a la venerada "green card" (tarjeta de residencia).

"Susan ya es mi mujer, el mismo día que la conocí en la discoteca se la metí hasta las narices sin preámbulo alguno, está enamorada..."

Susan tenía 40 años y era madre de tres niños, mientras que Arturo no había cumplido ni siquiera los 21 años, pero estaba aferrado a la idea de hacer sus 'papeles' y poder viajar a su país de origen.

Varios de sus amigos lo alentaban y le ofrecían organizarle una despedida de solteros a todo meter con "striptiseras" de las más mamacitas. Otros bromeaban tarareando la canción "40 y 20" del gran cantante mexicano José José.

Estaba camino a casa de Pedro que vivía en la Centre Street de Jamaica Plain, entusiasmado con la idea de participar por primera vez en una despedida de solteros. Eran las 9.00 de la noche y las calles estaban todavía teñidas de blanco por una persistente nieve que había caído durante toda la mañana.

Los bombillos de la parte frontal de la casa de Pedro estaban encendidas con un pequeño cartel que decía "aquí es le despedida de soltero". Los amigos de Arturo organizaron la fiesta y Pedro cedió su casa después de un "tira y afloje" con su esposa que decidió viajar con sus hijos a La Florida para visitar a su hermana. María estaba disgustada porque Pedro casi no podía dormir por el maldito sobrino. "Me voy a Miami y no me importa inflar más las tarjetas", le dijo. Pedro no se dio por aludido, le daba igual. Ya estaba en el proceso de perder sus sueños y pensaba declararse en bancarrota.

La casa ya estaba casi llena de gente y Charlie, uno de los organizadores, estaba esperando en la puerta a las "striptiseras".

"Eres un barbarazo", le gritó Mauro cuando vio bajar de una vand a tres mujeres de unos 20 años de edad con unos cuerpecitos de guitarra. "Están mamacitas", balbuceó otro de los asistentes. El ambiente estaba encendido y lo mismo gritaba el joven de 20 años que el viejo de 60, todos habían pagado una cuota de 50.00 dólares para costear la despedida con licor y aperitivos.

Comenzó el espectáculo. Las tres jóvenes de origen anglo, brasileña y afroamericana comenzaron a contornearse y a desprenderse de sus ropas haciendo babear a los asistentes con miradas y movimientos eróticos. Como las trajeron al mundo se sentaron entre las piernas de cada uno de los presentes que sólo atinaban a mover las caderas. Ya Charlie les había advertido a todos sus amigos que no se podía tocar.

Charlie era muy cuidadoso en eso y había centrado su atención en los ocho nuevos inmigrantes de Ecuador, Colombia, Perú, Chile y El Salvador que estaban en una especie de cuarentena sexual. "Es mejor que no les metan mano para evitarse problemas", aconsejaba.

Pepe tenía poco más de 7 meses que vino del Perú y, según decía, "nada de nada de sexo. Me da miedo aventarme con una 'gringuita' y termine preso por tocarle los pechos como le ocurrió al 'cholo' César".

Solo mencionarlo se le ponía la piel de gallina. César era uno de los inmigrantes peruanos más exitosos, Llevaba más de 20 años de carrera artística con su grupo "Inca Son" y tenía una empresa que la dirigía una norteamericana para promover sus presentaciones. Le gustaba lucir autóctono, con el pelo negro largo recogido algunas veces con una vincha. En sus inicios interpretaba música andina en la calle, cerca de la Universidad de Harvard, o en el subterráneo de las estaciones del tren. La gente lo apoyaba con dinero.

Luego subió como la espuma actuando en diferentes escenarios, incluso llegó a la Casa Blanca con los presidentes Clinton y Bush. "El cholo" como sus amigos lo llamaban estaba feliz, pero esa felicidad se vino abajo en un abrir y cerrar de ojos.

"Se cometió una injusticia con Villalobos", decían sus amigos que no podían creer lo que le había pasado. La justicia norteamericana lo sentenció a pasar tres años en la cárcel por el delito de abuso sexual contra una menor. "El cholo" le había tocado los pechos a una "gringuita" de 17 años de edad.

Villalobos había enfrentado otros casos similares y si bien antes había salido bien librado esta vez los jueces fueron implacables, pero muchas personas que lo conocían no estaban de acuerdo con el fallo.

"Los jueces se excedieron y vieron más el perfil racial del acusado", me decía Pedro.

La vida del inmigrante en Boston o en cualquier parte de los Estados Unidos es complicada no sólo por el idioma sino por lo cultural y nadie se escapa de haber pasado una "vida de perros" en el mejor país del mundo. Uriel, un colombiano que vino de su país vendiendo todo lo que tenía, lo comparaba con una "gran cárcel o una cárcel de lujo para nosotros los inmigrantes".

¿Qué pase el próximo berraco? se escucha gritar a Paola desde lo más profundo de sus entrañas.

¿Quién sigue? se escucha decir en una fila interminable de clientes deseosos de placer.

Arturo Corcuera todavía estaba sacudido por la batalla que había librado con las tres "striptiseras" que querían bajarle el calzoncillo o pantaloneta. Se puso contra el suelo y evitó a toda costa que lo dejaran en pelotas. Nadie sabe si fue por pudor o porque se avergonzaba del tamaño de su miembro. Lo cierto es que estaba decidido a ponerse la "soga al cuello" con una mujer mucho mayor que él.

Paola seguía gritando, animando a sus ocasionales clientes. No necesitaba más de 5 minutos para 'liquidar' a cada uno de ellos. José se quejaba porque lo suyo fue fugaz. "Ni bien la toqué me vine en blanco", decía.

La idea de traer mujeres que vendían sexo a domicilio había sido de Charlie que se puso en contacto con un amigo colombiano que se había metido a ese negocio ilegal. Las "striptiseras" habían dejado a todos con la cabeza caliente, pero sus tarifas por "un polvo" eran demasiado elevadas. Cobraban hasta 120 dólares por tres minutos de placer.

El colombiano al que conocían como "berraco" tenía en su negocio mujeres para todos los gustos, gordas, flacas, altas, bajas, negras, blancas, cholas y con tarifas económicas de 30 y 35 dólares. Las colombianas, puertorriqueñas, brasileñas y hondureñas "estaban en su punto" como decía el fotógrafo y eran las que más gustaban.

Paola era una de ellas, tenía apenas 17 años y un cuerpecito de botella cuando llegó a Boston con muchas ilusiones, con un "mundo de fantasía" que no le cabía en el cuerpo.

Cuando decidió salir de su Medellín no midió consecuencias y lo que más quería era llegar a los Estados Unidos para buscarse un futuro mejor para ella y su familia.

Cruzando la frontera vivió su primera experiencia sexual fuera de su patria, enredándose con el "pollero". Venía con varias amigas y las largas horas de caminata en la frontera se le hizo más llevadero. "Esa experiencia no fue de la más agradable, pero tenía que hacerlo. Quería llegar a la meta y no me importaba nada", decía.

A Paola no la desaminaba nadie ni nada y, según contaba, sólo le venía a la mente las fotos y videos que le habían enviado sus amigas desde Boston con sus carros último modelo y de una vida aparentemente llena de placeres, de lujos.

Estaba atraída como tantas jóvenes inmigrantes por todo lo que le
decían sus amigas, pero la realidad fue otra.

Paola cayó en las garras de la prostitución y su cuerpecito se vendía
al paso, sobre cuatro ruedas, en una vand que hacía también viajes a
domicilio. El colombiano vendía sexo en la calle, había acondicionado
un minicuarto en la vand con cama y todo. Casi todos los días se
paseaba con celular en mano por diferentes distritos ofreciendo su
"mercadería". Era un 'polvo' sobre ruedas.

"Lo que te puedo decir es que nunca pensé en prostituirme y ahora
estoy en un callejón sin salida".

Paola no ocultaba su dolor, lloraba amargamente y me apuntaba "no
podemos decir que no hay trabajo, pero por la falta de documentos
legales muchas veces se nos cierra las puertas y no tenemos otra
alternativa que prostituirnos".

"Cuando ya estamos metidas en el negocio nos sentimos atraídas por
el dinero y por el trabajo fácil".

Paola vivía con unas amigas en un apartamento en la Benington Street
de East Boston, uno de los barrios más colombianos de Massachusetts
y donde se concentra la mayor parte de negocios de ese país
sudamericano. Son muchos los "paisas" --tal como se les conoce a los
que provienen de Medellín, la tierra de Pablo Escobar-- que viven en
ese distrito de Boston.

La historia de Paola no es un caso aislado, son muchos los inmigrantes
que se meten al negocio sucio de la prostitución o las drogas atraídos
por el dinero fácil.

La prostitución en los Estados Unidos es ilegal al igual que la droga,
pero el negocio en ambos casos es redondo. "El berraco" hacía
números, siempre estaba con celular y calculadora en mano y decía
"Paola se levantó fácil en poco más de cinco horas de placer 700
dólares, 300 para la casa y 400 para ella". La hondureña hizo
un poco menos, pero la boricua superó a las dos, al igual que la
brasileña.

Esa noche Pepe y Arturo estaban desbocados, querían repetir el plato y con una sonrisa de oreja a oreja formaron fila en los cuatro cuartos y gastaron hasta lo que no tenían. Pepe le pidió prestado dinero a su tío y Arturo echó mano de un dinero que estaba reservando para la boda. Muchos de los que estaban en la despedida de solteros desconocían el negocio del colombiano y por meses sólo se habían contentado con "manuela palma".

"Soledad es mi mejor compañera, no habla, no protesta si llego tarde, pero 'manuela' me hace gozar", decía Ramón, un inmigrante dominicano entrado en años que prefería estar solo y no meterse en ninguna relación estable. "Enredarse con una mujer aquí es un lío, primero te la pintan bonito y luego te quieren quitar hasta los calzoncillos. Mira lo que le pasó a John "flower", la mujer no sólo lo dejó en la calle, sino que le puso orden de restricción y luego lo metió preso por tratar de meterse a su propia casa".

Lo de John "flower" era una historia como para no creerla, distribuía periódicos por la zona de Lawrence donde vivía con su familia, era un tipo a todo dar, gracioso hasta la remaceta. Tenía sus años y le gustaba beber cerveza "Presidente" que conseguía en algunas licorerías. La mujer con la que se había "empatado" era mucho más joven y madre de dos niños.

John "flower" trabajaba como loco para satisfacer los deseos de su mujer. "Nunca está contenta, siempre reclama más y me bota de la casa", le confiaba a su amigo Ramón, quien le pedía terminar esa relación. "No me digas eso, yo la quiero".

"Pero a lo mejor ella ya se cansó de ti y tiene otro macho", le replicaba.

Esa noche John "flower" --como le gustaba que lo llamen-- llegó a su casa y sorprendió a su mujer con un amigo, por lo que armó tremendo alboroto. Gloria que era una mujer de origen hondureño llamó a la policía y acusó a su marido de agresión y de intento de asesinato. John terminó en la estación de policía y luego en la Corte de Lawrence bajo los cargos de violencia doméstica. El juez le impuso una orden de restricción, por lo que no podía aproximarse a su casa y mucho menos a su mujer.

John tuvo que irse a vivir con unos amigos, pero su vehículo que era su herramienta de trabajo se había quedado en el garaje de su casa. "Nadie me puede decir nada si saco mi vehículo, está a mi nombre", le dijo a Ramón. En la noche se le ocurrió ingresar a su casa para llevarse su auto, Gloria se percató y llamó a la policía que lo detuvo cuando abandonaba el lugar. John terminó preso por no acatar una decisión de la justicia que le impedía aproximarse a su mujer.

"Esta mujer es una desgraciada, no solo lo metió a la cárcel sino que contribuyó a su deportación", decía Ramón. John era residente legal, pero con un año de probatoria pasaba a formar parte de los "indeseables" que bajo la reformada ley migratoria podía ser deportado. Así ocurrió, pero poco antes de su deportación un grupo de amigos lo visitó en la cárcel.

John estaba destrozado, lloraba su mala suerte y maldecía por no haberse hecho ciudadano norteamericano. "No lo hice porque siempre estaba ajustado de dinero, la mujer me exprimía, me quitaba todo lo que ganaba". Ramón lo escuchaba y se sentía en parte culpable por no haberlo ayudado a jurar bandera. Después nada se supo de John "flower" hasta que llegó a mano de uno de sus amigos una misiva desde República Dominicana en la que agradecía a todos por su amistad y pedía que le envíen una colaboración para emprender una nueva vida en su país que lo vio nacer.

Julián quien conoció de cerca a John se sintió conmovido, pero Alfonso lo sacó de ese cuadro de angustia cuando le mostró varias fotos de la despedida de soltero de Arturo. Todos habían sido advertidos que estaba absolutamente prohibido tomar fotos, pero Alfonso se las ingenió para hacerlo sin que nadie se diera cuenta y las puso en su página de Facebook. Las fotos estaban de "puta madre".

Las tres mujeres estaban totalmente peladitas, como Dios las trajo al mundo y Alfonso le decía a Julián "si vieras como se contorneaban al ritmo de reggaetón". Una de las fotos mostraba a Alex casi extenuado, sentado en una silla y virtualmente brincando cuando la brasileña se le montó encima, dejando casi en el aire su voluminoso trasero. Sus pechos acariciaban su cara y Alex se movía en todas direcciones para besarlos. No se aguantó que le tocó las nalgas y Charlie tuvo que gritarle, pero el muy berraco ya se había venido ensuciándose los pantalones con su semen.

"En la reunión había una sarta de aguantados", decía Alfonso. Pero sin lugar a dudas las tres mujeres deslumbraron a todos. Eran tremendas hembras, pero Mauro se la pasó esa noche aparentemente quejándose, balbuceando "qué mierda, qué mierda...". Alfonso le preguntó "qué pasa, no te gustan las hembras". Mauro le respondió diciendo "no, mi hermano, decía qué mierda lo que tengo en casa".

"Se sufre, pero se goza", repetía su consabida frase.

Es verdad, el inmigrante indocumentado sufre por las carencias a las que se tiene que someter para ahorrar un poco de dinero para saldar cuentas o dar de comer a sus familias en sus países de origen, pero goza a sus anchas bebiendo o "follando" (haciendo sexo). No les importa vivir hacinados, en sus países de origen la situación era peor. Muchos de ellos recuerdan que vivían en el campo en casuchas de esteras con carencias de las más elementales como agua, desagüe, energía eléctrica, teléfono.

De allí que vivir amontonados en un mismo cuarto no les preocupaba ni los incomodaba. Ese es el patrón de vida de muchos inmigrantes que en los últimos 10 o 20 años se han multiplicado en Massachusetts. Jamaica Plain, uno de los distritos de Boston, era eminentemente dominicano, pero también vivían allí cubanos, puertorriqueños y uno que otro peruano. "Ese tipo que va allí es tremendo carterista y es tu paisano", dice Tony mirando a Alfonso.

"Lo veo todos los días en el tren, en las horas punta cuando casi no cabe un alfiler". Jorge era muy conocido en su barrio por salir casi todos los días de su apartamento entre la oscuridad y el amanecer, desde las 6:00 de la mañana ya estaba "trabajando", "limpiándole los bolsillos" a la gente en los trenes que recorrían la ciudad de Boston.

El "negocio" le iba viento en popa, disfrutaba a sus anchas con el dinero mal habido hasta que cayó preso. Las autoridades lo estaban velando por las múltiples denuncias que había en su contra.

Jorge tenía doble nacionalidad, era originario del Perú, pero también tenía la nacionalidad italiana por sus padres que vivían en ese país y lo habían pedido.

Su esposa Rosario, de origen hondureño, me llamó desesperada para preguntarme que "va a pasar con los papeles que sometí a inmigración" ya que Jorge la había pedido en su calidad de residente legal. El peruano ya había estado preso por ese mismo delito y la deportación lo esperaba, dejando a Rosario embarazada de ocho meses y con un niño de tres años. En el supermercado Hi-Lo que cerró sus puertas en enero del 2011 muchos de los trabajadores conocían de sus andanzas y del drama que le tocó pasar a la mujer hondureña. Gracias a la ayuda de su abogado, Rosario tuvo un final feliz quedándose a vivir en los Estados Unidos. Le dieron la residencia por razones humanitarias y porque tenía dos hijos norteamericanos.

El colombiano llegó a la redacción con Mauro cagándose de risa. "Este chiste es una berraquera", le dice a Julián.

*Un marido cuernudo sorprende a su mujer engañándolo y pregunta

-¿Qué hace ese hombre debajo de la cama?

-La mujer de pie, encima de la cama, responde 'ay no sé qué hace allí, pero encima hace maravillas...* El cagadero de risa fue general.

Pero por allí también llegaba Arturo Corcuera, quien había logrado sus sueños de casarse con la "gringuita" en una boda por civil que se celebró en el City Hall de Somerville con unos 30 invitados. La boda lo dejó casi descapitalizado que no podía someter los papeles a inmigración. Sólo el abogado le cobraba 3,500 dólares, al margen de lo que tenía que pagar a inmigración.

Arturo estaba loco con su "gringuita" y, según le confiaba a Mauro, hacían de todo luego de beberse unos tragos. "Me la mama rico y a tanto ruego al fin pude metérsela por atrás, no quería, opuso resistencia porque decía que eso sólo era para defecar, pero al final me puso un condón, lo lubriqué y se la metí. ¡Qué rico!, esbozaba.

Pero Susan gritaba de dolor y le pedía que se la saque, "tuve que sacársela, me quitó el condón con cuidado y lo tiró al aire" para luego seguir haciendo sexo normal hasta que quedaron exhaustos. En la oscuridad, Arturo agarró su vaso de whisky y tomó un sorbo cuando sus labios sintieron algo gelatinoso. Tomando otro trago sus ojos vieron el condón dentro de su vaso. "Mieeerda", dijo. Mauro se cagaba de risa, no lo podía creer, Susan le había tirado el condón con su mierda a su vaso sin "querer queriendo". Alfonso también reía a carcajadas. "La mujer se vengó, el culo no es para eso, al final tomaste whiskie con mierda".

CAPÍTULO 3

WORCESTER

Viviendo en Worcester conocí a Wilber, un inmigrante de origen guatemalteco que con su esposa se la pasaban trabajando para mantener su hogar. Sus hijos crecían virtualmente solos. Uno de ellos, Alexis, se metió en el mundo de las drogas, "paqueteaba" en una de las esquinas de su barrio en la Main hasta que la policía lo sorprendió vendiendo pasta cerca de una escuela. Alexis terminó preso y luego deportado a su país de origen donde siguió en las mismas andadas hasta que lo mataron en un ajuste de cuentas. Su hermano Richie lo contaba llorando, pero seguía sus pasos. Richie que ya se hacía llamar 'Mily' se había operado para cambiar de sexo.

Wilber y su esposa eran residentes legales y sus cuatro hijos también. Les faltaba muy poco para hacerse ciudadanos norteamericanos. Richie lloraba como una niña por su hermano Alexis. "Si no lo hubieran deportado estaría vivo", se quejaba.

Pero cuántas historias como esta no hay entre la comunidad inmigrante, unas más novelescas que otras, pero todas cargadas con el más dramático realismo, basadas en la vida de los latinos. Como periodista y miembro de esta comunidad seguí muy de cerca muchos casos y los escribí para el periódico donde trabajaba, pero sin afectar ni dañar a nadie. Ese no era mi objetivo ni tampoco lo es ahora sino lo que busco es llamar la atención del mundo y en especial de nuestros países de América Latina porque muchos de sus hijos viven en el primer mundo, en el mejor país del mundo como ratas.

Con el padre John Lavin conversé varias veces. Como sacerdote redentorista sirvió al pobre latinoamericano por más de 40 años y plasmó gran parte de su vida en un libro que tituló "Notar a Lázaro en nuestra puerta".

De origen irlandés, el padre Lavin me decía que su familia no quería que apoye a los indocumentados. Cuando sus padres emigraron "eran pobres como la mugre", pero luego lograron abrazar el "sueño americano". Su familia era la típica "americana "que se oponía a que la gente entre al país ilegalmente.

El padre Lavin pensaba lo contrario y me hablaba más bien de inmigrantes explotados por grandes agricultores o grandes corporaciones. "Nuestros propios Obispos de los Estados Unidos reconocieron en su carta pastoral: Justicia económica para todos, una sociedad consumidora ciega al llanto del pobre". El religioso me decía "que tanta gente sea pobre en una nación tan rica como la nuestra es un escándalo social y moral".

En su libro el padre Lavin cuenta a su manera las experiencias que ha vivido con la comunidad inmigrante a lo largo de sus 40 años de sacerdocio. Para Semana Santa un grupo de jóvenes escenificó un drama bíblico que se enfocaba en una pareja de inmigrantes mexicanos. La joven estaba embarazada. No podían encontrar trabajo, albergue o ayuda médica para la mujer en estado grávido. La obra culminó con el nacimiento del niño. Podía oírse el llanto del bebé que nació en la sacristía. Fue un nacimiento en vivo en el que la mujer amorosamente acurrucaba a su hijo.

Desde el 9-11 los tiempos cambiaron y cada día fluían historias nuevas en medio de una lucha constante para vencer barreras de indiferencia, racismo, abuso de empleadores, redadas del gobierno, deportaciones y el consumismo.

Massachusetts no era un estado que cobijaba a muchos inmigrantes latinos. En los años 70 u 80 apenas se contaban con los "dedos de la mano". En los últimos 20 años la población latina se multiplicó y los casos de violencia doméstica propios de nuestros países también.

Cuando llamaron de Brockton no lo podía creer. Alfonso se golpeaba la cabeza contra la pared. ¿Cómo le pude dar alojamiento a un maldito asesino?, decía mientras veía la foto de Luis Huamán a quien la policía sindicaba como el autor de la violenta muerte de María Avelino Palaguachi-Cela y de su hijo Brian Caguana de apenas dos años de edad.

Huamán los mató a garrotazo limpio para luego cercenar sus cuerpos, meterlos en una bolsa de plástica negra y botarlos a la basura.

La historia era escalofriante, macabra, y el autor un asqueroso latino. Ese es el estereotipo, nos ven a todos como latinos, sin importar el origen, la procedencia o la calidad humana.

Huamán era originario de un pueblo andino del Ecuador llamado Cañar. Con su gente se comunicaba más en su dialecto, el quechua, no hablaba bien español y mucho menos inglés.

Max también lo conoció en una de las tantas visitas que hizo al edificio de apartamentos que tenía Alfonso en la Congress Street, en Milford. Allí Huamán vivía con una mujer también de su pueblo, ambos tenían una apariencia indígena del carajo y quienes lo veían no sabía a cual de los dos, Dios los había castigado más, eran refeos, chutos, cetrinos, por lo que Julián decía cagándose de risa: "de allí va a salir el nuevo rostro de América".

Huamán vivía en el sótano del edificio que lo compartía con otros dos ecuatorianos y un guatemalteco. Los fines de semana bebían como locos y por lo que me contaban, Huamán golpeaba a la mujer por celos hasta que le llovieron las denuncias de los vecinos y tuvo que salir huyendo antes de que la policía lo arrestara.

"Se fue sin pagar la renta ese desgraciado", decía Alfonso.

Huamán desapareció sin dejar rastro alguno. Ni siquiera el hermano que vivía en otro edificio de apartamentos en la Grove Street sabía de su paradero, por lo menos eso es lo que decía hasta que apareció en Brockton como protagonista de uno de los crímenes más espantosos.

¿Quién en su sano juicio podría hacer algo semejante?, se preguntaba Alfonso.

Víctor Villegas, presidente de la Asociación de Ecuatorianos de Milford y originario de Quito, la capital ecuatoriana, tejía sus propias conclusiones. "Esta gente viene de los campos, semi analfabeta o analfabeta completa, apenas hablan el español y tienen costumbres salvajes que dilucidan sus broncas con el machete o el garrote".

El salvaje asesinato de Palaguachi, de 25 años de edad, originaria también de Cañar, y de su hijo Brian, nacido en los Estados Unidos, conmocionó a la comunidad ecuatoriana y latina en general.

Alfonso y Mauro estuvieron en la escena del crimen para hacer un informe, siendo testigos presenciales de la espantosa tragedia.

"Cuanto dolor hay por las calles de Brockton. El llanto, la desesperación de una comunidad ecuatoriana que todavía no sale de su asombro por la violenta muerte de María y de su hijo Brian aún no cesan y se escucha gritar por la Warren Avenue "asesino, asesino", escribía Alfonso.

Una violenta discusión entre ambos en la que la mujer le decía "no te amo", "no te amo" llevó a Huamán a convertirse en una bestia humana para dar cruel muerte a María y a su hijo, tirar sus cuerpos a un zafacón de basura, huir de la escena del crimen como si nada hubiera pasado y regresar a su país de origen utilizando un pasaporte falso.

Huamán se paseó por las narices de las autoridades portuarias y de inmigración para embarcarse en un vuelo que lo llevó desde Nueva York a Guayaquil, Ecuador. Ya en su país creía que se había librado de la justicia.

Manuel Jesús Caguana, de 24 años de edad, esposo de María y padre de Brian, llamó a Ecuador para alertar a su familia. Estaba dolido, destrozado porque jamás se le cruzó por la mente "vivir tan desgraciados días por culpa de un amigo".

"Esa gente del campo vive como animales, por eso casi todos tienen el mismo apellido, eso es parte de su cultura", me decía Víctor, también propietario de un Minimarket (tienda) ubicado en la Main Street de Milford donde vendía productos ecuatorianos y de otros países de América del Sur y de Centroamérica.

Manuel consideraba a Huamán como su mejor amigo y paisano y le confiaba la custodia de su esposa y de su hijo cuando salía a trabajar por varios días en obras de construcción fuera del estado. El día de la tragedia estaba trabajando en Virginia, pero --según dice-- decidió regresar antes de lo previsto porque su esposa no le contestó el teléfono.

Cuando Manuel llamó, María y su hijo Brian ya estaban muertos producto de violentos golpes que recibieron en la cabeza. Los médicos certificaron la muerte de ambos por múltiples traumatismos encéfalo craneano.

"Lo único que pido es justicia, que pague por el horrendo crimen de mi esposa y de mi hijo", me decía Manuel, mientras en las afueras de su apartamento una hilera de carros con matrículas de Massachusetts, Nueva York y Connecticut llegaban para unirse a su dolor.

¿Qué hijo de puta ese?, se escuchó decir en un improvisado velatorio con velas, flores y ropa de las víctimas.

Manuel no quería ni hablar, se sentía doblemente burlado, por la mujer que le puso los cuernos y por el amigo que lo traicionó y que había logrado regresar a su país como si nada hubiera pasado.

El padre de María vio a Huamán caminando por el pueblo sin el más mínimo remordimiento. Se lo decía a Manuel. "Ese desgraciado se burla de la justicia norteamericana, riéndose dice 'me los pase por los huevos'...".

Huamán caminaba confiado, creía que sus horrendos crímenes iban a quedar impunes, pero la familia de María y de Manuel le tendieron una trampa. Le mandaron decir que tenía un giro en la Casa de Cambios y cuando se presentó le cayeron encima y se lo llevaron arrastrando hasta la estación de policía. Su foto ya estaba circulando como el presunto asesino de María y de su pequeño Brian. Huamán quedó bajo custodia de las autoridades de Cuenca.

En la Iglesia San Patricio de Brockton el llanto dominaba a una comunidad ecuatoriana que reclamaba justicia. Alfonso estuvo allí cuando se les dio el último adiós en medio de cánticos y rezos. Luego los restos de María y Brian fueron enviados al Ecuador para darles cristiana sepultura.

A lo largo de una semana, familiares y amigos acompañaron a Manuel en improvisados velatorios en su apartamento. "Todo esto es muy difícil, el asesinato de María y Brian nos ha tocado el corazón y ha partido nuestras vidas", me decía Manuel mientras recolectaba dinero que le permitió cubrir los gastos de autopsia, sepelio y envió de los dos cadáveres. En lo que simulaban eran ataúdes había imágenes de Jesucristo, flores y las fotos de María y Brian.

En la Iglesia también se rindió tributo a Luis Gilberto Tenezaca Palaguachi, de 25 años de edad, sobrino de Palaguachi-Cela, quien días después de la terrible tragedia murió accidentalmente mientras trabajaba en la azotea de una vivienda. Las malas lenguas decían que Luis también se cepillaba a la tía y que su muerte no fue accidental. "Se mató por amor", decían, pero la verdad se la llevaron los dos a la tumba.

Luis era un tipo tranquilo, pero Huamán tenía un historial de violencia y de otros delitos en Milford, ubicado al Oeste de Boston, y en Nueva York donde vivió varios años.

"Este es el tipo de basura que nos hace quedar mal como comunidad, yo mismo me siento culpable por haberle dado hospedaje en el edificio de apartamentos de mi propiedad", decía Alfonso.

Huamán utilizó un pasaporte falso con el nombre de Antonio Castro para volar a Ecuador apenas horas después que se encontraran los cuerpos de María y de Brian en un compartimento de basura detrás de la vivienda.

Las investigaciones apuntaron a Huamán luego que otro compañero de cuarto, identificado como Aparicio Valencia De la Cruz, de 34 años, mexicano, indocumentado, le confesara a la policía lo que había escuchado esa noche. "Tuvieron que presionarlo para que hable", dice Mauro, porque inicialmente le dijo a la policía que no sabía nada.

"Yo escuché cuando le gritaba 'no te amo, no te amo'", señalaba Valencia.

María y Huamán mantenían una relación oculta que tomaba mayor pasión cuando Manuel salía a trabajar fuera del estado y dejaba al amigo al cuidado de la casa. "Cuídame a la mujer", le decía. Pero aparentemente la mujer ya no quería seguir siéndole infiel al marido o tenía otro romance oculto, lo que habría desatado la ira de Huamán.

"Yo los escuché discutir acaloradamente", le dijo Valencia a la policía. "Después escuché que cerró la puerta del apartamento con fuerza y luego la del edificio", pero su confesión llegó tarde porque la policía ya le había puesto cargos por "impedir, obstruir e interferir" a la justicia. Huamán estuvo inicialmente preso en El Ecuador por entrar a su país con un pasaporte falsificado, pero no por los crímenes ni pudo ser traído a Boston para ser juzgado porque por lo que se decía "no hay un acuerdo de extradición con los Estados Unidos".

Mauro se preguntaba ¿pero por qué ocurren tragedias como esta? Hay una sola palabra que es muy familiar en nuestros países: "hacinamiento, salvajismo". Muchos inmigrantes se ven obligados a vivir en la promiscuidad para ahorrarse unos dólares y ayudar a sus familias en sus países de origen. María y su esposo compartían el pequeño apartamento que habían alquilado con otros tres hombres.

"¿Quién puta puede vivir así?", decía Julián. Desde que falleció su esposa, su hijo se emancipó a los 18 años y vivió por varios años solo en apartamentos que compraba y vendía "ganándose unos centavitos" como decía hasta que decidió compartir su vida con una cubana que lo atendía en todos los sentidos.

Julián era uno de esos tantos latinos que había logrado sobresalir, no vivía como rey, pero tenía cierta tranquilidad y holgura económica.

Alberto Vasallo III y sus padres eran otra historia, eran dueños del periódico El Mundo Boston y formaban parte de una lista de latinos que ya tenían escritas sus historias de éxito como Angel y Yadires Nova-Salcedo, dos personajes de la televisión local, Tony Barros que compró edificios a "cheles" en Jamaica Plain cuando nadie quería habitar esa ciudad por la violencia y las drogas y años después vendió uno de los edificios a casi un millón de dólares en los tiempos del "boom" hipotecario, Tito Avellaneda, Alfonso Giraldo, William Puma, Rafael Castillo, Tony Portillo, Nobel García, Julio César Díaz y tantos otros pequeños empresarios latinos en Boston o Jorge Ramos, María Elena Salinas, Cristina Saralegui, Don Francisco, José Díaz Balart, María Antonieta Collins y tantos otros personajes de la televisión en Estados Unidos, así como otros tantos en los rubros empresarial, educativo y político. Pero ¿cuántos latinos han logrado sobrepasar la barrera con sus historias de éxito?

Somos 50 millones de hispanos o latinos, de acuerdo a las últimas cifras del Censo del 2010. De esa sorprendente cifra ¿cuántos no están mordiendo calzoncillo y comiéndose las uñas? Por lo que se sabe hay 12 millones de inmigrantes que están todavía en la sombra, sufriendo y gozando una vida que no es la suya en muchos barrios latinos como Worcester.

De esta ciudad y de muchas otras donde los latinos sentaron sus reales, los anglos desaparecieron dándole "cancha libre" a los inmigrantes hispanos, muchos de ellos caribeños y centroamericanos, que pululan por todos lados, algunos borrachos y con botellas en mano.

Julián me decía "esta gente ha traído el tercer mundo a Worcester", ubicado al Oeste de Boston, la cuna de la cultura de Massachusetts. Se veía a gente en mal estado, ebrios hasta la coronilla y atontados por la droga. Lo mismo lo veías en Chelsea que en East Boston, en el mismo corazón de Boston, distritos mayoritariamente latinos, así como en Lynn o en Lawrence, distritos con una gran población dominicana.

"La droga es la perdición del mundo, pero qué rica es" espetó Alfonso bromeando, pero Julián no lo tomó así que le hizo una escena de coraje. La droga se vendía por todos lados, en todos sus estilos y variedades y la comercializaba en cualquier lugar el gringo, el cholo, el chino, el indio. "Este negocio ilegal no tiene madre".

Alfonso contaba que estuvo por Lynn para visitar a unos amigos, pero en la oscuridad de la noche se perdió y cuando se detuvo para preguntarle a un individuo por la calle, éste lo interrumpió para decirle 'yo no vendo drogas, pero ve usted esa casa de color blanco'.

-Sí, si la veo.

-Pues, en esa casa no, allí vivo yo, después en todos lados.

El individuo exageró en su comentario, pero lo evidente es que cada vez son más los vendedores de droga que hay en las calles, no sólo en Lynn sino en cualquier otro barrio. Víctor vivía en una calle apacible de Milford y veía a una mujer y a un hombre, ambos blancos, 'paqueteando'. Ambos salían de sus apartamentos con celular en mano para surtir a sus clientes, uno en bicicleta y el otro a pie. Los llamaban por el celular y salían a darles el encuentro. Con Víctor nos sentábamos a tomar unas cervezas en el "porch" (la terraza) de su casa y los veíamos en su 'traqueteo'. Igual pasaba frente a la casa de "mi cumpa" en la Maverick de East Boston que en la Center de Jamaica Plain, por los proyectos.

La policía hace su trabajo, pero la droga les gana al punto que tres oficiales latinos de la Estación E-3 de Jamaica Plain terminaron en la cárcel luego de encontrarlos culpables de servir de protección a narcotraficantes. Mauro me había hablado de Pulido, uno de los policías, a quien veía en las discotecas con mujeres gastando a dos manos. Los sorprendieron cuando traían un "paquetón" de droga de Miami a Boston.

¿En quién podemos confiar?, me preguntaba Julián cuando leía un artículo que había escrito mi amiga Olga bajo el título "Libertad y marihuana para todos" a raíz de la entrada en vigencia de la ley de despenalización de ese estupefaciente en el estado de Massachusetts.

"¡Qué Dios nos coja a todos arrepentidos y confesados", decía.

Los votantes de Massachusetts aprobaron esa ley con el 65 por ciento de respaldo, pero "eso no quiere decir que la mayoría de nuestra población pensante quiera destruir nuestra sociedad".

Conforme a la anterior ley, la simple tenencia de marihuana acarreaba seis meses de cárcel o multa de $500 y aparecía en la lista de 'antecedentes de infractores criminales' (CORI, por sus siglas en inglés).

"Ahora todo ha cambiado, hay libertad y marihuana para todos, por lo que nunca pensé ser testigo de la aprobación de una ley que acabara destruyendo a mis hijos, mi familia, mis amigos y a mi comunidad. Los que votaron a favor deben sentirse felices y orgullosos, hasta héroes, porque creen haber hecho historia", escribía Olga.

Hay un gran sector de la población de Massachusetts que está en contra de esa ley, pero es poco lo que se puede hacer para evitar la destrucción de la sociedad. Sólo en los "Colleges" y Universidades un promedio del 28 por ciento de estudiantes abusa de las drogas y el alcohol, según estadísticas oficiales.

Alfonso dudaba de esas cifras y decía que la mayoría de las personas que matan, atropellan y cometen los crímenes más violentos están bajo la influencia de las drogas y el alcohol cuando aparece en la redacción el colombiano riéndose y diciendo estas son tres corticas de gallegos, que son una berraquera.

-Oye Manuel ¿A ti te gusta el Plácido Domingo?

-Pues claro hombre, antes que el reputísimo lunes.

Esta es otra, "listen, listen" (escuchen, escuchen).

-¿Oye Manolo quieres ser Testigo de Jehová?

-¿Pero yo ni siquiera vi el accidente?

Esta si es berraca...

A un gallego lo detiene la policía y le dice:

-Deme su nombre y apellido.

-Está loco ¿Y yo después cómo me llamo?

El colombiano se reía a rabiar que contagiaba su alegría.

Mauro estaba saliendo para Worcester para hacer la distribución del periódico pasando por Framingham y Milford cuando se encuentra allí con Villasis, un comerciante ecuatoriano, que se quejaba de su gente del Ecuador que había arrastrado su cultura al pueblo donde vivía. Muchos de ellos habían convertido las calles en canchas de fútbol sin importarles la tranquilidad de los vecinos. Los gritos, los insultos se escuchaban a diez cuadras a la redonda. "Eso es algo que los latinos hacen en sus países, no hay canchas de fútbol y juegan en la calle bloqueando pistas", decía Villasis. "Esto es América y mis paisanos por esa razón se buscan muchas broncas con la policía".

"Puta que están de ilegales y no saben comportarse", espetaba Alfonso que le tenía cierta animadversión a esa gente que andaba suelta por las calles, legales o ilegales, cagándola, metiéndose en problemas. El latino por lo general no habla de su estatus migratorio o dice mentiras de su origen. No se atreve a hablar con la verdad, pero cada quien tiene su propia percepción de ¿Quién es *quién?* Porque muchos callan, ocultan su estatus legal y mienten en unos casos diciendo que sus padres son puertorriqueños.

Alfonso les dio albergue a varios inmigrantes indocumentados en una vivienda múltiple que tenía en las afueras de Boston y muchas veces se sentó a compartir con ellos, a conversar de sus sueños, de sus ilusiones venidos al suelo, estrellados en el pavimento. Daniel ocultaba su origen y su estatus legal, decía que era puertorriqueño, pero varios de sus amigos sabían que era nicaragüense. Muchos hablaban solo español y otros --como esa última corriente de ecuatorianos que vino del pueblo de Cañar-- apenas articulaban el idioma de Cervantes, se comunicaban en quechua, un dialecto indígena.

Cuantas veces la vida del inmigrante no se complica aún más por no saber inglés y cuantas veces no echamos mano de los intérpretes para ir a una corte o a un hospital por desconocimiento del idioma. Los riesgos pueden ser de vida o muerte porque según me decía Juana, una Oficial de Probatoria de la Corte de Somerville, una palabra mal traducida podría ser fatal. Lo que le ocurrió a Juan Ramos, un salvadoreño de 27 años, es el ejemplo más patético.

Ramos fue llevado ante el juez por el delito de violencia doméstica en agravio de su esposa. No lo podía creer, pero aceptó los cargos y el pago de las multas, además de tener que cumplir un año de probatoria que en buen romance significa un año de libertad vigilada. Ramos no protestó, no entendía el idioma y sólo se limitaba a agachar la cabeza. La intérprete tampoco le traducía bien lo que decía el juez.

Ramos era víctima de su propia desgracia y se repite casi a diario con muchos inmigrantes que las ven de cuadritos cuando tienen que pararse ante un juez. Mauro me decía "no saber inglés es una decisión de valientes o de inconscientes".

Pero lo curioso de este caso es que "Juan Ramos no era el tal Juan Ramos" que la justicia buscaba y lo peor es que por no saber el idioma aceptó los cargos de haber maltratado a golpes a su mujer. El hombre de capa negra que representa la justicia americana lo intimidó.

"Una palabra no entendida o mal interpretada podría tener consecuencias irreversibles para el inmigrante que apenas entiende el inglés, o por vergüenza no acepta los servicios de un intérprete y se enfrenta al sistema judicial en los Estados Unidos".

Ni siquiera contando con los servicios del mejor abogado criminalista puede ser una garantía para demostrar que una persona es inocente del delito que se le acusa. Porque en muchos casos, el intérprete puede representar la libertad de una persona que está siendo procesada. Pero los errores de interpretación ocurren a diario en muchas cortes tanto distritales como federales.

Con Juana conversamos muchas veces sobre estos casos. Como Oficial de Probatoria fue testigo presencial de cómo se le perjudicaba a un inculpado por los servicios de un intérprete que traducía equivocadamente y terminaba hundiéndolo en la cárcel.

Son muchos los casos en los que estuvo presente y le resultaba pintoresco observar el desarrollo de los juicios, prejuicios, violaciones de probatoria, peticiones de órdenes de restricción y ver desfilar intérpretes, de diferentes nacionalidades, en ayuda de un procesado que no sabía inglés. El intérprete en muchos casos confunde términos o utiliza palabras que solamente son comprensibles por ciudadanos de su propio país.

Basta con mirar la cara del procesado que no entendía nada, pero que se sentía impotente de preguntar por el significado de la palabra usada por el intérprete

Pero no sólo son los traductores, el problema se extiende a algunos abogados que dicen hablar 'español' y traducen literalmente y castellanizan palabras en inglés sin que nadie los entienda.

No hace mucho en un juicio, un intérprete decía "le han asesorado $100 dólares", cuando la traducción real debía ser "le van a cobrar $100 dólares". Son muchos otros más en los que se incurre en error. Por ejemplo "no culpable en vez de inocente", "camine para atrás" en vez de decir "retroceda". "Tiene que llenar la aplicación" en lugar de decir "tiene que llenar la solicitud". "Tiene un guarante" en vez de "tiene una orden de arresto". Un abogado de oficio decía "lo acusan de asalto y batería" en vez de "asalto y agresión".

En las cortes las traducciones son simultáneas. Durante el desarrollo del juicio, el intérprete no tiene tiempo para consultar un diccionario, por lo tanto debe mantener el ritmo de su traducción al mismo ritmo que el del Fiscal, abogado defensor, testigo o juez.

El inculpado pone su futuro en las manos de un traductor, al margen de la experiencia o conocimiento de un abogado que no habla el idioma. No hacer una buena traducción puede ser de consecuencias funestas para un inculpado.

Eso le pasó a Luis Ramos que tenía antecedentes de "abusador", su mujer --cansada de tanto maltrato-- lo denunció por violencia doméstica, su caso fue llevado a la corte y el juez lo sentenció a un año de probatoria. Luis estaba cumpliendo la orden del juez sin mayores problemas, pero una nueva denuncia lo puso otra vez ante el Juez. Había violado su probatoria (Surrender notice) por golpear nuevamente a su pareja, tenía 7 días para presentarse, de lo contrario le pondrían una orden de arresto.

Ramos estaba asustado, no sabía porque lo tenían otra vez ante el juez. El oficial le dijo que "la próxima vez que pegues a tu mujer irás a la cárcel".

El inculpado trató de defenderse con su inglés mal hablado y le dijo al juez que no hizo nada, pero el oficial de probatoria le insistió diciendo "no mientas". El juez le impuso un año más de probatoria y lo envió para que siga el curso de "hombres abusadores" (Batter Program).

Cuando se mudó a Chelsea, Ramos le contó a su nueva oficial de probatoria que era latina lo que le había pasado. Su esposa lo había abandonado viajando a El Salvador y estaba embarazada de otro hombre. "Yo no sé nada, solo le envío dinero mensualmente" mostrándole los recibos de la agencia Vigo.

Cuando la oficial revisó los documentos legales se dio con la sorpresa que la foto era diferente, la fecha de nacimiento y la dirección también. Era otro Ramos. Por suerte la justicia esclareció su caso sino hubiera sido candidato a la deportación.

"Por no saber inglés casi se lo lleva el diablo", comentaba Julián.

Son muchos los inmigrantes que les resulta difícil adaptarse a la cultura y aprender el idioma del Tío Sam, pero sobreviven. Incluso algunos incursionan en los medios de comunicación hispanos como Manolo que no hablaba inglés pero tenía su programa de radio y televisión local, al igual que otros dominicanos, colombianos, centroamericanos o peruanos. Cada quien compraba su hora y salía a buscar publicidad para poder subsistir. Manolo tenía un "socio" con el que caminaba para todos lados. Lo ayudaba a conseguir publicidad y a tomar contacto con los invitados para su programa. Roberto era un hombre de mediana estatura y de cuerpo atlético, tenía unos 40 años y lucía bien. Muchos de sus amigos le decían a Manolo bromeando que "buen caballo te has conseguido para quitarte el frenillo".

Manolo soltaba la risa, pero por lo que se le veía no le hacía mucha gracia porque no era maricón ni afeminado y en su programa se lucía con una joven mujer dominicana de espectaculares medidas con la que iba a reuniones o a firmar un contrato de publicidad. "Es el gancho", decía. Su carta de presentación eran sus abultados pechos que le saltaban por la blusa y su trasero de negra.

Manolo sorprendió muchas veces a Roberto queriéndosela comer con la mirada y le llamaba la atención diciéndole "cuidado caballo".

"No pasa nada, pero me gustaría que pasara", le respondía.

El programa de televisión lo había sacado de la sombra y si bien su trabajo estaba detrás de cámara siempre se las ingeniaba para aparecer en pantalla arreglándole el saco o la camisa a Manolo que gustaba vestir como un "dandy" con cadenas y sortijas de oro. Roberto lo imitaba cambiando casi a diario de terno con camisa blanca y corbata roja. Por la noche cuando salía del canal se la pasaba en discotecas con amigos y amigas bebiendo whisky, champagne o vino rojo. Muchas personas de la comunidad ya lo identificaban y Mauro me decía "ese barbarazo se la pasa en discotecas con unas hembras del carajo. Es un tipo que maneja 'cuartos'" que en buen dominicano significa dinero.

Cierta mañana Roberto no apareció por ningún lado. Manolo se preocupó porque por lo general siempre llegaba con una puntualidad alemana.

¿Lo llamaste por teléfono? le pregunta a su secretaria.

"Ya lo hice varias veces, pero no responde".

Manolo recogió sus cosas y salió a buscarlo a su apartamento en la Washington de Roslindale, muy cerca de donde vivió "Cuchi", un dominicano que tenía tres casas de cambio que servían de pantalla para blanquear dinero de la droga.

Cuando llegó al apartamento encontró a Roberto tendido en el suelo muerto. Una sobredosis le había provocado un infarto cardíaco.

Manolo se quedó en shock.

Roberto tenía siete años viviendo en Roslindale en un apartamento que compartía con una joven mujer guatemalteca. "Esa mujer es mi perdición", decía. En su Bani había dejado esposa y tres hijos y en Boston se había enredado también con otras dos mujeres a las que las llenaba de regalos e invitaciones.

Sus restos se velaron en una funeraria de Roslindale, pero para sorpresa de muchos de los que asistieron sus tres mujeres estaban en el velatorio en salas diferentes, cada una con sus conocidos. Pero Manolo no sabía a cuál de ellas ingresar primero. Conocía a las tres mujeres y lo menos que quería era enemistarse con ninguna de ellas.

"Que barbarazo, este desgraciado hasta de muerto quiere que las mujeres se peleen por él", decía.

Alfonso también enfrentaba la misma encrucijada, pero lo tomó a la chacota y con Mauro ingresó a cada una de las salitas que estaban pegadas una de la otra, separadas por una pared de cristal. Las tres mujeres lloraban y recibían los pésames de sus amigos.

Manolo estaba abatido, no se reponía de la repentina muerte de Roberto por una sobredosis. Robert era una especie de "burrero", tenía conexiones con el Cartel de Sinaloa y distribuía la droga por diferentes distritos de Boston. De allí que gozaba de una vida de placeres y de lujo. La televisión y la radio le servían de pantalla, porque Manolo no le pagaba ni un céntimo.

Roberto vivía bien "paqueteando" cocaína, pero ¿cuántos Robertos hay por las calles de Boston? ¿Cuántos latinos arriesgan su libertad por una vida de placeres? Cada vez son más los que terminan "enredados" en la droga.

Eran muchos los latinos --como nos identificaban las autoridades-- que se estaban perdiendo, pero la mayoría de inmigrantes que viene a este país prefiere romperse el lomo trabajando para enviar dinero a su familia.

"Yo vivía en El Salvador en una casucha de esteras, no había baño y tenía que hacer mis necesidades en los potreros, aquí vivo a cuerpo de rey en un cuarto con otras cuatro personas y tenemos baño, ducha y agua", me decía Epifanio. Las diferencias saltan a la vista por las condiciones en que vivían.

Pero vivir en los Estados Unidos no es como mucha gente se ilusiona. Son muchos los inmigrantes que venidos de diferentes países de América Latina, muchos de ellos arriesgando sus vidas, cruzando la frontera, viven en condiciones inhumanas en barrios que compiten con barrios pobres de nuestros países. Todos vienen con la ilusión de construirse un mundo mejor, pero se topan con una realidad muy distinta a la que se habían imaginado o construido en sus cabezas. Muchos tienen que vivir en un mundo de falsedades, de mentiras, de contarles a sus familiares que viven en un mundo de fantasía cuando la realidad es otra. Muchos viven como animales para poder sobrevivir y enviar dinero a sus familias en sus países de origen.

Estados Unidos es un país de contrastes, de oportunidades y hay inmigrantes latinos que si viven ese mundo de ensueños, ese mundo fantasioso del que mucha gente habla. Muchos de ellos lograron regularizar su situación migratoria, educarse y luego conseguir un trabajo más o menos bien remunerado o trabajar un "full time" (tiempo completo) y un "part time" (tiempo parcial) para vivir con cierto decoro. Pero ¿cuántos latinos viven así? ¿Cuántos latinos viven ese mundo de fantasía del que tanto se habla?

Jorge Ramos, un inmigrante de origen mexicano, es uno de ellos y es el rostro más conocido por la comunidad inmigrante por sus presentaciones en la televisión y sus crónicas en El Diario La Prensa y en otros medios de comunicación de habla hispana.

Desde 1986 es el conductor del Noticiero Univisión y es autor de varios libros, entre ellos "La Ola Latina", en el que explora el impresionante crecimiento de los hispanos y analiza cómo los latinos están transformando la economía, la cultura y la política de Estados Unidos.

"¿Quién lo diría? Estamos transformando los Estados Unidos con nuestra cultura del Tercer Mundo, yo no me imaginaria que un hispano gobernara este país", me decía Julián, el cubano que no disfrazaba su odio por la dictadura Castrista. Jorge Ramos, el respetado conductor del noticiero de Univisión, pensaba lo contrario. En su libro "La Ola Latina", Ramos pronostica que "Estados Unidos será una nación hispana". Según los datos que esboza, "para el año 2025 habrá más latinos que blancos y en el año 2050, los blancos se convertirán en una minoría más".

Sus proyecciones ya se están cumpliendo. La Ola Latina de la que Ramos habla en su libro sigue como un "tsunami". Ya somos más de 50 millones de latinos en los Estados Unidos, de acuerdo con los resultados del Censo 2010. Pero hay latinoamericanos que se están regresando a sus países de origen. Claudia, una funcionaria del Consulado peruano en Boston, no ocultaba esa realidad. "Cada día vienen más peruanos a buscar ayuda para regresar a nuestro país porque no consiguen trabajo y están viviendo casi en la miseria".

No cabe duda que la comunidad latina ha crecido a pasos agigantados, eso nadie lo discute. Somos el grupo minoritario más grande de los Estados Unidos, superando los 50 millones de habitantes, casi el doble de todo el Perú o la población de toda Centroamérica y hay unos 12 millones de inmigrantes indocumentados que no se sabe si han sido contados o no.

Pese a que los controles migratorios son ahora más rigurosos, todavía hay gente que sigue cruzando la frontera. Quizás no tantos como en las dos pasadas décadas porque no cabe duda que el negocio de los traficantes de indocumentados y de los falsificadores de documentos dentro de los Estados Unidos ha bajado ostensiblemente. "Ya no hay como antes gente comprando 'papeles chuecos'", me decía el dueño de una agencia de viajes que tenía conexiones con traficantes.

Sin embargo, el Procurador de Guatemala, Sergio Morales, que estuvo en Boston me decía "por más muros que construyan seguirán emigrando porque cualquier opción por difícil que sea es mejor que estar en mi país" que por ese entonces estaba recibiendo entre 28,000 y 30,000 deportados de los Estados Unidos.

"Para un país pobre con el 87% de la población que vive con el hambre en la mano es terrible. Ahora no hay remesas y no hay una política de deportaciones en mi país que permita darles ayuda y muchos terminan metiéndose en los carteles del crimen y del narcotráfico", me anotaba Morales.

El mismo panorama se vivía en El Salvador y en los otros países Centroamericanos adonde llegaban miles de deportados, pero "el flujo migratorio no se va a detener mientras las condiciones de pobreza no se modifiquen en nuestros países", según el procurador guatemalteco.

Durante las elecciones que llevaron al poder a Barack Obama se habló mucho de cambio. Obama lo repitió una y otra vez, pero de una reforma migratoria solo se habló en su primer gobierno, se gritó en las calles, aunque en el 2013 ya hay sobradas razones para pensar en la aprobación de la tan anhelada reforma.

Ahora nadie duda que hay una población inmigrante que está luchando por salir adelante, pero aún el patrón de vida de mucha de nuestra gente sigue siendo el mismo, es decir seguimos siendo los peones de carga.

La mayoría de los jóvenes latinos no terminan la educación secundaria o High School y los que llegan a la universidad o College desertan antes de terminar la carrera. En UMASS Boston, una de las universidades con gran población latina y de inmigrantes de diferentes países del mundo, sólo 2 de cada 10 estudiantes hispanos llegan a graduarse.

¿Y qué pasa con el resto de jóvenes?

"Esos jóvenes terminan haciendo trabajos que hacían sus padres cuando llegaron a vivir a los Estados Unidos hace 20, 30 ó 40 años, es decir 'trapeando', fregando platos o trabajando en supermercados empujando carritos de compras o en una tienda como Macy's o

JCPeney acomodando ropa o limpiando baños", analizaba Carlos Pimentel, un sociólogo peruano que cambió su profesión que logró en su país de origen por limpiar cuartos y baños en el Marriot Hotel. Sus hijos seguían sus pasos.

Si bien es cierto el trabajo no denigra a nadie, pero "estamos casi como empezamos" hace 30, 40 o 50 años. Hay uno que otro inmigrante latino en la Casa Blanca o en los diferentes niveles de gobierno, pero "qué pito tocamos allí" cuando la mayoría de estudiantes hispanos no termina ni siquiera el High School.

Muchos activistas latinos prefieren no abordar esta realidad y se lucen haciendo frases como que "nuestro tiempo ha llegado" y "nuestra influencia cultural está en todas partes" como dice la nicaragüense Juana Bordas, autora y líder de varias organizaciones dedicadas a promover el avance profesional y educativo de la comunidad latina. El mismo objetivo persigue Phyllis Barajas, fundadora de Conexión, una organización que busca ayudar a los latinos que se encuentran a la mitad de sus carreras. Pero ¿*Cuáles son los logros?* No se ven, no se oyen.

Con Alfonso estábamos comentando las declaraciones de Juana Bordas cuando Julián dice "todo eso es puro embuste". El cubano tenía una mala percepción de las organizaciones comunitarias. "No sirven para nada, sólo buscan su beneficio y sino mira en todas las revueltas que hacen siempre sacan a relucir fotos del "Che" Guevara. Qué tiene que ver ese revolucionario comunista con los reclamos de una reforma migratoria", decía.

Julián tenía razón en sus críticas, había gente camuflada en las organizaciones pro-inmigrantes que si bien decían ayudar al inmigrante jugaban con sus razonamientos políticos. Lo pude percibir en un programa de radio que conducían el hondureño Carlos Guillén y el colombiano ya fallecido Héctor Salazar cuando entrevistaban a un conocido activista comunitario de Boston, quien se desgañitaba en elogios a Fidel Castro y Hugo Chávez y sus entrevistadores le pedían que salga del "closet".

Se negaba a decir abiertamente que era Castrista o comunista, pero "más claro no canta un gallo". Julián me lo achacaba.

Pero al margen de este hecho, la percepción que yo tenía era otra. Las organizaciones pro-inmigrantes hacían su trabajo y sus dirigentes desplegaban un gran esfuerzo para ayudar a los inmigrantes en desgracia y demandar, por todos los medios, al gobierno y a los miembros del Congreso la aprobación de una reforma migratoria justa y comprensiva.

Ví muchas veces el trabajo esforzado de activistas como Oscar Chacón, María Elena Letona, Gladys Vega, Lucy Pineda, Juan Vega, Isabel López, Patricia Montes, Tito Meza, Giovanna Negretti, Sergio Reyes, Patricia Sobalvarro, Vilma Gálvez, Miryan Ortiz, Juan González, Tony Molina, María Alamo, Jaime Rodríguez, Reynalda "Chiqui" Rivera, Tony Portillo, Juan López, Gloribel Motta, Yessenia Alfaro, Eugenia Colindres y de tantos otros que están al frente de diferentes organizaciones en Boston

Son muchos los inmigrantes que se ven obligados a vivir bajo la sombra, sin hacer más ruido que "trabajar y trabajar" como me decía el padre Oscar, pero hay otros que no corren con la misma suerte. La deportación les golpea la cara.

El caso de Livio Arias, un activista y cantante local venezolano que fue arrestado por agentes de inmigración y sacado en ropa de dormir de su apartamento en Chelsea, es otro de los tantos que vi y que movió a las organizaciones a unirse para evitar su deportación

Arias tenía una historia de vida de más de 20 años en Boston, muchos lo identificaban por su devoción a la Virgen de Coromoto, la Patrona de Venezuela, y por decirle al mundo entero con sus canciones "soy venezolano"

Arias vivía indocumentado y con una orden de deportación sobre su cabeza en un cuarto de dormir que le rentaba a una familia también sin estatus legal. En su habitación sólo lo acompañaba su inseparable guitarra, una cama y un televisor. No tenía nada más. El dinero que ganaba lo destinaba para solventar sus gastos y para ayudar a su familia en Venezuela.

En Boston hizo muchos amigos y su soledad la compartía con la música, porque Livio Arias vivía solo en una pequeña habitación y su arresto motivó también la detención de la dueña de casa debido a que también tenía una orden de deportación.

Livio Arias se había ganado el corazón de muchas personas con su cariño, con sus actuaciones en diferentes escenarios y apoyando a las distintas organizaciones pro-inmigrantes. René Fúnes, un comunicador guatemalteco y amigo entrañable de Livio, lo pintaba como "un hombre bondadoso, desprendido y de una gran vocación de servicio".

"No estamos para juzgarlo por lo que dejó de hacer o por el error que pudo haber cometido", me decía Fúnes. Porque como Livio son miles o millones los inmigrantes que viven por años sin poder arreglar su situación legal.

Tito Meza, un activista comunitario hondureño, lo quiso visitar en el centro de detención transitorio, pero no le permitieron el ingreso. En ese mismo lugar, Tito había pasado tres meses recluido por un acto de "desobediencia civil" y, según me decía, "las camas allí son muy frías y se siente aún más cuando uno está un poco viejo".

Livio Arias fue humillado como ser humano cuando fue sacado de su apartamento en ropa de dormir. Los agentes de inmigración no le permitieron cambiarse.

La suerte lo acompañó 20 años hasta que inmigración identificó su paradero y lo arrestó para su deportación. Fúnes me decía "hay que ser solidarios con Livio, hay que reunir dinero para lo que necesite y si es retornado a su país pueda llevar algún dinero que le permita salir adelante".

Esa es la vida por lo que tienen que pasar muchos inmigrantes indocumentados.

La otra cara era Claudio Martínez, un argentino --de los pocos que hay en Boston-- que supo meterse en la comunidad para llegar a ser director de Hyde Square Task Force de Jamaica Plain y luego miembro del Comité Escolar de Boston. Su entrega, sus años de lucha por la juventud eran reconocidos. Siempre preocupado por la deserción escolar de nuestros estudiantes latinos que, según me decía, había llegado a cifras alarmantes.

Un nuevo estudio del Instituto Gastón daba cuenta de lo que había pasado en los últimos seis años después del cambio legislativo que terminó con el programa bilingüe en Massachusetts para darle paso al "Englis only" (inglés solamente) en las escuelas públicas.

"Lo que hace el reporte es que clarifica todos los segmentos de la población escolar en Boston y como sabemos la mitad son latinos y el 10 por ciento caboverdianos, haitianos, chinos, vietnamitas, entre otros grupos étnicos, afirmando que la deserción escolar dentro del segmento latino ha crecido grandemente y se pregunta ¿Qué está haciendo el sistema?»).

Muchos de los padres se quejaban contra el sistema y alegaban que la deserción escolar en Boston es cada vez mayor porque muchos de los niños y jóvenes latinos ingresan a las escuelas sin saber inglés o sabiendo a medias y para no entorpecer la clase regular los profesores los mandan a programas de retrasados mentales. Los maestros les pedían a los padres firmar un documento autorizando que su hijo pase a educación especial que en buen romance significaba segregarlos y juntarlos con niños especiales o con problemas de conducta o falta de atención.

Claudio tenia observaciones muy claras y me decía: "No se dice en voz alta que hay sistemas públicos que han hecho muy poco por estos jóvenes. Lo importante es que hay que diseñar un sistema nuevo que los ayude a aprender inglés para que puedan participar sin problemas en la educación regular".

Pero el problema no sólo es del estudiantado latino, también está en la población afroamericana que habla su propio inglés y no es el inglés académico que necesitamos. Ellos también son estudiantes de segundo idioma. Escriben un inglés con el que no pueden avanzar intelectualmente como para ir a la Universidad.

Hay varios desafíos que tenemos dentro del sistema de educación bilingüe o de inmersión con respecto a cómo enseñamos a los niños y jóvenes que vienen de otros países. Se le refuerza primero con contenidos en ciencias, matemáticas, lenguaje en su idioma y después se le enseña inglés como una clase de inglés separado y así van avanzando o se hacen las dos cosas al mismo tiempo.

Para Claudio esto es un cuento de nunca acabar, porque estamos en el 2008, 2010 ó 2015 y la situación va a seguir siendo la misma. No hay maestros preparados para enseñar inglés y las materias al mismo tiempo a un estudiante latino. Ese es un problema que se está lidiando desde hace mucho tiempo con las universidades. Eso es lo que necesitamos.

La eliminación de la educación bilingüe en Massachusetts dejó a muchos estudiantes fuera de la escuela, "no tenemos data, pero igual se puede decir que esos estudiantes no iban a ningún lado igual en seis años". "La desaparición del bilingüismo le hizo un gran daño a la educación", dice Claudio.

Pero hay quienes piensan que la educación bilingüe debió desaparecer hace mucho tiempo porque estaba perjudicando a los estudiantes ya que no aprendían al ritmo que los alumnos de educación regular y cuando pasaban a formar parte de ese programa eran virtualmente "minusválidos". Los "gringuitos" les habían tomado una gran ventaja difícil de igualar.

La Superintendente escolar y el alcalde Thomas Menino que ya repitió el plato por cinco períodos se puede decir que hacen su trabajo, pero hay maestros bilingües que son la muerte y tienen tanta falta de ortografía en inglés como en español. Una vez vi a una maestra escribir en la pizarra "Dio por Dios" o "varriga" con v chica o "guevo sin h".

En Boston hubo una gran oposición para que desaparezca la educación bilingüe, pero la proposición del millonario Unz, que estaba en la boleta electoral ganó en el resto del estado.

Las estadísticas señalan que de muchas escuelas públicas los estudiantes se van a los 14 años y nadie se preocupa y si acaso el principal hace una denuncia y llega a la corte lo más que el juez dice es "que vuelva a la escuela".

Claudio tenía elementos muy críticos. El sistema educacional en el que estamos funcionando se creó hace cientos de años y hay que decir que esto no está funcionando para la mitad de la gente de nuestros países. Seguimos con una educación de memorización que a los estudiantes no les importa.

El estudio de Gastón Institute era muy preocupante, no podemos seguir esquivando o ignorando este problema. El gobernador Deval Patrick no lo ignoraba. "Tenemos que ganar la batalla a la deserción", me decía Claudio. Pero ¿cómo, si estamos en lo mismo que en el 2011?. Se tenía que pensar como sociedad y como país en una educación multilingüe.

La escuela Rafael Hernández de Jamaica Plain que dirigía una maestra cubana ya desaparecida llamada Margarita Muñiz había sido considerada como la mejor en grados o notas a nivel de Boston, pero era una gota de agua en un océano. Lo ideal sería decirle a la próxima generación que van a aprender dos o cuatro lenguas más.

"Lo que más nos debe preocupar es el perfil racial que se le quiere dar a este problema", me decía Claudio. "Si tu vas a Boston Globe on line y miras el reporte del Gastón Institute los comentarios de la gente son racistas, xenofóbicos, realmente parroquiales y en contra de la percepción que tenemos de una ciudad de Boston que supuestamente es multicultural, multilingüe".

"Estos comentarios no reflejan eso y lo que reflejan es un odio hacia nuestra comunidad, eso es espeluznante. Jamás había visto tantos comentarios juntos, ese día habían 385 comentarios, por lo general hay siete o 10, y si es una historia fabulosa 100, pero no esa cantidad".

"Ahora no son cuatro muchachitos que no saben lo que dicen, este es un problema gigante y no son personas que reaccionan frente a este problema diciendo hay que ayudar a estos jóvenes sino hacen comentarios que dan miedo. Este es un problema social y si queremos tener un gobierno democrático, de libertad, tenemos como ciudadanos que invertir en la educación de los jóvenes. No queramos pretender que exista una sociedad moderna sino educamos a todos los segmentos de la población".

Con Julián y Alfonso escuchábamos a Claudio exponer sus puntos de vista, pero hay que estar claros. La educación no es igual para todos. Mauro habla de sus dos hijos que estudiaron en las escuelas públicas y no terminaron el High School (secundaria). "No creo que mis hijos sean brutos sino que el sistema educativo falló, mis hijos se aburrían porque no entendían un carajo", decía. Muchas veces el estudiante latino es segregado, separado de las clases regulares para recluirlos en clases especiales con retardados por el solo hecho de no dominar el inglés.

Mientras discutíamos este tema un nuevo e-mail de la mujer de Suecia apareció en la computadora de Max. Mauro y Alfonso se interesan aún más por lo que dice.

----- Original Message -----

Subject: Volteamos la página

Max

Porque mejor no volteamos la página y empezamos de nuevo. Usted tiene razón. Ya entendí la broma, pero me ha confundido tantas veces que no me canso de gritar que no soy homosexual. Soy bisexual, pero soy una mujer por donde se me mire, muy hermosa y con unos atributos increíbles, razón por la cual las mujeres son muy celosas de mi y los hombres sólo buscan lucirse conmigo.

Vivo tantos años en Suecia y la mentalidad es tan diferente. He vivido por años con 5 personas hombres y mujeres, hemos compartido todo, casa, economía, cuerpo, sexo, pero ya me cansé, necesito nuevos horizontes, quiero explorar algo diferente. No se alarme, es muy común en Europa la convivencia grupal, lo que comúnmente se llamaría "orgía", y el "chateo" es tan universal, como no vemos caras ni corazones pues uno empieza describiéndose no sólo como persona sino haciendo gala de nuestra conducta sexual.

Yo siempre fui muy abierta y sin tapujos, y gracias por la aclaración de no ser un cucufato, me hice muchas ilusiones con Ud., sobre todo siendo un periodista de tanto prestigio debe ser un hombre con mucho mundo, experiencia. He leído muchas notas suyas y me gusta como escribe, me fascinan sus crónicas.

Yo también me disculpo con usted. No soy una niña malcriada, soy una mujer adorable, pero de vez en cuando me entra el indio ayacuchano de Cangallo y de mis ancestros. El año 1984 fui elegida Miss Ayacucho, y tuve la oportunidad de conocer a un rico millonario y me fui a Paris, viví un tiempo con este hombre y de ahí viajé a Suecia, un país realmente libre en todo el sentido de la palabra.

Le agradezco que me contacte con los otros dos periodistas y si usted me lo permite pues me gustaría que nos conozcamos y hagamos una amistad sincera. Yo tengo mucho respeto por los periodistas de medios impresos, jamás ejercí la profesión en el Perú, sólo mis prácticas en la Universidad de Lima, pero me gustan mucho sus artículos.

Vamos a olvidar lo pasado, me encanta tomar scotch a las rocas, y para amistarnos voy a regalarle un scotch de litro para iniciar una amistad, no conozco a nadie y estoy segura que vamos a llegar a ser buenos amigos

Una vez más disculpe si lo ofendí y rompamos este hielo tuteándonos, llámeme Betty.

Como son sus amigos Juana y Andrés, no quiero cometer el mismo error con ellos y tampoco quiero que me malinterpreten como usted lo hizo

Espero que nos conozcamos y lleguemos a ser grandes "patas".

Un estrechón de manos

Betty

Máx y sus compañeros de la redacción leían este último e-mail con mayor entusiasmo. Mauro, Alfonso y Robert querían conocerla, decían que era una mujer a todo dar y que les gustaría apreciar su belleza, sus encantos. Julián le decía a Max "es mejor que veas a los toros de lejos, pero por lo que dice parece ser una real hembra".

Beatriz o Betty como quiere que ahora la llame había adjuntado un correo que le había enviado a nuestra colega Juana.

----- *Original Message* -----

Subject: Colega periodista

Hola Juana.

Me he comunicado por e-mail con Max, un amigo suyo y también quisiera comunicarme con Andy. Vivo en Suecia y en el mes de julio llegaré a Boston, Jamaica Plain, estoy esperando mi visa de trabajo.

Voy a laborar en una Universidad local en Boston. No conozco a nadie en Massachusetts. El único contacto, por llamarlo así en Boston es Max, quien en un e mail me dijo que me comunicara con usted pero hasta ahora no me había dado su correo electrónico.

He conseguido su correo por medio de Claudia del Consulado, ya he llamado 3 veces, la primera vez sólo me dieron la información de Max y hoy Claudia, una chica muy amable, me dijo que la conocía y me dio su correo.

Perdone el atrevimiento, pero me interesa mucho relacionarme con licenciados en Comunicación o periodistas y si está de acuerdo me gustaría conocerla e intercambiar ideas, que le parece Juana mi planteamiento?

Yo también soy peruana, ayacuchana y desde hace muchísimos años vivo en Suecia y pienso radicar en USA por 3 años, de acuerdo a mi contrato laboral. Soy soltera y sin compromiso y no tengo familiares ni amigos en USA.

Disculpe Juana que la haya molestado y espero tener el gusto de conocerla.

Claudia me dijo cosas muy halagadoras de usted y de Max, los periodistas famosos de Boston. Me dan muchos deseos de entablar una amistad con ustedes.

A su servicio

Beatriz

Ya estábamos coordinando el viaje de Alfonso, Mauro y Pedro a la frontera con México para indagar sobre el paradero del sobrino de nuestro compañero de trabajo cuando entró una llamada de Juana para decir que ya le había respondido un e-mail que le envió Beatriz y que me había hecho una copia. ¿Qué es lo que le dices? Te pido que lo leas.

"Estimada Beatriz.

!Bienvenida a Boston! No le puedo poner su apellido porque Ud. no me lo dice.

Max --como nosotros lo llamamos-- me habló de usted y me contó que había llamado al Consulado pidiendo conectarse con periodistas, supongo que yo haría lo mismo. Siempre es un placer comunicarse con otro periodista. Tan pronto vea a Andrés le diré que usted está interesada en conocernos y comunicarse con nosotros.

¿Cuándo llega a Boston y en qué Universidad va a trabajar?

Tengo unos amigos en Estocolmo, sé que es un país bello pero hace mucho frio, verdad?

Tan pronto llegue comuníquese con Max y con nosotros y así podremos reunirnos y conocernos.

Yo vivo hace 18 años en Boston pero no me dedico al periodismo, trabajo en la Rama Judicial y como hobby produzco News Magazine, un programa televisivo mensual y de vez en cuando colaboro con El Mundo como freelance. Max y Andrés si ejercen a tiempo completo el periodismo, Max en El Mundo y Andy en el Gazette, los dos están en Jamaica Plain. Ellos son gente muy simpática, amigos de sus amigos y sobre todo unos periodistas excelentes, en Lima hice periodismo televisivo, es aquí bajo la supervisión y ayuda del maestro Max escribo de vez en cuando.

El 28 de Julio celebraremos las Fiestas Patrias y desde ya la invito a Ud. y a sus colegas de la Universidad.

Bueno, gracias por contactarme y esperamos conocerla pronto. Por cierto nuestro amigo Andrés es ayacuchano.

Atentamente

Juana

Ya habíamos terminado de leer este e-mail cuando aparece "Pajarito", un amigo de Mauro y de la casa que trabajaba en una agencia funeraria de Jamaica Plain. Por el día Armando se portaba como todo un hombrecito, impostaba la voz cuando atendía a sus clientes en la funeraria, se le veía como todo un "machote", pero por las noches se transformaba, le salía la voz de una pajarita angelical y salía a buscar amor, conocía sus puntos de encuentro.

"Pajarito" sabía de Betty. Mauro le había contado la historia de los e-mail con pelos y señales y estaba entusiasmada al punto que el día que se apareció en la redacción le pidió a Max que no la excluya de la recepción o bienvenida. "¡Debe ser una leona en la cama! Y yo quiero vivir mi vida loca con ella", le dijo casi gritando.

Julián que no tenía muy buenas pulgas gritó "sáquenme a esta loca de aquí, eso se pega y con mayor razón a los que tenemos cierta edad".

"Pajarito" suelta de huesos le responde: "tú no sabes lo que te pierdes, además aquí hay varios que todavía no salen del closet".

¿Qué dices so marica? gritó airado Robert. "Pajarito" que con cierta frecuencia visitaba la redacción del periódico tuvo que salir corriendo.

Robert le tenía cierta animadversión a los "maricones", siempre estaba mofándose de ellos. "Eso viene desde El Salvador", dice. Robert vivía en un edificio de apartamentos en Chelsea y compartía la habitación con otras cuatro personas para reducir gastos. Vivía miserablemente, en colchones tendidos en el suelo. Lo visité varias veces y eso era un 'chiquero', deshechos de comida por doquier, latas de cerveza, ropa sucia y el cuarto apestaba a mierda. Se lo increpé varias veces.

Pero Robert tenía como respuesta ¿qué quieres que haga? "Lo que pago para dormir me ayuda a enviar dinero para mi familia y para gastos míos, es difícil Max".

Con Julián conversaba sobre esta triste realidad y me decía "yo alquilo dos cuartos donde vivo, pero nadie puede tocar las cosas que tiene uno en el refrigerador y si usa un plato o una cuchara lo tiene que lavar. Yo no admito a gente indeseable en mi apartamento que tiene tres cuartos de dormir".

La situación de Robert me preocupaba, trabajaba con nosotros, pero Mauro decía "ese es su mundo, le gusta vivir así. Con sus amigos beben en el cuarto hasta perder la razón. Yo estuve varias veces allí, no les importa nada, solo tener un lugar donde no los joda el frío ni la nieve".

"Esa es una realidad, no hay cuento. Muchos de nosotros vivimos en condiciones inhumanas, pero nadie dice nada porque en cierta forma vivimos mejor que en nuestros países de origen", dice Alfonso, quien le habla a Pedro de una realidad que nadie quiere ver.

Julián conocía a muchos inmigrantes que trabajaban como locos y vivían en condiciones deplorables. "Hay mucha gente que no le dice la verdad a sus familias y prefieren vender la idea de que viven en el mejor de los mundos".

Max ya no quiere hablar de este tema que lo sacaba de onda y opta por decir que habían llegado otros dos e-mail de Beatriz, quien había entablado su primer contacto cibernético con Juana sin siquiera imaginar que terminaría a las patadas. Max no había querido propiciar ese encuentro, pero en el consulado le dieron su e-mail. "La respuesta que le dio la susodicha le generó un vómito negro a Juana", le dice Max a Julián, yo ya los leí.

----- *Original Message* -----

Subject: Gracias

Querida Juana

Gracias por su pronta respuesta. No esperaba menos de usted. Le he escrito a Andy, pero me han devuelto el mensaje, quisiera que me enviara nuevamente su correo electrónico. Llamé al Gazette en Jamaica Plain, pero no me dieron ninguna información.

Voy a tener a mi cargo, entre otras cosas, la revista especializada de la Universidad y pues necesito periodistas que dominen el inglés como el caso de ustedes, pero veo que usted no me va a poder ayudar, debido a que no se dedica al periodismo a tiempo completo y supongo que a lo mejor no domina bien el inglés. Yo necesito gente que sea súper bilingüe y que domine el inglés, alguien como Max o Andrés, así me sería más fácil explicarles en español y ellos como periodistas captaran la idea y lo podrán redactar en inglés. He leído los artículos de Max y me gustan mucho, la he buscado a usted, pero no he encontrado nada, pero creo que es mi culpa, no he deletreado bien su apellido, navegaré en la ciber nuevamente.

De cualquier manera, para serle sincera necesito un equipo de periodistas que hable bien el inglés y que pena que ese no sea su caso.

Bueno, al menos lo intenté. Tengo una curiosidad como es que viviendo 18 años en USA no ejerce su profesión ni domina el idioma. Sé que hablar otra lengua es difícil, pero debería tratarlo, estudie inglés, vive en USA.

Bueno en espera de nuestro encuentro

Gracias

Beatriz

Subject: Respuesta

Oiga Beatriz:

No le permito que entable juicios sobre mi persona ni mucho menos asuma cosas inciertas. De dónde saca usted que yo no hablo inglés y que viviendo aquí por 18 años no he aprendido y parte de una hipótesis falsa diciendo que por el hecho de no ejercer la carrera tengo barreras idiomáticas.

Usted no me conoce, no sabe nada de mí, no tiene la mayor idea con quién está tratando, ni los estudios ni la experiencia que tengo, entonces dígame como se atreve a juzgarme, es más, en todo caso es usted la que no sabe escribir y a gritos está pidiendo ayuda, y la verdad no entiendo como a un ser mediocre la han contratado.

Me irritan sus prejuicios sin conocer a la persona y sabe que, no me vuelva a escribir más. Usted y yo jamás podríamos ser amigas

Juana

"Tremenda bronca en la que se metieron estas dos tías y todo por Max", le decía Julián a Mauro. Alfonso que había leído los dos correos electrónicos esbozó una gran sonrisa. "Ese es un pleito de dos viejas, pero veamos ahora que le dice Betty a Max porque estoy seguro que se lo va a contar". Ni bien estaban comentando los e-mail cuando ingresó un nuevo mensaje de Betty.

----- Original Message -----

Subject: Maltratada

Ay Max

Si le cuento no me lo va a creer, por eso le envío el mensaje más absurdo que he recibido de su queridísima amiga Juana. Estoy muy molesta y haciendo bilis, me ha ofendido y maltratado, es una mujer a la que sin conocer la odio. Todos sabemos que hay doce millones de indocumentados en USA, eso es conocido internacionalmente y uno de los problemas es el inglés. Todos sabemos que estos ilegales no hablan inglés y por eso el coraje de USA. Toman sus trabajos, abusan del gobierno, se meten en problemas con la justicia y lo peor ni siquiera hablan inglés. No es un secreto, es una realidad de los ilegales en USA.

Como su querida amiga Juana me dijo que no ejercía el periodismo y que trabajaba en otra cosa, que vivía hace más de 18 años, y que usted es el maestro y lo menciona como excelente periodista y además dice que sólo trabaja en TV una vez al mes y que nunca hizo periodismo impreso, yo imagine que no ejerce porque no habla inglés y me dio una cuadrada.

Que se ha creído esta mujer, a mí nadie me saca de la cabeza que es una ilegal y que seguramente ni inglés habla y como le toqué lo más sensible explotó como una bestia, me insultó y me dijo que jamás sería mi amiga, me llamó mediocre.

Ay la odio, no quiero conocerla, es más no me interesa. Ya le había dicho que me llevo terrible con las mujeres y pues aquí compruébelo por usted mismo. Yo lo que le sugerí es que estudie inglés y que vivía en USA. No sé por qué se ofendió, al contrario le estaba haciendo un favor. Le dije lo que sentía como periodista, que estudiara. No veo nada de malo en

*esto. ¿Qué edad tiene esa mujer? Me ha intrigado. ¿A qué se
dedica? Debe ser una solterona amargada, pero para eso hay
una solución. Si le falta sexo se le puede buscar a alguien para
que le haga el favor. Tengo mucha curiosidad por saber más
de ella. ¿Es lesbiana? Porque es tan malgeniada. Lo mínimo
que tiene que hacer es pedirme disculpas y no estoy segura si
lo acepte. Mira que genio tiene y yo creo que esta mujer no
se aguanta ni ella misma, debe ser horrible y gorda como un
elefante y frustrada. Seguro que nadie se la llevó a la cama. La
odio, la odio.*

Saludos

Betty

Este último correo si sacó de onda a todos. Robert no podía creer que
esta mujer pudiera escribir tanta barbaridad junta. Julián insistía con
Max de que "mejor la veas de lejos, no vale la pena entablar una
relación de amistad con la mujer de Suecia". Max decidió responderle.

Subject: Re Maltratada

Estimada Beatriz

*No quiero ni me gusta asumir la defensa de nadie, pero creo
que a usted se le pasó la mano. Nuestra amiga Juana es una
profesional a carta cabal, estudió periodismo en Lima, lo
ejerció como reportera de televisión y luego se casó en Lima
con un ciudadano norteamericano y se vino a vivir a los Estados
Unidos. Es una mujer multilingüe y es Oficial de Probatoria
de la Corte Distrital de Chelsea, domina el inglés, italiano,
portugués, francés, alemán y el español, además estudió
Maestría en Boston College.*

*Se lo digo porque usted se excede en sus comentarios. Juana es
una mujer valiosísima en la comunidad, no sólo en la peruana
ya que por su cargo en el sistema judicial ayuda a muchos
inmigrantes ilegales y legales a que no pisen la cárcel.*

Ahora estamos relativamente de acuerdo en que en Estados Unidos hay doce millones de indocumentados, pero no es que —como dice usted llenándose la boca-- "estos ilegales no hablan inglés y por eso el coraje de USA". Le puedo decir que una gran parte de estos inmigrantes indocumentados se han adaptado a la cultura norteamericana y hablan inglés.

Con sus prejuicios racistas no creo que pueda llegar muy lejos. Lo que le pido es cordura y que tome las cosas con más calma. Ya se que viene de una cultura superior en la cama, con orgías y todo, pero contrólese. Sus arrebatos no le hacen bien a nadie.

Hasta la próxima

Max

Los primeros reportes desde la frontera no daban señales de vida del sobrino de Pedro, quien en menos de 24 horas había logrado con Alfonso y Mauro contactarse con varios "coyotes". Pedro había pedido prestado dinero a varios amigos dueños de negocios para reunir la suma de 6,000 dólares que según sus informantes ese sería el costo del "pase" de su sobrino.

"Todavía no tenemos ninguna pista, pero ya hemos establecido contacto con tres 'polleros' y vamos a visitar varios sitios donde tienen a inmigrantes que recién los han pasado y que están a la espera de que les paguen el dinero para que los suelten", nos dice Alfonso a través del hilo telefónico.

La suerte que corren muchos inmigrantes que deciden venir a los Estados Unidos cruzando la frontera es incierta. Unos logran llegar a coronar sus sueños, otros se quedan en el camino.

Víctor es uno de los tantos afortunados que logró pasar la frontera cuando los controles migratorios no eran tan severos como ahora. "Yo había sido soldado en mi país y me resultó fácil rampear para cruzar la frontera en un mar de incertidumbre".

Pedro se había metido por sitios peligrosos para buscar información que lo lleve a encontrar a su sobrino. Max le había dado unos datos del ecuatoriano de Milford que había logrado pasar a unos 30 paisanos. Después de tanto trajinar Alfonso consigue ubicar a dos de los "coyotes" que prometieron ayudarlo. Pedro les habló con el corazón en la mano.

No había transcurrido ni tres horas cuando suena el celular de Pedro. "Ya lo tenemos, hemos tratado de comunicarnos con ustedes, pero los teléfonos que nos dio el muchacho no servían", le dice. Pedro salta de alegría. Alfonso y Mauro le preguntan ¿qué pasa? "Ya tengo a mi sobrino". "El coyote" se siente traicionado, ¿con quién hablas?, le pregunta. "Con mi familia".

De repente se interrumpe la comunicación, Pedro trata de llamar al mismo teléfono, pero sale desconectado. La preocupación lo vuelve a asaltar. Alfonso y Mauro lo tranquilizan, de repente suena otra vez el celular.

¿Cuál es tu ubicación?, le preguntan. "Tienes que depositar los 5,000 dólares en Wester Unión, apenas recibamos el dinero vamos a dejar a tu sobrino en esa misma agencia, ahí te lo paso para que hable contigo".

Gerardo estaba casi llorando, le pedía a su tío que lo ayude, que había tratado muchas veces de comunicarse con él sin ningún resultado. Lo que había pasado es que Pedro había cortado el teléfono de su casa para reducir gastos y se había cambiado de compañía. El sobrino tenía los teléfonos antiguos. "No te preocupes que en unos minutos estamos juntos, voy a depositar el dinero y esperaré en la agencia hasta que llegues".

Al parecer los "coyotes" tenían espías por todos lados, es un negocio organizado. "Esa gente sabía de nuestro desplazamiento. Llegamos a la agencia y ni bien Pedro depositó el dinero el celular volvió a sonar y una voz bronca dijo tu sobrino ya está afuera", relato Mauro.

El reencuentro fue por demás emotivo. Gerardo y Pedro se refundieron en un gran abrazo, lloraron juntos y Pedro se acordó de su hermana. "Hay que llamarla de inmediato, está muy preocupada".

Gerardo apenas podía hablar de la emoción. "Mamá, ya estoy aquí con mi tío Pedro". La mujer se soltó en llanto. "Ya todo pasó, estoy bien", le dice.

Pedro le pide el teléfono para tranquilizar a su hermana. "Ya tendrás tiempo para conversar más, estamos en la frontera y nos toca un largo camino para llegar a casa".

Alfonso conversa con Max y le cuenta lo que había pasado. "El muchacho lo había estado llamando a teléfonos que tenía, pero Pedro se había cambiado de compañía. Los 'coyotes' ya se estaban impacientando, pero todo salió bien y allí están moco y baba".

Max reía de buena gana. Sabía que Pedro iba a estar más tranquilo con su conciencia porque le había cumplido a su hermana, pero Julián le dice: "ahora viene lo bueno, yo no sé de dónde va a sacar dinero para pagar lo que ha pedido prestado, está ahorcado por todos lados, no está pagando la casa y tampoco las tarjetas de crédito, y ahora encima se está embrollando con el sobrino, tiene un panorama muy feo".

Pedro trabajaba full time (tiempo completo) en el periódico y medio tiempo en un supermercado. "Ahora tendrá que buscarse un tercer trabajo", retruca Robert. "La cosa no está fácil, es mucha la gente que está perdiendo sus empleos", le responde Julián.

Max los escucha con atención mientras revisaba sus e-mail y dice la tía de Suecia respondió el correo que le envié.

----- *Original Message* -----

Subject: Racista

Estimado Max

Por lo visto no es congruente con lo que dice, "no quiero asumir la defensa de nadie" y sin embargo le tira flores a su "amiguita", ¿qué se trae con ella? por qué la defiende a capa y espada. Si su amiga fuera tan "genial" y "extraordinaria" como decimos en Ayacucho, "la última chupada del mango" ¿porque no trabaja como usted como periodista? De pronto se olvidó como redactar y todos los idiomas que habla, entre ellos el inglés ja,ja,ja. Pobre Anita la huerfanita.

Hablar con la verdad absoluta no es ser racista, todos los periódicos lo dicen, el Times, Daily, Le Monde, Boston Globe, etc, por eso hasta ahora no han aprobado la "amnistía" porque esta gente es una lacra, lo único que le ocasiona al estado es un dolor de cabeza, viven del sistema americano, quitan los trabajos a la gente, y el pueblo americano paga por la educación de sus hijos, la hospitalización cuando se enferman. El desempleo es alto.

Esta gente es una aprovechada, USA no debería de seguir apañando a esta gente. Y lo peor de todo no lo digo yo lo dicen los medios de comunicación a nivel internacional, quieren traductores para todo, porque no hablan el inglés. Yo me pregunto cómo pueden vivir en un país donde no se habla castellano y pretender que todo se les dé en su propio idioma.

No sé por qué me dice que controle mis arrebatos, siempre he hablado y vivido de manera muy abierta y transparente, no tengo pelos en la lengua.

Su adorada me ha ofendido y no pienso dirigirle la palabra, ni siquiera cuando se disculpe, tendrá que hacer muchos méritos para que yo la perdone.

A mí nadie me habla así, soy una mujer bella y consigo lo que quiero, mis deseos son órdenes y todos absolutamente todos hacen lo que yo quiero, y nadie me habla ni insulta como lo hizo su amiga, si la pudiera tener frente a mi le sacaría los ojos, la detesto y ya tengo una imagen visual de ella.

Yo pensé que el aspirar a su amistad no me iba a ser tan costosa, pero puedo leer entre líneas que Juana está celosa de mi y lo que represento, imagino ahora que voy a llegar yo de pronto se siente mal, ya que ustedes son mis nuevos amigos y piensan recibirme y tratarme como lo que soy. Si eso es, lo que ella siente son celos de mí.

Yo estoy encantada de encontrarnos, ya vez Max vamos a ser grandes "patas", soy muy franca y liberal, ya tu sabes, desde el primer e-mail, me he mostrado tal cual soy, solo espero con ansiedad el día en que podamos conocernos y espero que ese entonces celebres mis arrebatos y ya verás cuando estemos juntos, vas a perder la cordura por mí... ja.ja. Soy súper bromista.

Max te gusta el scotch o prefieres que te lleve vino, y Andrés que prefiere, fuma?

Me encantaría que me fueran a recoger al aeropuerto, así no me sentiría tan sola ni perdida en una ciudad tan grande.

Hasta pronto

Besitos

Betty

Max prefirió esta vez no responder ese e-mail, ya le fastidiaban sus correos, no quería saber nada más de esa mujer que según decía sus "deseos son órdenes" y por su belleza "todos hacen lo que yo quiero". Julián compartía el criterio de Max, pero Mauro, Alfonso y Robert se deleitaban con lo que decía. "Cómo será estar en la cama con esta mujer", repetía Alfonso morbosamente.

Una llamada telefónica sacó a todos de honda, el edificio de apartamentos donde vivía Robert se estaba incendiando. Los bomberos reportaron un incendio de cuatro alarmas. Max, Pedro, Mauro y Robert salieron de inmediato para Chelsea. La gente estaba desesperada. Carlos se había quedado dormido y las llamas lo habían atrapado.

Robert lo dejó durmiendo en el colchón que él ocupaba de noche. Carlos trabajaba casi sin parar para poder enviar dinero a su familia en El Salvador. Salía a trabajar con la puesta del sol, pero por esa semana había cambiado de turno. Entraba a trabajar a las 11:00 de la noche y salía a las 7:00 de la mañana para volver a trabajar en un "part time" (medio tiempo) de 4:00 de la tarde a 9:00 de la noche, dormía muy poco en un apartamento de dos dormitorios que compartía con otras cinco personas. Vivían como ratas, hacinados, pero eso no les importaba.

Carlos era un hombre con muchos deseos de vivir, trabajador, pero el fuego acabó con su vida, los vecinos no lograron despertarlo pese a los gritos y golpes de puerta que hicieron para alertarlo del incendio. Carlos trabajaba de día y dormía de noche compartiendo colchón con Sebastián, pero el cambio de turno le jugó una mala pasada.

Su vida era trabajar y los fines de semana cuando descansaba no tenía otra distracción que beber hasta perder el conocimiento. "Esto es vida, lo demás son cojudeces", era la frase que repetía Carlos entre trago y trago.

Pero realmente eso es vida.

Otro inmigrante de origen colombiano llamado Uriel graficaba su vida en los Estados Unidos como si estuviera en una prisión. "América es una gran cárcel, hay trabajo --aunque ahora está más difícil--, se gana dinero a diferencia de nuestros países de origen, pero vivimos entre cuatro paredes, alejados de nuestras familias, de nuestros amigos, de nuestras costumbres".

Uriel que logró traer a su esposa y a su pequeña hija dejando a otros tres hijos en Colombia, se la pasaba renegando, maldiciendo la hora que decidió venir a buscar mejor futuro. Había hipotecado su apartamento en Bogotá para buscar fortuna en América. "Pero la realidad es otra, muchos de nosotros vivimos en condiciones miserables, en pocilgas. Yo no sé cuándo voy a salir de mis deudas para regresar a mi país, porque la mayor parte de lo que uno gana lo tiene que dejar en este país que te arrastra al consumismo".

Los siete días de la semana y por varios años, Uriel se levantaba a las 3:00 de la madrugada para distribuir el Boston Globe, el periódico más influyente de Massachusetts. Tenía unos 250 ejemplares diarios que distribuir de lunes a sábado en un sector de Natick y los domingos cuando el periódico se triplicaba en páginas unos 350, todos los días terminaba como a las siete de la mañana. Luego se iba a trabajar a una fábrica por más de ocho horas. Sus ingresos a la semana no superaban los 400 dólares, de los cuales gastaba en comida un promedio de 150 dólares, en gasolina 70 dólares, en la renta del apartamento 900 dólares al mes, además de los gastos por calefacción, electricidad, teléfono, seguro de carros, gasolina y celular porque aquí "hasta el gato tiene celular".

"Es muy poco lo que nos queda para enviar a nuestros hijos y para pagar la deuda, por eso digo no sé cuándo voy a salir de esta cárcel, a no ser que me deporten".

Uriel y su familia vivían a salto de mata, estaban ilegales en el país y para venir a buscar mejor futuro habían vendido casi todo lo que les costó comprar con muchos años de trabajo. "Pensábamos que la vida iba a ser mejor aquí, pero nos equivocamos. Yo vivo como si estuviera en una cárcel", repetía.

Max y Mauro escuchaban a Uriel, pero su atención estaba centrada en Robert que se había quedado en la calle. Robert pensaba en sus otros amigos que no sabían nada del incendio. ¿Qué va a pasar ahora? ¿Adónde vamos a dormir?, decía. Ese mismo día Alfonso llamó a Julián, pero los cuartos de alquiler que tenía estaban ocupados. Mauro le dice que por esa noche se podía quedar en el sótano de su apartamento.

Al día siguiente Max ya le había conseguido un apartamento en Jamaica Plain, una mujer cubana tenía un edificio muy cerca del periódico y tenía un cuarto desocupado. Con Julián había estado en contacto con varias personas.

Robert estaba abatido por su amigo, pero era muy poco lo que había perdido en lo material. Un colchón que lo había recogido de la calle y su ropa. "No dejaste nada debajo del colchón", le pregunta Mauro. "No, el dinero lo llevo en mi bolsillo. Eso es seguridad", responde.

Max estaba revisando sus correos y encuentra otro E-mail de Beatriz:

Queridísimo Max:

El tiempo apremia y hasta ahora no tengo un equipo de trabajo. No quiero llegar a Boston sin nada sobre la manga. Así que voy de una vez al grano.

Necesito un buen equipo de trabajo y la paga es muy buena, y estos son los requisitos:

No es un trabajo full time (tiempo completo) pero si se requiere que se le dedique tiempo al proyecto.

Es una revista mensual a color y los periodistas deben cubrir las comisiones, es decir deberán hacer las entrevistas "face to face", (cara a cara) no se puede hacer el trabajo ni por teléfono ni por escrito.

Deberán ser entrevistados por el Dean, pero yo los presentaré como mi equipo de trabajo.

Los eventos sociales, por lo general las cenas de los departamentos deberán ser cubiertas por nosotros, es decir nuestro equipo.

Cuento con un reportero gráfico, el se encargará de las fotos digitalmente.

La página web será actualizada por nosotros.

El editorial será escrito mensualmente

Los temas a tratar serán hechos del momento y también se acepta la creatividad del equipo.

La primera comisión será presentar un "outline" (plan) sobre lo que vamos a hacer y los tópicos a tratar con un "proposal" (propuesta), y para llevar a cabo esto tenemos que reunirnos y documentarnos en todo lo relacionado a la universidad, los programas actuales, las investigaciones y proyecciones del futuro, también habrán columnas sobre la parte económica.

Quiero saber si están interesados en trabajar conmigo, yo seré la jefa.

Definitivamente no cuento con su adorada amiga Juana, porque me ha mandado al diablo, lamentablemente no hubo química entre nosotros, ya que pensándolo bien y analizando la situación pues creo que ha podido ser útil al proyecto, he navegado en el ciber espacio y para trabajar en la corte, hay que dominar el idioma, por juzgar tan rápido me equivoqué, como se diría en "peruano" "metí la pata".

Pero no creo que hubiera podido trabajar con ella, es muy estúpida, leíste como me respondió.

En fin no lo sé, si tu Max crees que ella nos puede servir, creo que con "dinero baila el diablo", la paga es muy buena.

Bueno convérsalo con tus amistades y hazme saber cuánto antes, de lo contrario tendré que publicar un anuncio en un medio local y buscar periodistas como los que necesito.

Por favor respóndeme cuanto antes

Betty

Max no le dio mayor importancia a ese e-mail, todavía tenía la mierda revuelta por su anterior correo en el que insultaba y decía que los inmigrantes son "una lacra y que lo único que le ocasionan al estado es un dolor de cabeza, viven del sistema americano, quitan los trabajos, y el pueblo americano paga por la educación de sus hijos y por la hospitalización cuando se enferman". Este monumento de mujer tenía el peor concepto de los inmigrantes y sin duda alguna el racismo le salía por los poros. Pero ¿quién la entiende? "Ella también es una inmigrante y viene a quitarle el trabajo a un norteamericano", decía Alfonso en voz alta.

Pero ese es el concepto que tienen muchos norteamericanos, incluso inmigrantes latinoamericanos que se han hecho ciudadanos y que no quieren saber nada "con esa lacra" como dice Beatriz.

La percepción que tenía la mujer de Suecia de los inmigrantes no la compartía tampoco Julián que era un tipo simpático, agradable y de un gran sentido del humor, pero tenía sus ideas que a veces rayaban con lo normal. Un día Alfonso y Julián se enfrascaron en una discusión por Cristina Saralegui, una mujer cubana que hizo fama con su show de televisión en Univisión que llevaba su mismo nombre.

Julián le tenía una gran animadversión y expresaba que su programa era un asco. En lo particular Alfonso creía que Cristina producía su programa respondiendo al gusto de la mayoría de sus televidentes. Tiene una gran audiencia y eso no se lo quita nadie.

"Pero ¿qué audiencia tiene? ¡el bulbo!

Esa es nuestra gente, la mayoría vino de nuestros países con poca o ninguna educación y no podemos cambiar esa realidad. Muchos de ellos van a vivir y morir así. No los va a cambiar nadie y Cristina explota esa realidad. Sabe que la mayoría de latinos sigue el mismo camino de la ignorancia y que muy pocos están sobresaliendo en las distintas esferas privadas o estatales.

Lo que menos le debe preocupar es que las nuevas generaciones de estudiantes latinos también están desertando de las escuelas. Son muy pocos los que van a la universidad y los que van no terminan sus estudios. Los cuadros estadísticos que muestran diferentes instituciones de investigación o universidades son clamorosos.

*"Es decir siempre el latino va a seguir siendo burro de carga", espeta Alfonso.

*"En eso estamos de acuerdo. Muchos de los residentes legales y sus hijos siguen por ese camino al margen de los 12 millones de inmigrantes indocumentados que viven muchos de ellos explotados y en condiciones infrahumanas y trabajan como burros para enviar dinero a sus familias en sus países de origen", anota Julián.

*"Nadie hace nada por mejorar sus vidas y muchos menos por arreglar su estatus legal".

Alfonso tiene una posición crítica y dice por lo que "he visto desde que yo vivo en este país las organizaciones comunitarias locales y de todo el país se la pasan saliendo a las calles a pedir por una reforma migratoria, pero 'nanay', nadie los escucha, parece que gritan en el desierto".

Con la elección del primer presidente negro de los Estados Unidos, Barack Obama, se creía que las cosas iban a ser más fáciles para los inmigrantes indocumentados. Los activistas se dieron contra la pared, las redadas y deportaciones se multiplicaron con Obama. Solo en el primer año de su primer gobierno se deportaron a más inmigrantes que durante el pasado gobierno de Bush.

Pese a toda esta triste realidad, los líderes y activistas comunitarios siguen saliendo a las calles a protestar, a pedir la ansiada reforma migratoria.

"Somos Personas. Somos Trabajadores. Somos el Cambio", dice el mensaje que la coalición de organizaciones decidió adoptar el 2012 en East Boston para conmemorar la histórica celebración del primero de mayo como el Día Internacional del Trabajo. "Mientras las corporaciones financieras de Wall Street hablan de una recuperación económica y agresivamente conspiran para redefinir lo que trabajar significa (para su propio beneficio) en nuestro país, nuestras familias y comunidades todavía continúan sintiendo los efectos y desafíos de la crisis económica. Millones de trabajadores están siendo despedidos, enfrentan embargos y desalojos de sus propiedades, enfrentan violaciones a sus derechos laborales y sufren el impacto de los recortes a servicios públicos básicos.

Muchos trabajadores inmigrantes y sus familias enfrentan problemas adicionales, tales como la falta de acceso para el cuidado de salud y protecciones laborales; lo peor de todo es que muchos trabajadores inmigrantes y sus familias continúan separados debido a la quebrantada política de inmigración que tiene este país. Todos necesitamos que los trabajadores inmigrantes sean por lo menos escuchados, y que una reforma migratoria justa y humana se convierta finalmente en una realidad", me escribía Edwin Argueta, uno de los tantos activistas de origen salvadoreño con quien conversamos muchas veces.

Son muchos los activistas locales con quienes mantuve una relación de trabajo como María Elena Letona, Gladys Vega, Claudio Martínez, Patricia Montes, Lucy Pineda, Juan Vega, Juan López, Patricia Montes, Dominico Cabral, Isabel López, Antonio Amaya, Julio Villagrán, René García, María Alamo, Jenny Cintrón, Braulio Felipe, entre muchos otros. Cada uno tiene su propia historia de inmigrante, pero Lucy Pineda le habla a su comunidad de sus sueños, de sus casi 30 años de vida en los Estados Unidos. "Soñaba con venir 'mojada' cruzando la frontera", rememora.

Con Max, Lucy habló muchas veces de su vida, de sus años de activista y de su matrimonio de cuatro hijos que se "quebró en pedazos". Tenía apenas 14 años cuando decidió cruzar la frontera a pie, como dicen 'mojada'. "Fue una experiencia muy triste, de mucho temor, pero me hizo madurar", me decía.

Para venir en busca de sus sueños en América su abuelito pagó 9,000 colones (equivalente a unos 1,000 dólares de la época). Su padre —al que casi no conocía-- ya vivía en Boston. "Mi padre tenía otra familia y nuestro reencuentro fue muy frío", recuerda.

Su rostro se llenó de lágrimas porque sus sueños de querer estudiar cuando tenía 14 años se vinieron abajo cuando escuchó decir a su progenitor que "aquí el que no trabaja no come, no vive".

Lucy lloraba en silencio y se fue a vivir con una familia a la que no conocía. A los 16 años se casó y tuvo su primer hijo.

Años más tarde la vida le cambió y contra viento y marea estudió y trabajó, involucrándose luego en las diferentes organizaciones comunitarias hasta que creó su propia organización que bautizó con el nombre de Latinos Unidos de Massachusetts (LUMA). Desde allí hace su propio mundo, ayuda a muchos inmigrantes que sueñan con vivir en los Estados Unidos, en el mejor país del mundo, sin siquiera imaginar la vida que les espera. Porque Lucy con su organización también las ve negras. Su matrimonio hizo agua.

Mario es sólo otro ejemplo del sacrificio que tiene que hacer un inmigrante para subsistir y para enviarle dinero a su familia. Mario emigró de México cuando tenía 23 años, dejando a su esposa y a su hija, además de sus padres. "Me metí a vivir en el sótano de una casa que tenía más años que el diablo, pagaba 300 dólares por un cuarto y me preguntaba si esto era vivir en el mejor país del mundo".

Mario contaba sus angustias y Eduardo no se quedaba atrás. "Estoy viviendo en el tercer piso de un edificio de apartamentos en East Boston que es una coladera, tengo que poner recipientes por todos lados para que la lluvia no inunde el apartamento, el dueño no arregla nada, no le importa porque sabe que somos indocumentados", cuenta.

Muchos inmigrantes viven en condiciones miserables, paupérrimas y es muy poco lo que les interesa a las autoridades. Uno ve a diario la situación por la que está pasando mucha de nuestra gente que hace un poco de dinero a la semana para enviar a su familia en sus países de origen y para pagar sus cuentas. Al final la mayor parte del dinero que ganan se queda en los Estados Unidos.

María me decía "yo vine de Guatemala para triunfar, yo creía que iba a ser mucho más fácil, pero me he dado contra la pared. Vivo en un cuartito y los valores morales y cristianos que me enseñaron mis padres casi ya se han perdido y es muy común ver a la gente asistiendo a misa en las iglesias católicas y comulgar sin siquiera haberse confesado. Por lo que yo he visto ningún latino, salvo excepciones, se confiesa para recibir la hostia".

Ricardo era otro inmigrante mexicano que llegaba a la redacción para conversar con Julián antes de regresar juntos al apartamento donde vivían en Cambridge. Ricardo no tenía movilidad y tenía que esperar que saliera el cubano. Alfonso también lo conocía. El mexicano le hablaba con nostalgia de su esposa y de su hija que había dejado en su país de origen. "Tengo que enviarles dinero cada semana", les decía. Mauro que estaba por ahí le espeta casi gritando "tienes que enviarle algo más para 'el chio', porque me imagino que alguien tiene que atenderla".

Ricardito casi explota con el comentario de Mauro, no le gustó para nada lo que dijo y casi lo agarra a golpes. Julián tuvo que intervenir para que no se agarren a trompadas diciéndole "es una realidad que tienes que ver".

Ricardo se fue de la redacción sin escucharlo, maldiciendo a Mauro. "Yo no se porque se molesta, eso le pasa a todos. Yo mismo canto todos los días 'el venao', 'el venao'".

CAPÍTULO 4

BOSTON

Era un día de invierno, lluvioso. Max estaba en la redacción organizando el cuadro de asignaciones cuando suelta una carcajada y le dice a Mauro y a Alfonso tienen que cubrir el "primer foro de gagos" que seguro va a ser un cagadero de risa. Lo organiza Manny, el primer gago con autoridad para hablar en la televisión como el mismo se autodenomina. "Este no es un espacio para matarse de risa sino para tomar en cuenta a las personas con limitaciones para expresarse fluidamente".

Manny, de origen dominicano, era productor de "Noche con Manny", un programa que se transmitía por la televisión local de Cuencavisión en Boston y que según decía "por el internet tenía más de 3 millones de visitas de todas partes del mundo".

No quiero ser hipócrita, me provocó una tremenda carcajada cuando nuestro buen amigo Manny me transmitió la noticia del "primer foro de gagos" y del nuevo segmento titulado "inmigrante: cuéntame tu historia". En verdad fue una buena oportunidad para el televidente con limitaciones hablar sobre cómo es su vida de inmigrante, pero por lo general el espacio les quedaba corto. Porque cada gago se demoraba un culo para expresar sus ideas.

Pero esos no son los "gagos mentales" como me decía nuestro buen amigo Amy Moreno cuando se refería a los inmigrantes que vinieron niños o jóvenes y no hablaban bien el español ni el inglés.

Manny era harina de otro costal, era todo un personaje. "Desde que vine a este país hice de todo para ganarme la vida, pero nunca pensé que pasaría por la televisión a menos que no fuera por el frente".

Su programa era un verdadero cagadero de risa. Manny tenía muchas veces que golpear entre el cogote y la espalda a sus invitados para destrabarlos y puedan escupir sus ideas. Al mismo conductor del programa le pasaba lo mismo, pero este aprendió a lidiar con su problema y cuando se trababa se ponía de pie o tomaba agua o un trago de whiski que no le faltaba entre las cosas que tenía en su maletín de cuero.

Manny vino a Boston en 1992 después de ocupar un puesto gerencial en una de las más importantes casas licoreras de la República Dominicana como lo es Barceló para trabajar aquí de pintor, lava platos, cocinero y luego meterse a productor de un programa de televisión conducido por un "gago, chiquito y feo" como el mismo se definía. Manny logró captar una gran audiencia con su programa, pero después desapareció.

Como Manny son muchos los inmigrantes que vienen a trabajar en lo que sea para ganar los preciados dólares. Muchos lo hacen en supermercados, fábricas, talleres o en la construcción, pero otros se las ingenian para vender por las calles de los diferentes distritos sus variados potajes como el colombiano con sus arepas, la salvadoreña con sus elotes (maíz o corn) con mantequilla o como el peruano o el dominicano que vendían en las plazoletas de Jamaica Plain o de East Boston sus raspadillas o frío frío o como le llaman en Puerto Rico Piraguas o sus empanadas de carne, pollo o de chancho. Muchos de ellos no tenían licencia para vender en la vía pública, por lo que tenían que hacerlo de manera subterránea.

Después del 9-11 con la voladura de las torres gemelas en Nueva York la vida les cambió a todos los inmigrantes. Anibal era sólo un ejemplo de la desgracia que le vino encima. El 16 de septiembre, día de su cumpleaños, quiso renovar su licencia de conducir que lo había conseguido sin mayores requisitos cuando llegó a vivir a Boston hacía unos 20 años, pero no pudo hacerlo porque le pidieron la "green card" (Tarjeta de Residente).

Como no pudo demostrar que era residente legal le quitaron la licencia. Desde ese entonces la vida le cambió, dejó de conducir su vehículo para caminar cuadras de cuadras para ir al trabajo hasta que decidió comprar una bicicleta que le sirvió por mucho tiempo como su vehículo de transporte.

Muchas veces Anibal salía de su casa en bicicleta desafiando el crudo invierno, tenía que ir a trabajar y en varias ocasiones patinó en la nieve dándose de trancazos. Así vivió por unos 4 años hasta que la muerte lo sorprendió.

Anibal vivía solo en un apartamento en Lynn, en uno de los barrios donde la droga corría por las noches, tenía apenas una cama vieja, un televisor y un equipo de música. Desde que se había afincado por estos lares hacía más de 20 años no había regresado a su país de origen, pero muchas veces hizo creer a sus amigos que venía de unas vacaciones en Costa Rica desapareciéndose o ocultándose por algún lugar.

Alfonso tuvo que llamar a la familia para darle la mala noticia. Su hermano le confesó que no había podido regresar a su país porque no tenía la documentación en regla. Anibal nunca quiso aceptar que era ilegal.

Augusto era otro de los inmigrantes indocumentados que en abril del 2006 decidió salir del Ecuador para embarcarse en la aventura de cruzar la frontera para llegar a los Estados Unidos. Llevaba viviendo en Lawrence unos 4 años, trabajaba en una fábrica de embutidos, pero le gustaba más recoger botellas y latas en las calles, por lo que le pagaban 5 centavos por unidad.

Eran muchos los inmigrantes que se dedicaban a este negocio, pero los que batían récord eran los asiáticos que con carretilla y bolsas en mano recorrían todo Boston.

Era un trabajo como cualquier otro, pero a Ricardo le molestaba ver a sus paisanos ecuatorianos rebuscar o meter mano en la basura para hacerse de botellas o latas de cerveza o de soda. El chino Larios se hacía hasta 80 dólares diarios en este negocio callejero, pero se la pasaba casi todo el día recogiendo latas. Tenía marcado en un calendario los días que la gente sacaba la basura por zonas y ya era común ver al chino con dos bolsas grandes de latas sobre el hombro y la cabeza.

Cada inmigrante vive su propia realidad, unos con más necesidades que otros. Lo veía a diario, niños de origen latino que son los nuevos rostros de América pidiendo ayuda para poder subsistir. La realidad supera la imaginación de cualquier persona de afuera y nadie diría que los latinos estamos poblando de miseria los Estados Unidos. Muchos llegan a trabajar, a enviar dinero a sus países de origen mientras viven en pequeños apartamentos saltando del paraíso a las "cucuyeras".

Daniel vivía en uno de esos viejos edificios en Milford al que llamaban "la cucuyera" por la súper población que había y porque los niños salían de allí como cuyes, muchos de ellos de padres jóvenes ecuatorianos que llegaron a vivir a ese pueblo ubicado al oeste de Boston.

Se veía a diario por las calles de ese pueblo a mujeres jóvenes de piel cetrina y baja estatura empujando cochecitos con niños recién nacidos. La gente ya las identificaba como "las latinas" sin importar el lugar de su procedencia y las autoridades las tenían bajo la lupa porque sabían que eran indocumentadas y que vivían muchas de esas jóvenes en un mismo apartamento.

¿Cuántos inmigrantes se ven obligados a vivir hacinados en viejas casonas de más de 100 años para poder ahorrarse unos dólares con la renta y enviar dinero a sus familias?.

Daniel ya ni eso podía hacer, sin trabajo no podía pagar ni siquiera el apartamento. La crisis económica y el endurecimiento de las leyes migratorias lo habían puesto al borde de la locura.

"Vine a los Estados Unidos --como muchos otros-- arriesgando la vida, desafiando al mundo en el desierto, y el 'coyote' que me traía casi me deja morir". Casi languideciendo logró cruzar la frontera, pisar suelo norteamericano lanzando un grito para sus adentros "ya lo hice".

Muchos latinoamericanos lo arriesgan todo, venden hasta lo que no tienen para venir a buscar fortuna, venir a buscar un mundo mejor para su familia. Daniel que saltó de los campos de Chalatenango, en El Salvador, a una ciudad que lo embelesó por sus grandes edificios, sus amplias carreteras y sus grandes saltos tecnológicos, creía haberla encontrado. Por lo menos por casi ocho años la vida le cambió, trabajó sin descanso. Cada semana enviaba dinero a su familia, compartía un cuarto con varios amigos y los fines de semana se la pasaban entre discotecas y barras, bebiendo, gozando la vida.

Daniel no tenía problemas, era el sustento de su familia en El Salvador que veía también la vida diferente hasta que perdió el trabajo y la recesión lo llevó a vivir debajo de un puente. "Me quitaron el carro por falta de pago y tuve que dejar el apartamento. No tenía como pagar".

Durante varias semanas Daniel se la pasó buscando trabajo en agencias de empleo y llenando por su cuenta solicitudes de empleo en computadoras de las grandes tiendas como Walmart o Market Basket. En esos lugares hizo amistad con otros inmigrantes indocumentados que también habían perdido el trabajo. "Estoy desesperado, me he quedado en la calle y no tengo ni siquiera para comer", le dice a uno de ellos.

Daniel ya no sabía qué hacer, todas las mañanas salía a caminar largos tramos. La angustia y la desesperación lo consumían que se ponía a llorar como un niño.

Cierta mañana Daniel despertó sobresaltado, le temblaba todo el cuerpo.

*"Me voy, ya lo decidí. Estoy harto de todo esto", le dijo a su amigo Pedro. "Pero ¿cómo le vas a hacer?".

*"Voy a entregarme a la policía para que me deporten".

*"Estás loco, tú no sabes a lo que te expones. Es mejor que tomes las cosas con calma y esperes que todo esto pase. La vida va a volver a ser como antes".

Daniel no lo escuchó y se fue caminando hasta la estación de policía de Framingham donde se entregó a uno de los oficiales. "Quiero que me deporten a mi país de origen", dijo. El salvadoreño llevaba entre sus manos una bolsa negra con su ropa, un lapicero y un cuaderno de notas.

Varios policías lo vieron como sospechoso, tiraron la bolsa negra al piso y la destrozaron.

¿Quién es este loco? esbozó uno de los oficiales.

"Dice que quiere que lo deporten".

Los policías lo detuvieron, pero su decisión de entregarse no fue de lo más acertada. Daniel le dijo a la policía que había robado la identidad de otra persona para trabajar, amén de otras confesiones que lo llevaron a enfrentar cargos de fraude, falsificación de documentos y suplantación de identidad. Su caso fue a parar a la Corte y luego de cumplir su sentencia por fraude Inmigración lo deportó.

Muy cerca de la Maverick Station en East Boston, María Rosa también lloraba desconsoladamente. El mundo se le había venido abajo y por ignorancia o mala madre estaba camino a purgar una condena de 10 años de cárcel. A los 19 años emigró cruzando la frontera y al poco tiempo resultó embarazada. Vivía con su hermana y su cuñado y por todos los medios ocultó su embarazo. Era una mujer de contextura gruesa y todas las mañanas antes de salir a trabajar se fajaba para que no le noten el crecimiento de su barriga. Su hermana ni sus compañeros de trabajo se dieron cuenta o por lo menos nadie le dijo nada.

Durante los nueve meses de embarazo María Rosa nunca recibió asistencia médica. "Los dolores me vinieron de repente y di a luz en el baño del apartamento. No me importó ver si era hombre o mujer y lo único que hice fue cortar el cordón umbilical para luego envolverlo en una sábana y tirarlo en un basurero cerca del apartamento", relató a la policía.

María Rosa vivió días de mucha tensión, no quería que nadie se enterara de su embarazo y mucho menos sus padres en El Salvador. Pero la policía logró encontrar al recién nacido luego de que una de las vecinas lo pusiera en sobre aviso. Tras varios días de averiguaciones uno de los oficiales dio con el paradero de la mujer que vivía en un apartamento de la Zaratoga Street. La policía la detuvo ante la sorpresa de su hermana y de su cuñado. ¿Por qué la detienen? ¿Qué hizo? ¿Cuáles son los cargos? preguntaba asustada la mujer.

En la Corte María Rosa confesó con pelos y señales la noche que tiró a su bebé al basurero. "Pensé que nadie se iba a dar cuenta, no quería que mis padres supieran que había estado embarazada", dijo. La justicia la condenó a pasar diez años en la cárcel de mujeres de Framingham.

Mauro se daba de golpes en la cabeza. "Lo veo y no lo creo. ¿Cómo una madre puede tirar a su bebé a la basura?» Julián tampoco salía de su asombro y decía "sólo una mujer ignorante y sin escrúpulos puede hacer eso. Ahora se va a comer años de cárcel". María Rosa tenía apenas 20 años de edad y un futuro marcado por la desgracia.

Con Alfonso, Mauro y Robert conocíamos a mucha gente de nuestra comunidad. Julián y Pedro también y compartíamos historias. Lo de Beatriz era un caso aparte y Max dice hay un nuevo mensaje de la susodicha.

Dear Max

Necesito el curriculo de ustedes, por favor envíenmelo cuanto antes con un attachment, para enviárselo al dean de la Universidad.

Gracias

Nos vemos pronto

Besitos

Betty

Max tenía que tomar una decisión, Julián le dice "es mejor que tomes el toro por las astas". Sabía lo que tenía que decirle, pero lo que menos quería era que se malinterpretaran las cosas y termine todo peor.

---Original message---

Subject: Re: Equipo de Trabajo

Estimada Beatriz

Lamento no poder servirte, tengo un trabajo apretado y a mi edad de los 89 años lo que más quiero es viajar y gozar la vida, no descansar porque para mí descansan sólo los muertos, pero por lo que a mi corresponde no estoy interesado en formar parte de tu equipo de trabajo, no sé si mi amigo Andrés acepte porque ya le avisé personalmente. De antemano te doy las gracias por tomarnos en cuenta, hubiera sido un honor trabajar bajo tus órdenes, por lo demás estamos gustosos de conocerte.

Hasta cualquier momento

Max

Ni bien había terminado de enviarle este mensaje cuando aparece la respuesta de Beatriz, parecía que vivía pegada al computador.

---original message---

Subject: Sorprendida

No lo puedo creer, ni siquiera me preguntas cuanto vas a ganar y me dices que no estás interesado, No lo puedo creer. Todo esto es obra de tu estúpida amiga Juana, no sabes cuánto la odio, solo quiero conocerla para cantarle sus verdades, estoy segurísima que esta estúpida tuvo que ver en esto. Te dije que no me llevo bien con las mujeres. A veces ya ni en la cama me sirven. Por favor reconsidéralo. No creo que tengas 89, más bien pareces de 69 en tu foto (ja,ja,ja es una broma técnica o de posición ja,ja,ja). Por favor amigo Max no me hagas esto, reconsidera tu decisión. ¿Qué tengo que hacer para que formes parte de mi equipo?. Necesito gente de prensa preparada, tú redactas muy bien tus artículos, son fabulosos. Debo estar llegando la primera semana de julio, ya no hay mucho tiempo. Tus eres un hombre interesante y tú experiencia en la prensa me da justo lo que yo necesito.

Estoy tan enfadada que no sólo voy a escribirle a tu amiga Juana sino que la voy a llamar por teléfono, ya averigüe su número, no es justo que esta maldita se haya interpuesto en mi proyecto y te haya convencido para que no colabores conmigo.

Solo quiero tenerla en frente para sacarle los ojos, va a maldecir el haber nacido, maldita mujer.

Por lo visto debe ser "efectiva contigo" en todo el sentido de la palabra, sólo así se explica tu negativa. Yo confió mucho en que recapacites, vas a ganar bien y estoy dispuesta a compensarte en todo, tú pide y yo sabré como pagarte.

Necesito que me ayudes. Please, please.

Besitos

Betty

Max ya había tomado una decisión y no quería saber nada más de la mujer de Suecia. Es mejor que no me escriba más. Julián pensaba lo contrario. "Esa mujer no va a parar hasta convencerte, no tiene el más mínimo respeto por nadie y en el correo te dice que está dispuesta a compensarte en todo, es decir en la cama". Max había inventado una edad para sacársela de encima, pero la mujer de Suecia no lo tomó en serio.

Una llamada telefónica interrumpe la conversación. "Lo llaman de Milford", le dice la telefonista. La llamada estaba relacionada con Inmigración. "Se llevaron a Tacuri y a todos sus trabajadores". Alfonso, Mauro y Pedro se desplazaron hasta Milford, era el barrio de Max y Alfonso, quienes conocían de cerca a Tacuri, un inmigrante de origen ecuatoriano que logró hacer una pequeña fortuna con la constitución de una compañía de construcción de techos.

Tacuri era un inmigrante ilegal que se la jugó creando su propia compañía con la que logró romper el mercado con precios bajos perjudicando a brasileños, irlandeses, italianos y norteamericanos que hacían el mismo trabajo de reparación de techos, pero a mayor costo. La gente lo buscaba y le faltaban manos. "Le abrí las puertas de la prosperidad a muchos de mis paisanos, yo no trafiqué con nada ni con nadie", decía.

Agentes de inmigración arrestaron a Daniel Taruci en su casa de Milford junto a otros 14 ecuatorianos indocumentados que, según las versiones policiales, habría traído desde su país de origen para "explotarlos", entre ellos dos menores de edad.

Tacuri que logró construir un "castillo de sueños", ganando grandes cantidades de dinero que jamás se había imaginado, vio derrumbar todas sus ilusiones en cuestión de segundos y perdió toda su pequeña fortuna.

Una casa multifamiliar que compró en Milford pagando 70,000 dólares de "down payment", cinco vehículos que el gobierno le confiscó y que utilizaba para transportar a sus trabajadores, maquinarias de construcción de techos, entre otras propiedades, además de dinero en efectivo.

Tacuri había llegado a los Estados Unidos en busca de un mejor futuro. Se afincó primero en Nueva Jersey y luego se mudó a Milford, un pueblo ubicado al oeste de Boston, donde se estableció creando una compañía de construcción de techos. Estaba feliz, los contratos le llovían, estaba ganando mucho dinero y lo que le decía a Alfonso es que "me hacen falta manos".

De allí que tomó la decisión de ayudar a sus familiares y paisanos de su pueblo de Cañar. "Todo el pueblo quería venir, pero era imposible y sólo ayudé a cruzar la frontera a unos 30 paisanos que se habían trazado como meta ayudar a sus familias, esto no era tráfico humano como se me pretende acusar, sólo quise ayudar a mi gente a salir de la pobreza".

Sus argumentos no fueron escuchados y terminó recluido en una cárcel de inmigración a la espera de su deportación, pero primero tendría que pagar por los cargos que le habían imputado por tráfico de inmigrantes y explotación de menores de edad.

Su esposa María y su pequeño hijo de cuatro años de edad que nació en Milford se habían quedado a vivir en otra de las casas de dos familias que tenían con un pago mensual muy bajo porque también habían aportado una buena cuota inicial.

María no sabía qué hacer, estaba desesperada. La casa en la que vivía con su hijo --intervenida también por el gobierno-- la habían declarado deshabitable luego que el departamento de bomberos tomara acción para controlar una fuga de agua. Sin dinero ni para comer María ya había dejado de pagar las facturas de los servicios de luz y de gas y las tuberías se habían frisado.

Con Alfonso y Mauro conversamos con María que no cesaba de llorar. "Estoy sin ningún dinero y mi esposo en la cárcel", decía. Durante la incursión policial en su casa los agentes de inmigración le confiscaron 1,700 dólares en efectivo.

Max conocía de cerca a Daniel Tacuri, un joven ecuatoriano que decidió salir de su país para buscar fortuna en el país del norte cruzando la frontera, mojándose los pies. Comenzó trabajando para una compañía de construcción ganando 12 dólares la hora, ocho o 10 dólares menos de lo que ganaban sus compañeros de trabajo de nacionalidad norteamericana.

"Nunca me quejé por mi condición de ilegal y trabajé de sol a sol sin reclamar nada porque sabía que estaba ganando más dinero del que me hubiera imaginado, en mi país no ganaba ni 10 dólares al día", me decía Tacuri.

Siempre trabajó con la cabeza agachada hasta que se le ocurrió formar su propia empresa. Ya había comprado una camioneta y con sus ahorros se hizo de la maquinaria que necesitaba para comenzar su negocio de reparación o reconstrucción de techos. Muchas de las casas en este pueblo como en todo Massachusetts son viejas y necesitan de reparación constante.

Tacuri comenzó su negocio con un ayudante, pero después se vio superado por la demanda. Su negocio crecía a pasos agigantados y le faltaba manos por lo que sintió la necesidad de traer a su gente del Ecuador. "Nunca quise traficar ni explotar a nadie, sólo quería ayudar a mis paisanos y así lo hice. Yo les pagaba y les daba un lugar donde vivir".

Tacuri ayudó a cruzar la frontera a unas 30 personas, todos ellos jóvenes de unos 20 años de edad que llegaron con sus respectivas compañeras o enamoradas para trabajar en su empresa. Les pagaba en promedio 10 dólares la hora cuando las uniones de trabajadores cotizaban esa labor en más de 20 dólares la hora por ser un trabajo de riesgo.

"Yo les pagaba lo mismo que me pagaron a mi en una empresa norteamericana, la diferencia era que yo cobraba por una reparación o reconstrucción de un techo 30 o 40 por ciento menos de lo que se cobraba en el mercado. Yo no explotaba a nadie, sino que ganaba dinero, ayudaba a mi gente y beneficiaba a los dueños de casa".

Tacuri apenas si había ido a la escuela en su pueblo de origen, hablaba el quechua --un dialecto inca-- no dominaba el español y mucho menos el inglés, pero se las ingeniaba para hacer contratos. Su esposa y su pequeño hijo norteamericano que estaba estudiando lo ayudaban. Su empresa comenzó a crecer como la espuma y con sus paisanos que tampoco hablaban casi español hacían maravillas de trabajo. La gente que los contrataba quedaba satisfecha.

Tacuri y su esposa María ayudaban a sus otros dos hijos que habían quedado con familiares en su país de origen.

"Estábamos bien, la vida nos sonreía hasta que todo se vino abajo".

Agentes de inmigración arrestaron a Tacuri y a la mayoría de sus trabajadores. La denuncia señalaba que les daba trabajo en su empresa, pero los hacía dormir en condiciones infrahumanas. La esposa de Tacuri me decía "eso no es cierto, lo único que hacíamos era ayudar a nuestros coterráneos dándoles trabajo y un lugar donde vivir».

Con la Cónsul del Ecuador en Boston, Beatriz Stein, la Asociación de Ecuatorianos residentes en Massachusetts y el abogado de inmigración, Jeff Ross, se trató de ayudar a Tacuri con resultados infructuosos.

"Lo más triste es el drama que está viviendo María y su pequeño hijo que se han quedado en la calle. Por ahora han sido ubicados con unos amigos, pero se les está tratando de conseguir una habitación en un shelter o refugio", me decía la Cónsul.

María ya se había visto obligada a dejar la casa que estaba confiscada por el gobierno porque ya no tenía dinero para pagar la luz ni la calefacción en un tiempo en el que el crudo invierno arreciaba.

"Fue una acción inhumana porque se llevaron a mis paisanos como estaban vestidos, habían celebrado la Navidad hasta altas horas de la noche y la alegría se transformó en dolor y llanto cuando despertaron encañonados por una docena de agentes de inmigración que había irrumpido violentamente en el edificio de apartamentos de la 21 Jefferson Street.

"Fue un abuso, entraron alrededor de las 4.00 de la madrugada, rompieron puertas, rebuscaron todos los cuartos y nos intimidaron con sus armas de fuego. Mi niño de seis años se despertó y miró todo lo que estaba pasando", me contaba María.

En la iglesia católica de Milford, María no encontraba consuelo, sentía que la vida se le había acabado y vestía de negro como si estuviera guardando luto. "Lo único que quiero es que acabe todo esto y deporten a mi esposo", pero sus súplicas caían en saco roto. La Corte lo iba a procesar por tráfico humano.

Alfonso se mostraba perturbado, dolido por la desgracia que estaba viviendo esta familia. "De tenerlo todo, dos casas, carros, dinero, ahora están en la calle y a la espera de que deporten al esposo", le decía a Mauro. "Pero primero se va a comer buenos años en la cárcel".

Pedro se había tomado unos días libres para instalar a su sobrino en su casa y buscarle documentación falsa para trabajar, tuvo que gastar 500 dólares para comprar una "green card" y "un social security" a un brasileño que se dedicaba a ese negocio. "Es un número bueno, no va a rebotar", le dice Gerson que traía los documentos falsos desde California.

Con "papeles en mano" Gerardo se puso a buscar trabajo sin mucha fortuna, la situación estaba difícil y muchos latinos indocumentados estaban perdiendo sus empleos. Pedro trató de buscarle empleo en el supermercado donde trabajaba, pero le dijeron que no había vacantes.

Desde que Gerardo se instaló en la casa de su tío, María Eugenia se la pasaba de mal humor. "No lo quiero en la casa", le dijo varias veces a Pedro. Sus hijos también estaban disgustados porque uno de ellos había perdido su habitación. "Tienes que hacer algo, no soporto que esté en la casa sin hacer nada". Pedro escuchaba los reclamos de su esposa callado.

Desde un principio María Eugenia se había opuesto a que se instale en su casa. "No me gusta, es un bueno para nada", le dijo a Pedro poco antes de que saliera en dirección a su trabajo dejando a su sobrino durmiendo.

Gerardo era un muchacho joven, apuesto y que gustaba de hacer gimnasia, tenía apenas 20 años de edad y en su país había estudiado peluquería.

Pedro llegó al trabajo fastidiado por los reclamos de su mujer. "Te lo dije", le espetó Julián. "Es mejor que saques a ese muchacho de tu casa si quieres cuidar tu matrimonio". Pedro lo escuchaba sin atinar a decir nada.

Max los interrumpe diciendo Beatriz volvió a la carga, escribió de nuevo.

---Original message---

Subject: Re: No lo puedo creer

Estimado Max:

Leo y releo tu email y me pongo muy mal, no puedo creerlo, estás dejando de lado la oportunidad de tu vida, cuantas personas quisieran hacer este trabajo, sabes lo que significa trabajar para una universidad y nada menos que un centro de estudios en los EE.UU. Piénsalo querido, por favor.

Supongo que tu adorada amiguita Juana ya te habrá ido con el chisme, la llamé, estuve tan alterada, la sangre me quemaba las entrañas, tuve que decirle todo lo que pienso de ella, yo sé que tu no me lo dices en tu notita, pero esa maldita mujer te ha convencido para que no me ayudes, ni siquiera lo negó, me dejó hablar, y eso me dio más cólera y rabia que le dije todo lo que se me vino en la cabeza, negó un poco y con voz de sorpresa me dijo que no sabía de qué le hablaba, esa mujer es tarada o retrograda.

Me dijo "no sé de qué me hablas, Max toma sus decisiones solo, yo no tengo nada que ver", pero le dije lo que pensaba de ella. La muy infeliz me dijo que "en USA las amenazas son delitos criminales y si le volvía a llamar o escribir me iba a levantar cargos". Oye Max esta estúpida es abogada? y no sé que más idioteces legales me dijo. Yo estuve muy acalorada

Le dije que estaba celosa y me dijo "yo no tengo nada con Max, solo somos buenos amigos y siento respeto y admiración por él". No le creo... la odio, la odio.

Por favor recapacita

Besitos

Betty

Max estaba aturdido, pensaba que esta mujer de Suecia estaba loca o que el desaire que le estaba haciendo al rechazar su oferta de trabajo la torturaba porque según su confesión siempre "tiene lo que quiere y ningún hombre la rechaza". Lo que más le duele o la perturba es el desaire. Eso está claro, pero ¿por qué inventar o hacer elucubraciones sobre una supuesta relación? Y el odio que decía sentir por Juana me hacía sentir mal que decidí responderle.

---Original message—

Subject: Re: Decisión

Estimada Beatriz

Disculpa, pero mi decisión no tiene nada que ver con la señora Juana. He sido muy claro en el correo que te envié, tengo obligaciones que cumplir para meterme en otro rollo. Te repito, gracias por tomarnos en cuenta y yo creo que debes recapacitar con respecto a lo que dices, toma las cosas con más calma, no puedes estar haciendo juicios ni inventando cosas que no hay. Hasta cualquier momento. Otro sí: mi nombre es Max no maximiliano que es el nombre del gran Zapata.

No cabía duda que Beatriz paraba pegada al computador porque ni bien le envíe el mensaje me respondió de inmediato.

--Original message--

Ay Max o Maximiliano, que más da el nombre, si los dos sabemos que se trata de ti, por Dios que les pasa a ustedes, son todos sensibles, reaccionan al menor detalle.

No te entiendo Max, antes te pareció OK trabajar en mi proyecto y tu respuesta siempre fue alentadora y de pronto todo cambia, aunque te tapes la boca defendiendo a "tu protegida" nadie y fíjate bien lo que te digo, nadie me quita de la cabeza que estás rechazando "esta brillante oportunidad por ella".

Tan pronto recibí tu respuesta la llamé y sólo salió su máquina contestadora haciendo alarde de los idiomas que habla, supongo que su indirecta era para mí y sobarme en la cara los idiomas que domina. Cuatro veces he llamado y las 4 veces salió sólo la máquina, pedí hablar con alguien que la conociera y me pasaron con su secretaria, me puso en espera y mandó decir con ella "que no tenía nada que hablar conmigo y que hiciera el favor de no llamar".

Yo había meditado toda la noche y quería hacer las paces y pedirle a esta mujer que tú, Andrés y ella cooperaran conmigo, voltear la página y tomarnos unos tragos y pasarla bien y olvidar los malos entendidos, pero no me dio oportunidad. Estoy segurísima que es gay, por lo temperamental y ofendida, pero no sé por qué. Yo solo dije lo que pienso. Ayúdame a limar asperezas por favor, please please. Ya estamos a 21 de Junio y estoy muy nerviosa. Siento haber tenido algunos arrebatitos, de vez en cuando me pongo así, pero necesito tu ayuda Max please, tú tienes que ayudarme. Dame la dirección de la casa de Juana para enviarle flores, ya verás como eso la convence. Ayúdame please.

Besitos y como tú dices nos vemos pronto, vas a recogerme en el Logan aeropuerto, mi vuelo llega a las 10:15 p.m

Gracias

Betty

Max lo menos que quería era tener un acercamiento con la mujer de Suecia. Julián sabía de sus temores y le pidió no responderle el e-mail. Esta mujer ya me llega al huevo, la que me preocupa es Rosa, los médicos le acaban de detectar cáncer al seno y está en su casa destrozada.

Rosa era una joven mujer mexicana que desde que llegó a vivir a East Boston trabajó en dos "full time", pero con la enfermedad no le quedó otra salida que buscar ayuda social por todos lados. Nuestro buen amigo Eloy la ayudaba llevándola al hospital para sus citas médicas. La mujer estaba con los ánimos por los suelos. Era una joven agradable, de mediana estatura y de unos pechos voluminosos. Robert varias veces se la quiso comer, le llegó a morder los senos, pero Rosa no quería tener ninguna relación.

"Qué desperdicio de mujer, ahora el cáncer la está consumiendo", decía Robert. Rosa se estaba sometiendo a radiaciones y quimioterapias, no tenía familiares en Boston y vivía con dos amigas en un pequeño apartamento.

Sus esperanzas de vida se cerraban y era una de esas tantas inmigrantes indocumentadas, que se había unido a una organización comunitaria para salir a la luz y demandar pagos justos, así como buscar caminos hacia la residencia y la ciudadanía.

Pedro escuchaba lo que decía Max de Rosa, pero estaba furioso, tenía la mierda revuelta. Su sobrino no había logrado encontrar un trabajo de su gusto. "Lo menos que quiero es barrer", le espetó en varias ocasiones. ¿Y qué mierda sabes hacer para que trabajes como oficinista o banquero si a las justas sabes decir "good morning"?. Tampoco puedes trabajar como peluquero porque primero tendrías que certificarte y no puedes.

Gerardo se quedaba en la casa durmiendo hasta tarde mientras Pedro salía a trabajar. María ya se había cansado de discutir con su marido por el sobrino. Los hijos también estaban disgustados porque uno de ellos había perdido su dormitorio. "No es justo", le gritaba Leo que le había agarrado tirria al primo.

Como muchas mañanas María y Gerardo se habían quedado solos en la casa. Los dos niños que cuidaban no iban a venir ese día. Desde que Pedro salió para el trabajo se puso a limpiar los dormitorios y luego decidió bañarse en el Jacuzzi, abrió las plumillas para temperar el agua y la dejó correr mientras se preparaba el desayuno.

María puso uno de los temas del Gran Combo y se puso a cantar "yo soy la muerte... yo soy la muerte", lo que despertó a Gerardo.

María ingresó al baño, tocó el agua con los dedos de la mano, le puso espuma, y se quitó la bata. La puerta del baño había quedado entreabierta, Gerardo se aproximó y por uno de los espejos pudo ver a su tía como Dios la trajo al mundo. Su corazón le palpitaba a cien por hora. Su tía le había despertado la pasión desenfrenada de un joven de 20 años.

Se quedó mirándola de arriba hacia abajo, María estaba de pie, todavía no había ingresado al Jacuzzi. Gerardo no resistió la tentación que comenzó a masturbarse mientras María se recogía el cabello con unos ganchos para meterse al agua.

Gerardo estaba loco de placer viendo a su tía bañarse.

De repente los gritos de su tía llamándolo lo sacan del trance.

"Gerardo pásame la toalla, la dejé encima de la cama".

Con el miembro erguido y en su máximo esplendor, Gerardo ingresa al baño para darle la toalla a su tía, estaba temblando. María se había dado cuenta que la estaba viendo. ¿Te gusto?, le preguntó. El muchacho no atinó a decir nada, estaba con un pantalón de seda corto a punto de reventar. Su tía lo jaló de sorpresa terminando en el jacuzzi. Ambos se besaron frenéticamente, Gerardo ya había perdido el calzoncillo, la tía se lo había estrujado. La pasión los ganó que terminaron haciendo el amor de manera desenfrenada. María estaba loca de placer y Gerardo también. Ambos terminaron en la cama revolcándose de pasión.

María nunca había tenido tantos orgasmos juntos, tenía 46 años y Pedro casi ya no le dedicaba tiempo. Se la pasaba cansado, tenía dos trabajos y cuando llegaba a su casa lo único que quería era ver la televisión. Los partidos de fútbol lo relajaban que se quedaba dormido. La mujer tenía que apagarle el televisor. Pedro la superaba en edad, tenía 61 años y la casa que ya la tenía casi perdida lo estaba acabando.

Gerardo tenía todos los días la mesa servida, vivía y comía mejor que el dueño de casa. Su tía le daba dinero que casi no le importaba buscar trabajo. Cuando Pedro le reclamaba, María salía en su defensa diciendo "primero va a estudiar inglés por las noches". De día lo quería para ella. Le había despertado el sexo que casi todos los días lo quería tener encima.

Pedro, como de costumbre, salía a trabajar todos los días y sus hijos estaban en la escuela casi todo el día, salvo los fines de semana que salían a pasear.

María quería compartir su aventura contándosela a su amiga Eugenia, una mujer de origen ecuatoriano que tenía dos hijas con las que había emigrado hace cinco años cruzando la frontera. Por ese entonces la mujer ecuatoriana tenía unos 40 años y las edades de sus pequeñas oscilaban entre los 16 y 17 años. Vivía en un apartamento de alquiler en la Washington Street de Jamaica Plain, muy cerca de la estación de policía y de "puntos" de venta de drogas.

Alfonso frecuentaba ese apartamento, pero no por la madre sino por las niñas que ya no eran tan niñas, habían crecido y desarrollado por todos lados. La mayor tenía unos pechos encantadores. Mauro lo alertaba de los peligros, pero Alfonso decía "esas niñas ya comen con su mano".

"Pero no te las puedes comer tú, son menores de edad. Sabemos que hacen sexo como locas en la escuela, mi hijo que estudia allí mismo me lo dice, pero lo hacen entre compañeros de clase, entre muchachos de la misma edad, es mejor no meterse en problemas".

"Mira lo que le pasó al músico peruano, se comió casi tres años de cárcel por tocarle los pechos a una muchacha de 17 años".

César ya estaba a punto de salir de la cárcel, le había caído la "cagazón", pero había logrado hacer fama y fortuna interpretando música andina primero por las calles del centro de Boston, por las estaciones de tren y por los alrededores de la Universidad de Harvard y luego en grandes escenarios de Estados Unidos y del mundo. Con su zampoña en mano y voz lastimera se había abierto camino en el mundo del espectáculo.

Muchas veces nos sentamos a conversar y escribí historias sobre sus triunfos en diferentes escenarios. Los peruanos estaban orgullosos de su ascenso, de sus 20 años de carrera artística que se vino abajo de la noche a la mañana.

César estaba dolido, los cargos de abuso sexual se lo habían inventado para perjudicarlo. "No es cierto, la muchacha me tendió una trampa", me decía. Pero la justicia no mide a todos por igual, aunque ya se había librado de la cárcel por la denuncia de otra adolescente que lo había acusado de haberla estado filmando cuando ella estaba en el baño. El abogado lo salvó de ir a prisión, pero esta vez los jueces fueron implacables. "Podrían haberle dado probatoria o seis meses de cárcel, pero era un hispano al que estaban juzgando y querían enviar un mensaje a su comunidad", me decía Darly.

Sin embargo, otra hubiera sido la sentencia si la afectada sería una muchacha de origen latino. A lo mejor sí, pero al "cholito" César le gustaban las mujeres blancas. Para una relación detestaba a las latinas.

Villalobos había nacido con la música en las tierras andinas de La Libertad. Se hizo músico a puro oído y según me confesó en una de las tantas conversaciones que teníamos en restaurantes de Chelsea o de East Boston "nunca había soñado con dar clases en Berkley College", el lugar por donde han pasado los más grandes artistas internacionales.

Desde la cárcel César miraba la vida de manera diferente, perdió todo lo que había construido, se había quedado casi sin amigos y el abogado que contrató para que lo librara de la cárcel se quedó con todo su dinero. Ahora sólo una biblia y su zampoña lo acompañaban. "Se había convertido en todo un cristiano y tocaba su música andina para sus compañeros de infortunio", me decía un compañero de celda.

¿Por qué hizo esto? ¿Por qué desgració su vida?

Se preguntaban muchas personas. La respuesta que dio Alfonso es que "todo esto es cultural". Villalobos no supo cultivarse y arrastró sus patrones culturales del 'tumbaiquichu'. A las cholas en el campo se les doblega con un golpe en la pantorrilla y al suelo se ha dicho, eso es parte de nuestra cultura", dice Alfonso. "Ya vez por no medir sus manos lo que le pasó al cholo, así es que no te vayas a ir de manos con las ecuatorianitas", le espeta Julián.

Max estaba dolido por su amigo, no se merecía una sentencia de esa naturaleza, pero las leyes en los Estados Unidos a veces no son iguales para todos. Su hermana tenia mayor comunicación con César, le enviaba cartas, lo llamaba por teléfono. Necesitaba ayuda y su hermana preparaba en su casa de Cambridge polladas o parrilladas para conseguirle dinero. Quizás no todos sus conocidos colaboraban, pero sentía el apoyo de sus amigos.

Villalobos prefería no tener muchas visitas. "Casi todos vienen a lo mismo, a saciar su curiosidad, a preguntarme lo mismo y ya estoy cansado", le decía a Max que para no dejarlo con un sabor amargo le cuenta por teléfono a manera de chiste los E-mail de la tal Betty. Ahora mismo estoy leyendo otro de sus correos, pero éste está dirigido a Juana.

----- *Original Message* -----

Subject: Hablemos civilizadamente

Juana

Sé que no quieres contestar las llamadas ni que hablemos, pero me urge que tengamos una conversación civilizada, entienda por favor. Ayer estuve muy nerviosa y gracias a usted todo lo que me ha costado construir lo ha tirado al suelo y eso no es justo.

Apelo a su buen juicio y le pido de mujer a mujer que me entienda. Disculpe por las palabrotas que le dije, no quise ofenderla pero usted me exasperó, cuando le reclamé su intromisión usted no dijo nada. Si realmente no hubiera tenido nada que ver porque no lo aclaró. Sé que estuve súper acalorada y no medí la fuerza de mi tono ni los adjetivos. Pero entienda por favor yo contaba con Max. Max siempre bonachón y amable. Hasta disculpas me pidió por e-mail cuando se confundió con mi sexualidad, yo le envié otro pidiéndole voltear la página y él lo aceptó gustoso "sin paltas" como se dice en el Perú.

Usted es muy amargada, controle sus arrebatos y le pido madurez, no puede decidir por las personas y a nombre de su amistad con Max pedirle que no me ayude.

Voy a franquearme con usted, que quiere a cambio de su cooperación conmigo. Si usted logra que Max trabaje conmigo no sólo le voy a agradecer sino que sabré compensarla. ¿Cuál es su precio? todos tenemos un precio.

Mire yo soy muy transparente y franca y al pan pan y al vino vino.

Cuanto quiere para no desbaratar mi proyecto. Usted conoce la mentalidad americana, ya que vive siglos en USA y está casada con un norteamericano, tiene que ser práctica y como siempre lo digo "con dinero baila el diablo".

Espero que piense las cosas, no soy su enemiga pero tampoco me haga esto hombre, no se vale.

En espera de su respuesta

Beatriz

Max ya había tomado la decisión de no tener ningún tipo de relación con la mujer de Suecia, le parecía una tipa muy vulgar y peligrosa. Con Julián compartía los mismos criterios, pero Alfonso, Mauro y Robert ya estaban preparando con "Pajarito" una caravana para darle una gran recepción. Los días de su llegada a Boston se aproximaban y le asaltaban muchos temores, lo menos que quería era mantener una relación con ella, ni siquiera amistosa.

Por lo menos eso era lo que decía de boca para afuera. No sabíamos que le picaba por dentro cuando Mauro ingresa a la carrera a la redacción diciendo metieron preso a Víctor Díaz desbaratando su red de prostitución.

"Puta que piña. Yo era caserito de Díaz", dice Robert.

Por más de dos años Díaz mantuvo en un "apartamento" bien acondicionado en East Boston un harén de muchachitas de diferentes países de Latinoamérica, incluso algunas menores de edad, a las que hacía trabajar haciendo "favores profilácticos" a cambio de dinero.

"Yo fui un par de veces a ese lugar llevando unos amigos, las muchachitas eran de puta madre", decía Mauro.

Con su sobrina Evelyn que hacía "todos los contactos" Díaz había hecho el negocio de su vida ganando ingentes cantidades de dinero.

Pero ¿Cuántas niñas inmigrantes están bajo las garras de la prostitución? *¿Cuántos indeseables andan por las calles "pescando" a niñas inocentes que no vinieron a este país a prostituirse sino a buscar un mundo mejor? ¿Por qué caer en la prostitución? ¿Cuánto gana una niña por vender su cuerpo?*

"El negocio es redondo, pero muchas veces el cabrón es el que se lleva la mayor parte", me confesaba Luisa, una niña de tan solo 19 años de edad de origen latino, que formaba parte de la red de prostitución infantil que dirigía Víctor Díaz, también latino de apenas 24 años de edad.

Luisa está libre de cargos y, según nos cuenta, son muchas las jóvenes de diferentes nacionalidades --en su mayoría indocumentadas-- que "están en un callejón sin salida" porque no encuentran otra alternativa para sobrevivir que prostituirse.

Esta joven mujer inmigrante vivía con unas amigas y tenía que compartir el pago del alquiler del apartamento y de los servicios de electricidad, gas, teléfono y alimentación, entre otros, además de sus gastos por arreglo personal, vestimenta y de su infaltable celular. *"¿De dónde sale ese dinero?"*, se pregunta. "Tengo que trabajar y sino consigo trabajo porque mi número de social security rebota no me queda otra que seguir en lo mismo".

Luisa trabajaba con otras cinco muchachas en el turno de la noche viajando en una vand (camioneta) acondicionada que hacía servicios de masajes profilácticos a domicilio. "No siempre salía en la vand, otras veces me hacían quedar en uno de los departamentos que tenían preparado para "brindar todo tipo de servicio", incluyendo bebidas alcohólicas.

En la Corte Federal del Distrito de Boston, Díaz fue sentenciado a servir 51 meses en la prisión federal tras ser encontrado culpable por cargos de conspiración en una red de prostitución infantil, mientras que Evelyn fue condenada a cumplir nueve años de cárcel por el delito de inducir a menores de edad a prostituirse.

"Evelyn estaba buenaza y servía de anzuelo para pescar a las jovencitas, muchas de ellas desorientadas y solas, sin familia que vele por ellas", señala Alfonso.

Víctor tenía en su negocio a mujeres mayormente jóvenes, pero también había "pechugonas" que entraban solas porque no conseguían otro tipo de trabajo y tenían que mantener a sus familias.

"Las tarifas no eran iguales para todas, unas estaban más cotizadas que otras, pero por lo general una muchacha podía ganar limpio hasta 300 dólares por varios favores sexuales al día. En unos casos podía ser mucho más".

La amiga de Luisa que se identificaba como Aurora que tenía la misma edad que ella contaba que "una noche me llevaron a un cumpleaños". Víctor había recibido en uno de los tres teléfonos celulares que tenía la vand una llamada de un cliente, necesitaba los servicios de una muchacha. "Esa noche me lleve 400 dólares", cuenta Aurora.

Contra lo que se pueda pensar cada vez son más los antros que se abren en barrios como East Boston, Chelsea, Lynn, Revere, Everett, Somerville, Lawrence, Framingham, Worcester, entre otros. "Hoy cierran el antro de Víctor, mañana abren dos más. Este es un cuento de nunca acabar" me decía Eloy, un amigo peruano que tiene más de 20 años viviendo en East Boston.

Luisa cuenta que vino a Boston atraída por el "mundo de fantasía" que le habían contado varias de sus amigas. "Vine cruzando la frontera, arriesgándolo todo para construirme un mundo mejor, un futuro decente. Pero ahora ya no se qué hacer. Lo único bueno es que le estoy enviando dinero a mi familia y contándoles cuentos, diciéndoles mentiras".

Desde que llegó hace más de dos años Luisa buscó trabajo con un "social security chueco" (seguro social falso), pero sin mayor suerte. Según me dicen antes era diferente, pero ahora inmigración está aplicando medidas más severas y asustando a los empleadores. "Yo tengo miedo de seguir en la prostitución, pero no me va a quedar de otra si quiero vivir en un apartamento y no terminar debajo de un puente".

Luisa no quiere regresar a su país de origen. "Las cosas están peor allá". Pero tampoco quiere terminar en prisión como Evelyn que está purgando condena en la cárcel de mujeres de Framingham.

"Esto es un mal necesario", me decía Alfonso. "Sin estas putitas cuantos depravados andarían sueltos acechando a nuestras hijas". Julián no compartía esa opinión. "Son negocios ilícitos y hay que combatirlos", retrucaba.

Pero ¿cuántos latinos no buscan sexo en la calle y caen como mansas palomas a los encantos y coqueteos de una mujer que le ofrece «pasarla bien» a cambio de dinero? Pero la sorpresa que se llevan es que quien se la ofrece es una policía encubierta.

Mario aún no se explica cómo pudo caer en "la trampa" que le tendió una mujer joven entre el puente que conecta East Boston con Chelsea. Por esa zona transitaba en su auto cuando Sofía vestida provocativamente se le acercó para hacerle conversación. Le coqueteaba, le movía las caderas y por el escote del vestido le saltaban los senos. Mario estaba encandilado, maravillado por los ofrecimientos sexuales y ni bien le aceptó hacer sexo a cambio de dinero cuatro policías le salieron al paso y lo arrestaron.

Lo que le paso a Mario no es un caso aislado. En la Corte Distrital de Chelsea por lo menos había unos 30 hispanos de entre los 20 y 40 años de edad enfrentando cargos criminales similares que les pudo costar la cárcel y la deportación.

"Las consecuencias migratorias para un inmigrante con residencia o amparado por el Programa de Protección Temporal conocido como TPS pueden ser fatales, muchas personas lo ignoran, creen que es un caso simple, pero no es así", me decía Manuel Macías, conocido abogado de inmigración y ex presidente de Latinos Unidos de Massachusetts (LUMA), quien se involucró en la defensa de cinco inmigrantes latinos en las Cortes de East Boston y Chelsea.

"Me sorprendí ver a tantos hispanos metidos en un mismo lío, yo fui a la Corte de Chelsea en representación de un cliente, pero cuando pregunté a las demás personas que estaban allí todos me decían lo mismo. Que habían caído rendidos por los coqueteos de una mujer que resultó siendo una policía".

Mauro camino a su casa se había encontrado muchas veces con esa mujer que era una oficial del Departamento de Policía de Boston que se ubicaba por lo general frente a la gasolinera antes de llegar al puente que conecta East Boston con Chelsea, vistiendo ropa muy atractiva y sugerente.

Se paseaba por el lugar y cuando veía a hombres solos que iban en sus autos les hacía señales para entablar una conversación. Muchos hombres, en su mayoría hispanos, caían en el juego. La mujer le sugería "pasar un buen rato" y le preguntaba cuanto quieres pagar. Cuando aceptaba hacer el amor a cambio de dinero la mujer hacía una señal y aparecían tres a cuatro oficiales que terminaban arrestándolo.

Otra de las oficiales de origen hispano operaba bajo la misma modalidad entre la Congress y la Broadway en Chelsea. "La mujer se muestra coqueta ante el paso de los hombres latinos por lo general solos y les habla en su idioma, muestra sus encantos y cuando ya están deslumbrados aparecen cuatro oficiales y se los llevan a la perrera".

El Departamento de Policía tiene una unidad especial para "ponerle trampa" a los hombres a fin de que no anden buscado sexo en las calles.

En el caso de la oficial de East Boston, según el testimonio, muchos de los latinos que cayeron en la "trampa" no entendían lo que les decía la mujer que hablaba sólo inglés, pero "entendían el lenguaje de los ojos y del movimiento de caderas".

"Esto no es algo nuevo, viene de muchos años atrás, pero lo asombroso es que muchos de nuestros inmigrantes están cayendo en la trampa como mansas palomas y las consecuencias migratorias pueden ser muy graves", me anotaba el abogado Macías, quien tenía cinco de los casos, pero "en la Corte de Chelsea habían más de 30 inmigrantes juzgados por el mismo delito.

Mario me decía que "solo estaba coqueteando con la mujer, no le había ofrecido ningún dinero, solo estaba vacilándome cuando la policía me cayó encima".

La oficial encubierta que opera en Chelsea siguiendo el mismo patrón y vestida con ropa muy sugerente busca conversación en español con hombres por lo general solos, les coquetea y les dice "guapo si quieres pasar un buen rato te va a costar. Cuando el hombre ofrece el dinero la policía aparece en escena".

En la Corte de East Boston el Juez retiró los cargos a varios de los inculpados porque no había suficientes evidencias y el reporte no era suficiente para imponerle cargos criminales.

"Es evidente que se están cometiendo abusos, mi cliente solo estaba conversando con la mujer y antes de que hablaran de ningún precio ya estaba la policía allí. La trampa es muy fácil, la oficial hace señales cuando aparentemente el hombre ya incurrió en el delito, la policía aparece en escena y luego le imponen cargos criminales por solicitar sexo en la calle".

Para un ciudadano norteamericano este no es un delito grave, pero para un inmigrante sin residencia o con ella puede ser de consecuencias fatales. "Aceptar probatoria o cualquier nivel de culpabilidad lo hace deportable a una persona con residencia o en proceso de aceptar la ciudadanía o con TPS.

El abogado Macías que es de origen mexicano me apuntaba" "estamos viviendo una de las peores épocas antiinmigrantes y hay que tener en cuenta que es un crimen mentir, pero decirle a la policía no quiero hablar hasta que mi abogado no esté presente no es un delito. Para un inmigrante cualquier cargo criminal puede tener consecuencias migratorias".

El 9-11, ese día que se recuerda con tanto horror, habíamos sido invitados para dar una conferencia sobre la comunidad inmigrante latinoamericana en un curso de Diversidad y Asuntos Multiculturales en el Programa de Maestría de Servicio Social en el Boston College. Fue casi una hora y treinta minutos de exposición, de hablar a un grupo de estudiantes dominicanos, portugueses, jamaiquinos, asiáticos y en su mayoría norteamericanos, de ¿Por qué venimos? ¿Por qué no nos vamos? ¿Somos una comunidad de criminales? ¿Cómo viven muchos inmigrantes para subsistir? ¿Por qué estamos perdiendo el sueño Americano?

Son muchas preguntas con las que abordé la conferencia y en la que los estudiantes tuvieron especial participación. La doctora Olga Lattarulo, profesora del curso de Diversidad y Asuntos Multiculturales, me introdujo en la clase con una extraordinaria presentación de mí dilatada vida de más de 40 años de periodista y de mi labor como editor de El Mundo Boston del que dijo "es el mejor periódico en español que tiene la comunidad latina".

La charla estuvo basada en hechos reales, en testimonios, en entrevistas como la reciente con el Procurador General de Guatemala, Sergio Morales, con quien había conversado respecto a ¿por qué siguen inmigrando si las deportaciones son cada vez mayores?. "Cualquier opción por difícil que sea es mejor que estar en Guatemala", me decía.

Es una realidad de la que no se salva ningún país latinoamericano. La extrema pobreza empuja a muchos a dejar sus países de origen para buscar mejores condiciones de vida, además del terrorismo y la inestabilidad política. Muchos vienen ilusionados, con el "Sueño Americano" metido entre ceja y ceja, pero que es lo que encuentran, una realidad totalmente diferente, un mundo al revés.

Muchos de ustedes se preguntaran ¿por qué?

Porque muchos de nuestros inmigrantes tienen que adoptar un sistema de vida para sobrevivir que no es el mejor. Muchos de ellos trabajan un "full time" (tiempo completo) y un "part time" (medio tiempo), pero no reúnen más de 2,000 dólares al mes y si quisieran vivir como Dios manda no les alcanzaría para cubrir sus gastos elementales, incluyendo el pago de la renta. De allí que tienen que vivir hacinados en un apartamento con 4 o 6 personas para dividirse el pago del alquiler.

Eso se ve en cualquiera de nuestras comunidades porque el inmigrante tiene que ahorrar hasta el último centavo para enviar dinero a sus países, a sus familias o a los que les pidieron prestado para venir a los Estados Unidos. Pero la realidad de cómo viven no se la cuentan a sus familias que todavía creen que los dólares caen del cielo.

Los estudiantes de maestría, entre ellas Irma Jiménez y Susan Morales, ambas originarias de República Dominicana, querían saber más de la comunidad latina y participaron con las más diversas preguntas. Pero lo que más llamó a discusión fue cuando pregunté si a los inmigrantes indocumentados se les puede llamar "criminales". Sin excepción, la respuesta fue que si han violado la ley son criminales, de corazón no lo son.

Otro de los temas que llamó la atención de los estudiantes fue cuando dije que muchos latinos ya han perdido el "Sueño Americano" con los tan mentados "foreclosure" o embargo de sus viviendas. Lo de Pedro era uno de los tantos casos dolorosos, invirtió los ahorros de toda su vida para comprar su casa, se endeudó hasta los huesos con las tarjetas de crédito para renovar la cocina, los baños y comprar comedor, muebles nuevos y un televisor digital de 52 pulgadas para perderlo todo. Ese es el sueño americano hecho añicos.

Con Alfonso, Julián y Mauro conversaba sobre los temas que abordé en el Boston College cuando apareció otro e-mail de Beatriz.

----Original message---

Subject: Palteada por ti.

Max

Acabo de salir de una cantina y me he chupado 15 scotchs a las rocas, de puro asada, estoy súper decepcionada y palteada por ti. No aprecias mi franqueza, me había hecho tantas ilusiones, ya eras parte de mi mundo, imaginaba tu voz junto a mis oídos casi virginales, pechito con pechito y ombligo con ombligo, cantándome las noticias... Quise transportarte a un mundo ideal, donde sólo hay lugar para la cultura superior de la cama como tú lo dices, hasta eso lo dices muy bonito.

Quería hacerte feliz como jamás habías imaginado y me pagas de esta manera, ¿Por qué amigo, hermano, colega, amorcito? ¿Por qué me haces esto? Me has golpeado con el látigo de la indiferencia, me ignoras, y eso me dueleeeee.

Si tú me vieras cholito, papacito, caerías rendido a mis pies, a todos los hombres les gusta los senos grandes y redonditos y los míos son así, duros y grandotototes como para morderlossssss. De sólo verme se te abriría el apetito y querrías cacharme con ropa y todo.

Si sólo me vierassssssssssss Max... te convertirías en mi "bebe de pecho" y yo feliz. Me encanta hacer de todo, te dejaría a ti y a tu pinga que me atraviese por todos los huecos y agujeros de mi cuerpo, tu y yo nos daríamos parejo. Ay te haría gatear de placer, te daría hasta mis ojos. No quiero pasar las noches solita, quiero que me tomes en cuenta.

Soy bella, tengo un hermoso culo, grande y duro, me encantan las nalgadas y también que me derritan cera sobre el culo y a ti te encantará, ya verás. Te haré vivir fantasías sexuales, y me vas a adorar.

Ya lo verás negrito, te voy a hacer babear, los ojos se te saldrán de placer cuando me veas, no vas a querer desprenderte de mí y de mis atributos (culo, pechos, nalgas y chucha) de día y noche y sólo me vas a pedir eso, te lo juro por esta. Yo te mamaría hasta sacarte toda la leche por horas. Te voy a poner crema chantillí en el cuerpo y cera caliente.

Ayyyyyy que rico es el placer mezclado con dolor al mismo tiempo... Ayyyy ya tengo ganas de ti cholitooooooooooooo

Perdóname Max por los insultos a la bruja de Juana, no me importa que la protejas pero estoy obsesionado contigo. La manera como escribes y sólo ver tu perfil de tu columna me pone "carretona y arrecha".

Estoy borracha y he chupado de pura decepción carajo, mis propios colegas peruanos me han tratado como mierda y eso duele patita. La concha su madre de tu amiga que ni siquiera quiero decir su nombre va a pagar caro el haberme separado de ti y cagado mi proyecto. Te juro por esta que va a maldecir haber nacido.

Amorcito te extraño y te quiero para mi solito, ya verás en una semana llego y lo primero que haré será buscarte, voy a cocinar algo afrodisiaco y haz conmigo lo que quieras.

Quiero lamerte toditiiiiiito pero ya.

te quierooooooooooooo tuya y saluddddddddd

Betty

Este último correo de Betty si puso de vuelta y media a todos. "Por fin se abrió de piernas, no cabe duda que esta mujer te va a buscar hasta en la sopa", le dice Julián a Max. Mauro, Robert y Alfonso se muestran mucho más entusiasmados. "Puta que esta mujer si que hace de todo", comenta Mauro. "Pajarito" tiene que leer este E-mail. "Esa combinación de crema chantillí con cera caliente debe ser brutal", anota Alfonso.

Betty se había vendido como una mujer de otro mundo, de una belleza extraordinaria, sensual y con "unas redondeces" para volver loco a cualquiera.

Max no le daba mayor importancia, no le importaba conocerla y rompe esta conversación diciéndole a Alfonso tienes que ir a consolar a la madre de las dos niñas ecuatorianas.

¿Qué pasó? ¿Por qué?, pregunta inquieto Alfonso. "Me acaban de llamar y dicen que la mujer está en su casa llorando a moco tendido, el Departamento de Servicio Social le quitó a sus dos hijas, dicen que las estaba prostituyendo", le aclara Max.

"¿Qué estás diciendo? Eso no puede ser cierto". Alfonso y Mauro salen en dirección de la casa de Eufemia que vivía muy cerca del periódico en la Washington Street de Jamaica Plain.

Eufemia estaba desesperada, no tenía más familia que sus vecinos. Ni bien ve a Alfonso llegar a su casa se tira a sus brazos y se pone a llorar. "Tienes que ayudarme", le dice.

Alfonso la escucha, la consuela y le pide que le cuente lo que ha pasado con sus dos hijas.

"Me llamaron de la escuela, una de las maestras me dijo que una de mis hijas había sido protagonista de un acto obsceno al levantarse la blusa y mostrarle los pechos a sus compañeros de clase porque la estaban molestando. Me sentí indignada, me cambié y fui a la escuela para reprender a mi hija, pero me excedí y la agarré a bofetadas en delante de todos. La maestra llamó al Departamento de Servicio Social y me reportó por asalto y violencia contra una menor".

Alfonso no lo podía creer, razones culturales habían llevado a esta mujer a perder a sus dos hijas que fueron a parar a un hogar transitorio.

"Por favor ayúdenme, no quiero perder a mis hijas", decía Eufemia que vivía modestamente en un apartamento de dos cuartos de dormir y trabajaba para sacar adelante a sus hijas que ya estaban por terminar el High School (secumdaria).

Eufemia tenía que presentarse a la Corte, nuevos alegatos se habían presentado en su contra. Agentes del Departamento de Servicio Social habían recogido la denuncia de uno de los vecinos que decía que la mujer estaba prostituyendo a sus hijas. El juez la escuchó y pidió también la comparencia de las dos muchachas que pedían a gritos volver al lado de su madre. "Nada de eso es cierto, nuestra madre nos cuida bien", decían. Al final el reencuentro fue más que emotivo.

Eufemia lloró de emoción, el Juez había entendido sus razones culturales. "Nunca las he maltratado ni he abusado de ellas, sólo las reprendí por levantarse la blusa, en mi país eso es normal", le dijo al Juez.

"Nadie está libre de una situación de esta naturaleza", le dijo Alfonso a Max que estaba con Julián revisando los nuevos correos de Beatriz.

Hola Max

¿Qué pasa? ¿Por qué no contestas? Hoy te llamé desde Suecia cuatro veces al número general y nadie contestó, también llamé al directorio del diario y traté de buscarte por todos los anexos y ninguno me contestó. Volveré a llamar mañana.

¿Por qué no me contestas? pensé que habíamos congeniado. *Contéstame please..I am sad*

besitos

Betty

Max estaba ya harto de sus correos, casi no los quería leer, pero Alfonso, Mauro y Robert estaban casi perturbados por el correo anterior que había enviado y en el que Betty hacía gala de sus arrebatos sexuales. "Esta mujer es una diabla", espeta Mauro que le había sacado copia a ese correo. Julián le dice a Max "es mejor que le contestes, porque va a seguir insistiendo".

---Original message---

Subject: Re: besitos y más besitos

Estimada Señorita Beatriz

Lamento no haber respondido a los correos que me envió debido a que no estuve en el estado y por tanto ausente de El Mundo, recién acabo de llegar y me di con la sorpresa de sus correos y en especial de uno en el que hace un uso exagerado de sus experiencias sexuales que a mí en lo particular no me hacen gracia. Soy muy respetuoso de la vida privada de las personas y en lo que respecta a mi soy muy escrupuloso y respetuoso de mi familia. Espero que haya entendido que por razones de mi trabajo y de mi vida personal no pueda ayudarla en su proyecto, pero le deseo toda la suerte del mundo. Otro si le digo que si no me ha encontrado en el directorio del periódico es porque estoy en vías de jubilarme y pienso dedicarle más tiempo a mi familia viajando por distintos países de Europa y regresando a pasar un tiempo al Perú, así como dedicarle más tiempo a mi religión, soy Cristiano y quiero trabajar en la conversión de muchos pecadores a la Doctrina de Cristo. Esa es mi meta personal.

Que Dios la bendiga y que le de mucha salud y paz espiritual.

Atentamente,

Max

A Julián no le había hecho ninguna gracia que Max meta la religión para sacarse de encima a la degenerada de Betty. Mauro, Alfonso y Robert pensaban lo mismo. Max creía que haber inventado lo de la conversión de pecadores iba a poner punto final a todo tipo de comunicación. Alfonso le dice "es probable, pero no te la vas a sacar de encima. Por lo menos nosotros ya estamos preparando la gran recepción que le vamos a dar con Pajarito". Max ya no quería hablar más del asunto, pero mientras estaban conversando entra otro correo de la mujer de Suecia.

---Original message---

Subject: pobre diablo

Hay Max, Maximiliano o como chucha te llames... ajjjjjjjjjjjjjjjjjj que asco, no lo puedo creer, sólo esto me faltaba, juro por esta que nunca más voy a escribirle, eres un pobre diablo, solo esto me faltaba. EVANGELICO, que porquería es eso, soy yo la que le pide que no me vuelva a dirigir la palabra en su perra vida. Siempre me han repugnado los evangelistas, pobre retrasado mental, son todos unos imbéciles babosos, de lo peor, una lacra, a estos los deberían incinerar en vez de haber hecho eso con los judíos. Recuerdo que iban a la plaza San Martin a sus convenciones vestidos con su túnica blanca, sus brazos extendidos, su pelo largo suelto apestando a caca. Por favor de usted no quiero ni el saludo. Y gracias por hablarme de su porquería de religión. De la que me he salvado.

Soy yo la que no quiere nada con ustedes. Que bueno que no le di mi dirección de Jamaica Plain. Que inmundicia convertir a los pecadores. Usted es un pobre diablo de mente estrecha. Evangélico, la sola idea me hace vomitar. Olvídese de mí, felizmente ni siquiera les di mi apellido de casada en la que figuro en mi pasaporte.

Que vergüenza trabajar con unos pobres diablos, cucufatos, evangélicos.

Hágame el favor de no escribirme nunca más en su vida. Olvídese de mi existencia. Usted apesta y me da asco.

Hasta nunca pobre diablo

Beatriz

Max se quedó pasmado con este nuevo correo de la mujer de Suecia. No esperaba que unas cuantas palabras de carácter cristiano pudieran desencadenar tanta ira y tanto dolor en una persona. Beatriz había explotado. Julián que no es un católico practicante confesó que no se imaginaba una reacción tan virulenta contra los evangélicos. "¡Qué Dios nos agarre confesaos con esta mujer!", balbuceó Alfonso. Lo cierto es que el día de su llegaba a Boston se estaba aproximando y Mauro y compañía le estaban organizando una gran bienvenida. "Pajarito" ya tenía la limusina lista con champaña y vino español para el brindis. Ya Max se había excluido de la caravana. "No quiero ningún contacto con esa mujer", le había dicho a Mauro.

Alfonso estaba siguiendo el caso del ecuatoriano que iba a ser juzgado por tráfico de indocumentados y explotación de menores. El día del juicio llegó y Daniel estaba resignado, con la suerte ya echada. Esperaba lo peor. El Fiscal ya había pedido 10 años de cárcel. Su esposa María Tacuri lloraba desesperadamente.

En la Corte del Distrito de Worcester, Daniel Tacuri, de 32 años, había admitido su culpabilidad de traer inmigrantes ecuatorianos indocumentados para trabajar en una compañía ilegal de su propiedad en Milford.

"Es demasiado, es injusto que lo condenen por el sólo hecho de ayudar a sus paisanos a buscar un futuro mejor", balbuceó María cuando condenaron a su esposo a pasar seis años en prisión.

Milford, un pueblo apacible ubicado al oeste de Boston y con una gran población de inmigrantes portugueses e italianos, dio un cambio repentino con la llegada de unos 2,000 inmigrantes ecuatorianos, la mayoría de ellos indocumentados de entre 20 y 25 años de edad. Tacuri había sido señalado como el líder de esa nueva corriente migratoria.

En la Corte, Tacuri reconoció ser el propietario de un inmueble donde vivían 20 inmigrantes ecuatorianos, además de tener otras propiedades en distintos sitios de la ciudad. También admitió haber empleado a 18 inmigrantes ilegales, incluyendo a un menor de 13 años.

El gobierno le confiscó todas sus propiedades, incluyendo cinco vehículos y maquinaria que había comprado para su empresa de construcción de techos. Tacuri lo perdió todo y encima le quisieron hacer pagar multas de 250 mil dólares por cada uno de los 20 inmigrantes indocumentados a los que les dio albergue en sus casas.

María terminó viviendo con su hijo en un albergue hasta que regresó a su país de origen llorando por su esposo que salió en libertad luego de que la justicia le rebajo la condena por buena conducta. Daniel Tacuri fue deportado regresando al lado de su esposa y de sus hijos.

Pero dejó una comunidad de ecuatorianos que le dio un cambio al pueblo de Milford. Por las calles se veía a jóvenes mujeres de baja estatura y piel cetrina embarazadas. Casi se parecían una de la otra y en el hospital de Milford formaban cola para ser atendidas.

La historia de Tacuri llegaba a su punto final, pero cuantas más no se abrirían a diario.

CAPÍTULO 5

CHELSEA

Chelsea es una de las ciudades más latinas de Boston. Su población es mayormente joven y de acuerdo a las cifras del censo el 70 por ciento lo componen inmigrantes, en su mayoría provenientes de Centroamérica. Por las calles solo se escucha hablar español y son muchos los negocios de origen salvadoreño y guatemalteco donde las tortillas, las pupusas, los frijoles son los potajes preferidos de muchos de sus comensales.

¿Pero ese cambio demográfico, cultural, ha sido beneficioso para la ciudad? Julián que es un ácido crítico por la falta de adaptación de muchos latinos a la cultura de este país diría que no, "solamente basta ver por las calles a gente descamisada, borracha y con un comportamiento que raya con la violencia y las buenas costumbres, quieren vivir como en sus países del Tercer Mundo".

En los años 90 y 2000 Chelsea se convirtió en una de las ciudades más violentas, pero en los últimos diez años la violencia juvenil casi desapareció, la "mano dura" de un oficial de policía que el alcalde de Boston trajo desde La Florida puso en vereda a muchas de las 'gangas' (pandillas) que poblaban las calles de ese distrito de Boston. "El MS-13, dominado por centroamericanos, fue una de las pandillas que le hizo mucho daño a la comunidad", me decía Juan Vega, director del Centro Latino de Chelsea y ex presidente del Cabildo Metropolitano de esa ciudad. La violencia juvenil ya había dejado muertos, lisiados, heridos y jóvenes violadas en la larga lista de víctimas que la policía tiene de las diferentes pandillas en los últimos años.

Juan Vega, al igual que su prima Gladys Vega, ambos de origen puertorriqueño, eran los principales líderes de una comunidad con gran influencia centroamericana. Casi el 70 por ciento de población de ese distrito es latino, salvadoreño en su mayoría, gente que ha emigrado de los campos a la gran ciudad. De vivir en chozas o arrabales, sin agua ni desagüe, a vivir en un apartamento con los servicios básicos ya era ganancia. No les importaba si el apartamento tenía 100 años y ciertas deficiencias ni compartirlo con cuatro o cinco personas para pagar menos.

Gladys dirigía una organización que se llamaba la Colaborativa y desde allí montó muchas veces sus revueltas para salir en defensa del inmigrante explotado, engañado, abusado. ¿Cuántos inmigrantes no cayeron en el cuento de la lotería o de los pasajes aéreos o de las sectas religiosas que abundan por doquier y que son el calvario de muchos inmigrantes que caen redonditos por ignorancia y falta de orientación?

"Pare de sufrir" es una de esas iglesias o sectas que con el cuento de los milagros y de la rosa o el aceite bendecido para evitar maleficios o engaños sorprende a mucha de nuestra gente quitándoles el poco dinero del bolsillo.

Mauro y Eloy que vivían en East Boston, muy cerca de la Iglesia Universal o "Pare de sufrir" ubicada entre la Benington y la Zaratoga, veían desfilar a muchos latinos de los diferentes distritos de Boston como Chelsea, Revere y otros con sus rosas, pañuelos o agua milagrosa.

¿Quién lo diría? Mira a Lucho, dejó la Iglesia Católica y su devoción por el Señor de Los Milagros para enrolar las filas de "Pare de Sufrir". Por la televisión hispana esta gente invertía grandes cantidades de dinero para difundir muchos de los supuestos testimonios de sanación de enfermedades terminales.

A Alfonso le había llamado la atención el gran aparato publicitario por la televisión y conversó con el Obispo Lima, uno de los jerarcas de la Iglesia Universal, quien defendía a capa y espada sus "milagros" y mostraba a quien se le pusiera enfrente un libro de los testimonios. "Miren las fotos y vean como los milagros se dan en nuestra Iglesia. Es difícil explicar un milagro, pero esto no es un cuento, es una verdad. Dios está operando y la gente es libre de manifestar su fe", me decía el Obispo brasilero.

Pero ¿cuánto cuesta un milagrito? Nadie lo quería decir, pero en una de las asambleas milagrosas a la que asistí en respuesta a un anuncio por la televisión que señalaba que los "milagros" se iban a dar a los 11:00 de la mañana pude ver como pedían a gritos el diezmo. La gente daba su dinero en sobre cerrado.

Eloy me preguntaba y *¿hay gente qué les cree?* Por supuesto que las hay, todavía hay muchos incautos en este mundo y en Estados Unidos, el país del primer mundo, son muchos los inmigrantes latinos que apenas han pisado una escuela y que por el duro trabajo que hacen para mantenerse y mantener a sus familias es muy poco lo que han hecho para educarse.

"Vine a la iglesia con cáncer y ahora estoy curada", "No caminaba y ahora camino", se escucha a diario testimonios por la televisión. Un cuento para no creer o como decía Eloy "hay un rebaño que necesita de mucho, mucho amor".

Lo cierto es que los "milagritos" de la Iglesia Universal del Reino de Dios eran una estafa, pero esta gente sabía hacer su cuento aprovechándose también de la crisis por la que atravesaba la Iglesia Católica por los sacerdotes pedófilos.

"Hacen bien su cuento con la rosa bendecida, el manto de la purificación, el aceite de Israel, el pañuelo blanco, la vela milagrosa o el agua del río Jordán".

Eloy se reía de los cuentos de "Pare de Sufrir" y el padre Manuel de origen colombiano que oficiaba misa en una Iglesia Católica de Milford decía: "Dios no es un Dios de bolsillo y no tiene horarios para hacer milagros".

¿Vengan a las diez u once de la mañana que les vamos a hacer el milagrito? "No se pueden señalar horarios ni calendarios porque eso se llama tentación, es ponerle límites a Dios, es bajar a Dios para manipularlo. Dios puede actuar en cualquier momento, para Dios no hay tiempo", me hablaba el Padre Manuel.

Hay quienes creían que la Fiscalía debería presentarle cargos criminales por estafa, robo y engaño. "Hay que denunciarlos porque no es justo que trafiquen con la fe", repetía Luz Benavides, una mujer entrada en años que decía conocer de cerca a los miembros de la Iglesia Universal que se atribuyen "muchos milagros" por la supuesta fe de los incautos.

"Pare de sufrir" había extendido sus tentáculos a Chelsea, Lawrence, Brockton, East Boston y a otras ciudades de Massachusetts con gran población latina. Los dueños de este "cuento" eran unos cuantos brasileños.

Con Julián intercambiaba puntos de vista respecto a los "milagros" de "Pare de sufrir" cuando "Pajarito" llegó sorpresivamente al estacionamiento del periódico en una limousine para recoger a Alfonso y compañía. Esa noche llegaba la tan mentada mujer de Suecia y tenían todo planeado para darle la gran bienvenida en el aeropuerto Logan. Allí tenían champagne, vino español, whisky Chivas Regal, cerveza Cusqueña que no sé de donde la habían sacado. "Pajarito" se había botado, estaba entusiasmado por pasar una noche con la tal Betty. Mauro y Robert no se quedaban atrás. Todos estaban con sus mejores trajes para impresionar a la mujer que se había vendido como una "super hembra".

"Yo lo que quiero es que me eche cera con crema chantillí y me haga ver pajaritos dándome de nalgadas", decía Armando, quien vestía un terno negro a rayas con camisa blanca y corbata roja. Los cuatro mosqueteros salieron en dirección al aeropuerto. Pedro se había excluido, todavía seguía de vacaciones buscándole trabajo al sobrino.

Alfonso había establecido una comunicación aparte con Betty a través del "chateo" y allí convinieron que la iban a recoger.

El encuentro, según me decía Mauro, fue de lo más cordial. Abrazos, besos, apretones de manos. Aparentemente Betty había venido bebiendo en el avión, se le notaba algo "chispeada", pero su figura era impresionante. Quizás se había quedado corta al describirse. Tenía unos pechos encantadores y un trasero redondito, bien formado, voluminoso. Su rostro denotaba mucha alegría y tenía unos labios carnosos, ardientes, según la describía Alfonso en una llamada por el celular que le hizo a Julián.

En la limousine hicieron brindis de bienvenida con Champagne, pero luego Betty sacó una botella de scotch de litro. "Este es el trago que me gusta", dijo camino al apartamento que ya había rentado en una zona exclusiva de Jamaica Way.

"Lo que le pido a todos es que no mencionen a Max, no quiero arruinar la noche y salud por nosotros". Betty bebía sin medir las consecuencias y bromeaba con palabras subidas de tono. "Pajarito" estaba entusiasmado como también lo estaban sus demás compañeros de recepción. Robert y Mauro habían pedido un "delivery" de los mejores platos chinos, incluido el suchi, de uno de los mejores restaurantes orientales de Boston.

Mientras preparaban la cena, Betty ingresó al baño para darse una ducha y salió con una bata roja casi transparente. Mauro no pudo contenerse y le espetó: "tienes el mejor trasero de Boston y unos senos que subyugan a cualquiera".

La mesa ya estaba servida y los brindis también, se secó la botella de litro de schotch y Robert abrió el Chivas Regal etiqueta negra. "La diversión es hasta las últimas consecuencias, pero el que se aburre, se viste y se va...", decía Betty entre carcajadas. Ya los tragos le habían subido a la cabeza y tenía la "papa" caliente. Alfonso se dio cuenta y se le acercó para pasarle la mano, quería tocarle el trasero. La mujer se le abrió de piernas y lo besó con tal pasión como invitando a los demás a la lujuria, al placer de todos contra todos. Betty había prendido velas y la crema chantillí la comenzó a esparcir como chisguete.

"Pajarito" estaba casi dormido, los tragos lo habían golpeado más de la cuenta, pero terminó embarrado en crema chantillí como quería.

La "orgía" o "sexo grupal" comenzó sin "Pajarito". Alfonso, Robert y Mauro querían metérsela al mismo tiempo. Alfonso y Mauro se habían prendido de sus pechos y Robert estaba por la retaguardia. "Métemela todita", le dijo Betty casi mordiéndole las orejas. Estaban jadeando de placer, Robert terminó casi extenuado y la empalmó Alfonso para terminar Mauro haciéndolo gritar. La cera le había caído en el pene, todos se la metieron por atrás, menos "Pajarito" que se quedó a dormir con Betty. Ambos hicieron una muy buena amistad, pero nadie sabe cómo terminó este enredo.

Mauro todavía no había venido con el chisme, pero Alfonso --escondiéndose en el baño-- ya le había contado a Max por teléfono algunos aspectos de lo ocurrido.

Al día siguiente Max encuentra otros dos correos de la mujer de Suecia que al parecer los había enviado antes de salir con destino a Boston y lo comparte con Julián. Ambos estaban intrigados porque ninguno de los tres mosqueteros había llegado tras el recibimiento a Bety. "Que dicen los mensajes", pregunta Julián. Los dos tienen que ver con nuestra colega.

From: Juana

To: Beatriz

Subject: Sorry

Beatriz:

Siento mucho no haber podido atenderla. Estuve muy ocupada y además no tenía ganas de hablar con usted. Pero lo he pensado y le pido disculpas por haberme excedido en mi respuesta a su comentario. Usted tiene razón, hay mucho indocumentado y ellos en un porcentaje grande no hablan el idioma. Que le vaya bien, yo viví en Europa y sé que es difícil la adaptación sobre todo si se va con familia. Le deseo suerte y que encuentre un equipo dinámico y joven para ayudarla. Los cubanos y puertorriqueños hablan muy bien el inglés no como nosotros que hablamos con un acento marcado y además a veces trabajamos con papeles falsos.

Buena suerte

Juana

----- Original Message -----

From: Beatriz

To: Luz

Subject: RE: Sorry

Juana le acepto sus disculpas. No se imagina lo que me escribió el pobre diablo de Max, era evangélico, que porquería, cucufato de mierda, mi padrastro era evangélico y abusaba de mi madre y hermanas pequeñas, a esos perros los deberían castrar y meterlos de por vida a la cárcel. No quiero ni el saludo de Max, otro miserable violador de menores y aquí la cortamos. Como no me contestaba quise darles la sorpresa e ir a la fiesta del 28 de julio, pero ahora que se las alimañas que hay en la directiva de su organización no pienso ir, es más no quiero ningún trato. Y si usted se quiere como ser humano aléjese de ese alacrán evangélico.

Gracias por sus palabras, es difícil la adaptación pero desde ya creo que no fue una buena movida venir a USA, en fin a mal tiempo buena cara.

No entiendo Juana, usted que se supone que es una mujer educada y por lo visto con mucha educación y clase porque tiene amistad con pervertidos. Lo siento por usted, parece ser una persona inocente y buena. Que pena que no podamos conocernos. Pero de raíz cortemos las plagas. Le he contestado al tal Max y espero que en su vida se atreva a escribirme, por mí se puede podrir y quemar en el infierno, pobre hipócrita, evangélico de porquería.

Cuídese mucho.

Beatriz

Julián se quedó pasmado con los comentarios de Beatriz. "Esta mujer no te va a sacar los pies de encima, está dolida por todo el desaire y además metiste las cuatro diciendo que eras evangélico", le dice.

Max se reía de buena gana, por fin me la saque de encima...

"No creas, ya está en Boston y le va a resultar mucho más fácil cruzar de Jamaica Way hasta el periódico...".

Cuando ya estábamos por voltear esta página apareció otro e-mail.

----- Original Message -----

From: Juana

To: Beatriz

Cc: max

Beatriz

Me duele mucho que alguien se exprese mal de un ser humano, sobre todo si se establecen prejuicios y utilizan adjetivos insultativos incluyendo el vituperio.

Entiendo por lo que está pasando y eso en psicología se define como "trauma vicario", créame Beatriz que siento mucho lo que ha vivido en su infancia, este tipo de cicatriz no tiene cura y me afecta que usted a temprana edad haya sido víctima del dolor y el abuso.

Espero que encuentre paz en su alma. Ahora entiendo su resentimiento contra la vida, estructura, normas y valores.

Me ha sorprendido e indignado sus palabras sobre Max, y aunque al igual que él, no me gusta tomar partido por nadie, déjeme decirle que está siendo totalmente injusta. Max es un caballero, un hombre dedicado a principios, valores y de moral intachable. Conozco a su familia y desde joven he seguido de cerca su carrera. Todos los que lo conocen, solo tienen frases de admiración por el, yo personalmente lo admiro y respeto.

Para los que conocemos a Max, el es "el maestro", un hombre con mucha integridad, por quien todos ponemos las manos al fuego.

Max tiene un corazón de oro, trata a los seres humanos independientemente de su preferencia sexual con respeto, justicia y dignidad.

Perdóneme Beatriz pero hay que respetar la ideología y doctrina de los seres humanos.

Permítame darle un consejo sin que me lo haya pedido, pero creo que Ud. tiene problemas muy grandes los cuales la han llevado a donde está. He leído sus correos electrónicos y la verdad es que me he quedado muda. Me es difícil aceptar que usted haya estudiado Ciencias de la Comunicación, hace un manejo idiomático terrible, usa vituperios, ofende, denigra al ser humano con sus adjetivos y gustos. Sus preferencias son aberraciones que no nos interesa, aprenda a tener clase, si en verdad es peruana, mujer u hombre, compórtese con altura, no se denigre ni denigre más a la gente.

Usted juzga a las personas con una facilidad única, no me conoce ni sabe quién soy y se expresa de mi persona de una manera propia de un demente o ignorante.

Vaya a ver a un psiquiatra, en algunos casos estos cambios en la personalidad de la gente se controlan con medicina.

Yo personalmente no estoy interesada en ser su amiga o relacionarme con usted para nada, su conducta me asusta y me hace pensar que es usted un ser peligroso. Recuerde las leyes en este país son diferentes, no haga cosas que después las va a lamentar.

Si no quiere relacionarse con nosotros no lo haga, pero si no le permito que ataque a la organización ni mucho menos a Max. Usted no lo conoce, no sabe nada de él, lo que sabe es que es un excelente periodista y nada más. Por lo tanto ya basta de atacar a la gente e insultar sobre todo a alguien como Max que hasta ahora la ha tratado como un ser humano con mucho respeto. No es justo Beatriz. No vuelva a expresarse de esa manera. Sus palabras ofenden.

Buena suerte y por favor no tome a mal mis consejos

Juana

De repente y para sorpresa de Julián y Max, Alfonso ingresa a la redacción exclamando: "Fue de puta madre, esa mujer es una leona. Nos acabó a los tres…"

¿Cómo tres y ‹Pajarito›?

"Se quedó dormido, pero lo acomodamos en la cama de Betty antes de retirarnos. La mujer de Suecia lo pidió y nos imaginamos lo que pudo haber pasado…"

"Una torta completa, me imagino que esa depravada le debe haber metido por el culo toda la cera con crema chantillí…", esboza Julián entre risas.

Max prefiere ya no seguir hablando de este tema y le pregunta por Mauro y Robert.

"Yo creo que ya deben estar en camino", le responde.

No habían pasado ni cinco minutos cuando hizo su aparición Robert hecho mierda, tenía el rostro embotado por el alcohol. "Le metimos de todo, champagne, scotch, whisky, vino y rematamos con la cerveza peruana, fue diabólica la noche y la mujercita esa estaba lista para comerse un ejército, nosotros fuimos su aperitivo, pero es bonita la bestia esa", fue lo primero que dijo el ecuatoriano que todavía estaba embelesado por la belleza de la mujer de Suecia.

Ya basta de obscenidades, hablemos de cosas más productivas. ¿Viste el estudio que hizo la Universidad de Stanford sobre la población hispana en los Estados Unidos?. Por lo que dicen es uno de los sondeos más completos jamás hechos con la participación de Univisión y Associated Press. Interesante, pero revela aspectos que nosotros ya conocemos como que los hispanos se relacionan más con gente de su propia cultura.

El estudio indica que el 63 por ciento de los encuestados asegura que más de la mitad de sus amigos son también latinos. Es más, uno de cada cuatro hispanos sólo tiene amigos hispanos, lo que contrasta con la creencia generalizada de que es importante cambiar para mezclarse con la sociedad estadounidense en general, algo que piensa el 54 por ciento de los encuestados.

Pese a ello, los hispanos sin duda aprecian su identidad. Un 66 por ciento afirma que es "extremadamente" o "muy importante" mantener sus distintas culturas aunque vivan en Estados Unidos y sólo uno de cada 10 cree que no es importante.

Gary Segura, politólogo de Stanford que contribuyó en la realización del estudio, dice que esas dos visiones no necesariamente son opuestas. Otros grupos étnicos mejor establecidos se aferran a sus tradiciones.

Las escuelas públicas son el mejor reflejo de esta realidad, cada grupo étnico jala para su lado. Los latinos, los brasileños, los chinos, los negros arman sus grupos y se excluyen de los "blancos", salvo excepciones. Pero ese es el patrón de conducta. Mis hijas fueron parte del sistema escolar y si bien vivían en las afueras de Boston donde no había tanta contaminación latina no pudieron excluirse de sus raíces, de su cultura porque su madre las llevaba a eventos latinos, a reuniones de peruanos.

Pero cuando Christy tenía unos 7 años no quería hablar español, sus tíos Javier, Lala y Armando que venían de La Florida le pedían a cambio de una propina que hable el idioma de Cervantes, le decían que tenía que hablarlo porque en Miami nadie hablaba inglés, solo hablan español. "Ese idioma no sirve", respondía. Ahora Christy habla inglés que es su idioma materno, español y portugués. Tania le sigue los pasos, pero ella habla además francés. Pero ahora la lucha es con mis nietos, los hijos de mi hija mayor Lourdes, tampoco quieren hablar español. Christy y Tania todavía están en la universidad estudiando, una Justicia Criminal y la otra enfermería.

Son muchachas que se formaron con el apoyo de la familia como tantos otros inmigrantes de origen latino que lograron a tiempo regularizar su documentación legal y abrirse camino en el país de las oportunidades.

"Lo mismo me ocurrió a mi con mi hijo, creció al lado de nosotros, estudió, se hizo profesional y se casó. Ya soy abuelo", decía Julián.

También hay latinos que logran sacar a sus hijos adelante como Lucio y Elenita Durán que trabajaron de sol a sol para que su hija Lucía sea toda una sicóloga, Olga Lattarulo que se casó con un médico norteamericano de origen italiano y su hijo mayor va a ser un próspero abogado y su hijo menor médico como su padre, Víctor Hernández tiene un hijo médico, Alberto Valdez, Eloy Romero, Gabriel Forero, Tony Portillo, Rafo Castillo, Víctor Ramírez y otros que sus hijos están cristalizando sus sueños.

Pero muchos jóvenes inmigrantes no logran pasar la barrera, son niños y jóvenes que fueron traídos de sus países por el padre o la madre para que puedan tener un futuro mejor, pero terminaron abandonándolos a su suerte porque no tenían tiempo para criarlos por el trabajo. En ciudades como Chelsea, East Boston, Lynn, Lawrence o Worcester las escuelas públicas están pobladas mayormente por estudiantes latinos de diferentes nacionalidades y culturas, todos hablan español, pero muchas veces no logran entenderse. Son muchos los modismos.

Para el centroamericano o caribeño "pendejo" es el idiota, para los sudamericanos "pendejo" es el vivo, el audaz. Esa es solo una de tantas expresiones que cambian de significado de acuerdo al país o región.

En una ocasión acompañé a una colombiana a una fiesta y cuando ingresamos me dice "como le apesta la chucha a esa mujer". Me quedé helado, me puse de todos los colores y le dije habla eso en voz baja.

¿Por qué? me preguntó. "No tiene nada de malo decir que le apesta la chucha".

Increíble, tienes un olfato del diablo, le respondí.

Luego ya más tranquilo le increpé por la forma de hablar con tanta naturalidad de las partes íntimas de la mujer.

"Estás loco, ¿de qué estás hablando?"

De la chucha.

Yo ya te dije que a esa mujer le apestaba esta parte señalándome la axila. Para ella eso era la chucha, para nosotros los peruanos esa palabra es una grosería y se usa para decir ¡que rica chucha tiene esa vieja! cuando sus partes íntimas se traslucen abultadas a través del pantalón o de la ropa de baño.

Mi compadre Víctor me contó que en una ocasión llevó a su ex esposa hondureña al Perú y en una carretilla ambulatoria de comida pidió a voz en cuello cinco pinchos. Varios peruanos se pusieron en fila. Víctor la corrigió diciendo cinco anticuchos. Ejemplos hay muchos. Hablamos el mismo idioma, pero los modismos, la jerga o replana popular de cada país latinoamericano nos lleva a un mar de confusiones. Para los caribeños o centroamericanos "pincho" es lo que es para los peruanos "anticucho".

Los chilenos, los argentinos, los mexicanos, los salvadoreños, los dominicanos, los puertorriqueños, los españoles, los cubanos, tienen una forma peculiar de hablar, cada uno con su acento, con su cultura y con sus modismos idiomáticos. Igual es el peruano y todos sentimos nostalgia por lo nuestro, por nuestras raíces, por nuestra cultura. Nos sentimos americanos porque somos de América del Sur y ahora vivimos en América del Norte donde viven nuestras familias, hijos, nietos, hermanos, primos y amigos.

Somos ahora 50 millones de rostros latinos pintando los Estados Unidos y cada uno de ellos tiene un mundo que enfrentar.

María Restrepo caminaba por las calles de Revere tocando puertas, buscando ayuda. "Es injusto lo que me está pasando y no quisiera que otra madre pase por lo mismo", me decía visiblemente turbada por la emoción. "Estoy sola, me han quitado a lo que más quiero en la vida, mis dos hijos".

María rompe en llanto, casi balbuceando pide que la ayuden. La concejal de Chelsea Marlyn Vega Torres trata de darle consuelo, de ayudarla. "Mi esposo se aprovechó de un error que tuve para quitarme a mis hijos". María tenía una orden de restricción de la Corte de Chelsea y no podía aproximarse a sus dos hijos por el lapso de un año salvo por medio de visitas supervisadas.

Hace diez años María emigró de su Medellín, Colombia, en busca del sueño americano. Creía haberlo logrado. Producto de una relación sentimental nació su primer hijo y al cabo de dos años se casó con el hombre que conoció haciendo taxi. "Me llevaba al trabajo y allí comenzó todo".

En los primeros años, la vida le sonreía, tuvo a su segundo hijo y la felicidad no le cabía en el cuerpo, pero "de la noche a la mañana todo cambió".

"Si, cometí un error, le pegué con la mano en el bracito a mi hijo para reprenderlo, se estaba portando mal, pero nunca abusé de mis hijos y mucho menos los maltraté".

María le había contado a su esposo su versión, pero el niño le dijo que le había pegado con una correa.

Al día siguiente María se fue a trabajar y su esposo llevó al niño a la escuela donde reportó el caso a la enfermera, quien llamó al Departamento de Servicio Social (DSS). Allí comenzó todo el drama que le tocó vivir. Las investigaciones, los reproches de su esposo se agudizaron.

"Nunca pensé que mi esposo me fuera a traicionar, al parecer ya tenía todo preparado para quitarme a mis hijos porque por una simple discusión llamó al 9-11 y en contados minutos habían siete policías en mi casa, pero no encontraron a una mujer esquizofrénica o loca que quería matar a mis hijos y a mi esposo". Sin embargo, la llevaron al hospital de Everett donde la sometieron a una serie de exámenes y pruebas.

María salió de allí con una orden de presentarse a la Corte de Chelsea, llegó temprano y su esposo se apareció una hora después de la citación diciéndole al Juez que "no sabía lo que me había pasado, que me había dado los papeles de inmigración y que por mi cumpleaños me había dado como regalo un automóvil, pero que yo no apreciaba nada de eso y le pegaba muy brusco a mis hijos por lo que ahora temía por su seguridad, por su vida".

Nada de eso era cierto, pero en la Corte no la dejaron hablar. Le quitaron a sus hijos por razones que parecen no tener sentido, por los patrones culturales de nuestros países de reprender a nuestros hijos con una bofetada o con un "galletazo" como dicen los puertorriqueños le desgració la vida a esta mujer. El perfil racial también tuvo que ver mucho en la decisión de los jueces.

María terminó deambulando por las calles, buscando apoyo siquiátrico. Se le había venido el mundo encima y tenía los nervios a punto de estallar. En el trabajo se la pasaba llorando y su rendimiento había bajado al punto que los dueños querían despedirla. Robert trataba de consolarla, de darle apoyo y le dice que la va a llevar al consultorio siquiátrico de los doctores Cervantes.

Robert le pide a Alfonso que lo acompañe para ayudar a María, pero mi reflexión fue María no está loca. En Perú que yo recuerde solo llevaban al siquiatra a los locos peligrosos y en algunos casos con camisa de fuerza. Yo vi varios de esos casos en Lima, pero en mi familia nadie visitó a un "loquero" de esos pese a que a lo mejor éramos clásicos casos de estudio.

En Boston, Nueva York y en otras ciudades de los Estados Unidos la visita al sicólogo o siquiatra era algo normal. En el consultorio de los doctores Cervantes, una pareja de esposos peruanos que emigraron siendo médicos, vi desfilar a una retafila de personas sumergidas en un mundo desconocido por el "strees". "¿Con que mierda se come eso? En mis tiempos en Cuba nadie padecía de eso...", me decía Julián.

"El 'strees' es una enfermedad de los ociosos", me anotaba Robert, lo que evidenciaba su incultura. Son muchas las enfermedades mentales que agobian a toda una comunidad. El consultorio de los doctores Cervantes resultaba pequeño para tantos pacientes. Era sorprendente. Mientras esperaba el turno de María vi desfilar a muchos latinos, me quede pasmado, sorprendido. Jamás pensé que había tanto "loco" suelto por utilizar esa frase, pero no eran "locos", era gente que necesitaba ayuda por la vida que llevaban. Allí había dos terapistas a quienes los pacientes le confiaban sus problemas íntimos. Me parecía absurdo y lo que me jodía era que había que pagar para que los escuchen. Para eso mejor voy a un sacerdote y no pago nada.

Pero no es así, muchos latinos viven bajo una presión del diablo ya sea de carácter laboral, económico o familiar. Un estudio de National Opinión Research Center de la Universidad de Chicago apuntaba que 47 millones de hispanos en el país pasan por agudas presiones económicas y políticas. La crisis económica está haciendo mella en la población latina ya que entre las mayores preocupaciones está no poder pagar las cuentas y la posibilidad de perder el trabajo. De hecho, el 73 por ciento de los encuestados aseguró que conoce a alguien fuera de su familia que perdió su empleo. Muchas de las consultas tenían que ver también con el aspecto sexual, con la infidelidad, con los "cuernos". En ese orden la depresión era del carajo tanto en hombres como en mujeres. Lostanau se sintió morir cuando descubrió que su mujer se había enredado con su enfermera.

Al principio vivían juntas con esposo y dos hijas incluidas, pero después se mudaron a vivir a otro apartamento. Lostanau le contaba todas las semanas su historia a la terapista. "Yo creo que esa tal Beatriz sería paciente fija" dice Julián, mientras Max lee un nuevo correo de la mujer de Suecia.

---Original message--

From: Beatriz

To: Max

Subjetc: Repugnancia y asco

Y que paso contigo chuchón, no que eras tan boconcito, me envías a tu protegida para que me diga una sarta de estupideces. ¿Qué mierda es esa mujer? abogada, siquiatra para que me haga diagnósticos y asuma tu defensa diciendo que "tu eres la última chupada del mango". ¡Qué imbéciles!

Betty

Max no tenía el menor ánimo de responderle, pero Julián lo animó a hacerlo, "tienes que confrontarla, es mejor que ya reviente todo, porque esa mujer es capaz de venir al periódico a buscarte, ya sabes que está a unos pasos de nosotros".

From: Max

To: Beatriz

Subject: Repugnacia y asco

Oye Beatriz, Darío o "como chucha te llames", por emplear tus propias palabras. Voy a hacer un esfuerzo para descender a tu mundo del hampa, a tu mundo de excremento y oprobio. Hasta ahora no le quise dar mayor atención a tus dos últimos correos que enviaste llenos de vulgaridad y de mierda

Realmente eres un vómito en la cara. En tu anterior correo en el que haces gala de tus perversidades sexuales me llevó a tramar que yo era evangélico, no lo soy, pero si lo fuera me sentiría orgulloso y no creo que todos los evangélicos te hayan pasado por la piedra para que le tengas tanto odio.

Yo soy muy respetuoso de las ideas de las personas, de sus creencias, de sus debilidades sexuales. No tengo fobias, amo la vida, me gusta divertirme, beber buen trago, comer rico en el mejor o peor sentido de la palabra, pero tus repugnancias me llegan a la punta del pájaro. Sinceramente no te hubiera respondido. Eres un ser extraño, despreciable, pero lo que le dices a Juana en tu correo de aceptador de disculpas me hizo reír hasta el cansancio.

Mi revelación de evangélico componedor de conciencias te hizo desnudarte, ponerte como una retrasada mental, como una babosa que no sabe cuándo le están diciendo la verdad. No cabe duda que hay gente que tiene mierda en el cerebro, pero que bueno que haya sido así. Por lo menos ya sé que mierda viene a trabajar a los Estados Unidos.

Tu papito

Besitos, besitos

Ni bien Julián terminaba de leer el e-mail que le había enviado Max cuando aparece la respuesta de la mujer de Suecia.

Fron: Beatriz

To: Max

Me escribes enviándome besitos y firmas como mi papito, eres un huevón, tú te llamas hombre liberal de gusto y clase, por favor, pedazo de mierda. Tú me hablas de vulgaridad, bien que has disfrutado y saboreado cada línea mía, hipócrita..

ESME

Quédate con las ganas porque nunca voy a ser tuya, jamás me iría a la cama contigo y ese va a ser tu castigo. Babea e imagíname pero nunca en tu perra vida me tendrás. Pobre cagada de mierda, por lo menos se hombre carajo y acepta tu identidad, RELIGION y realidad.

Tu abogada me escribió cosas de ti y hasta reflexioné y me sentí perturbada, pero después de leer las babosadas que me has escrito, no hago más que confirmar lo que eres, cholo de mierda. Soy yo la que descendió a tu nivel.

Por ti no se puede sentir respeto ni admiración, acomplejado del montón. Muérete mierda y púdrete en el infierno evangélico de mierda.

Besitos

Beatriz

Los correos de la tal Beatriz ya estaban degenerándose y Julián le dice a Max no te va a sacar los pies hasta conseguir sus propósitos, te tiene entre ceja y ceja, mientras hablaban de la mujer de Suecia Alfonso y Mauro ingresan a la redacción con una noticia que sacó a todos de onda. Nuestro buen amigo, el médico Miguel estaba preso.

¿Qué carajo pasó?

La historia, su historia es como para llorar.

Un médico peruano que había logrado tocar el cielo con las manos, que había logrado superar todos los obstáculos que tiene que vencer un inmigrante, especialmente si viene del llamado Tercer Mundo, estaba preso. No lo podía creer.

Lo conocía de muchos años y lo vi trabajar en Boston en su clínica particular. Miguel había dejado Nueva York luego de trabajar varios años en una clínica de tratamiento médico y quiropráctico que sin saber estaba siendo investigada por supuestos malos manejos. Por ese entonces habían salido a la luz pública varios casos de fraude a compañías de seguro por accidentes automovilísticos "fabricados" y la fiscalía lo estaba acusando de dar falsos diagnósticos para favorecer a pacientes de la clínica.

"¡Soy inocente!" gritó una y otra vez, pero a quien le importaba escuchar a un inmigrante con visibles rasgos latinos que pedía, imploraba justicia, justicia. Los jueces no escucharon sus ruegos, sus súplicas, sus alegatos y terminó refundido en una cárcel de Nueva York.

Varias veces lo visité en la cárcel y lo veía perdido, sin fuerzas, asqueado de la justicia americana. No entendía como lo habían condenado a pasar diez meses en una prisión por un delito que, según me decía, "yo mismo quise demostrar hasta el cansancio que no había cometido. Lo menos que quería era que destruyan mi vida".

Una vida que había construido con mucho esfuerzo, sacrificio y educación. Porque si bien Miguel emigró muy joven de su país con un título de médico bajo el brazo no le hubiera servido de nada sino revalidaba sus estudios.

"Lo hice con muchos sueños, con muchas ilusiones", me contaba.

Por varios años estudió, perfeccionó su inglés y con una gran pasión por ejercer su carrera de médico en uno de los países más poderosos del mundo, logró revalidar su título y ser todo un profesional en la medicina.

"Ese día fui el hombre más feliz del mundo", me decía.

"Sentía haber tocado el cielo con las manos, que había logrado vencer todos los obstáculos que tiene que vencer un inmigrante, especialmente si viene de un país de Sudamérica, donde campea el hambre y la miseria".

En pocos años logró abrirse paso, destacar como médico inmigrante y llegar a instalar su propia clínica de rejuvenecimiento facial, pero todo se vino abajo de la noche a la mañana.

Como fulminado por un rayo, o espantado por el diablo de repente se encontró sentado en el banquillo de los acusados, frente a un juez implacable que no quería escuchar sus argumentos de inocencia. Los casos de fraude a compañías de seguro pesaban más.

Miguel trató de explicar a los jueces que sus diagnósticos estaban basados "en demostrar que el paciente tenía o no una lesión producto de un accidente automovilístico, obviamente tenía que hacerlo usando elementos de medicina moderna, actualizada y digna de un paciente de un país del primer mundo como es Estados Unidos".

El juez no lo escuchó, no escuchó sus razonamientos y sólo vio en él a un "chivo expiatorio", a un médico de origen latino con el que querían dar un mensaje contra los fraudes automovilísticos metiéndolo a la cárcel "sin ton ni son".

Con Miguel conversé varias veces en la cárcel de Rickers Island donde para ingresar lo revisaban a uno de pies a cabeza, sólo tenías que tener entre las manos las llaves de tu auto y una identificación, el resto tenías que dejarlo en el vehículo, incluso la correa del pantalón. Yo ingresé masticando un chicle o goma y me lo hicieron botar.

"La cárcel le cambia a uno la vida", me repetía Miguel. "Y yo mismo me pregunto qué hago aquí".

Los empleados y dueños de la clínica para la que trabajó se habían declarado voluntariamente culpables para evitar ir a la cárcel, pero Miguel desestimó varias proposiciones de la fiscalía, le ofrecían no mandarlo a prisión si se declaraba culpable de los cargos que le estaban achacando.

Miguel gritó una y otra vez su inocencia porque, según alegaba, lo que hizo fue estrictamente profesional e indicado por los estándares médicos del Colegio Americano de Médicos cuando uno está en frente de un dolor lumbar, producto de un accidente automovilístico.

Pero no se le escuchó, la justicia Americana ya estaba del lado de la injusticia.

Miguel estaba espantado, horrorizado por la decisión de unos "jueces racistas y xenofóbicos" a los que vio, según me decía, como los autores de aquel fatídico 9-11, como los autores de un crimen que no tiene perdón de Dios.

"¿Por qué destruyeron mi vida?", se preguntaba.

Miguel había trabajado en diferentes hospitales, había sido profesor universitario en los Estados Unidos y un anuncio en el New York Time lo llevó a trabajar un "part time" en la clínica quiropráctica llamada "Premier Medical P.C.".

"Yo trabajaba en esa clínica, veía a muchos pacientes producto de accidentes automovilísticos, pero ignoraba que muchos de esos accidentes eran 'fabricados' para hacer fraude a las compañías de seguro. Eso era responsabilidad de los dueños, de los administradores, yo como médico me limitaba a ver pacientes, a diagnosticar sus casos".

Pero la justicia Americana no lo vio así. Por ese entonces los casos de fraude a las compañías de seguro se habían multiplicado a nivel nacional y que mejor tener como "chivo expiatorio" a un inmigrante con rasgos latinos para enviar un mensaje a las clínicas quiroprácticas y a los 'buffets' de abogados que hacían dinero a costa de los accidentes fabricados.

"Por razones políticas y la ola antiinmigrante que se vivía en USA me tomaron a mi como 'conejillo de India' para enviar ese mensaje. ¡Qué malditos! ¡Qué injusticia!", me decía Miguel cuando salía de la cárcel asqueado de la justicia americana.

Por mucho tiempo estuve viajando a Nueva York, no sólo para ver a mi amigo Miguel sino por razones de trabajo y en un momento por cuestiones políticas que me llevaron a apoyar a la entonces candidata presidencial de Perú, Keiko Fujimori. Los fujimoristas tenían su centro de operaciones en plena Rossevelt, una de las avenidas que cruza casi todo Nueva York y donde viven o trabajan muchos inmigrantes latinos.

Allí conocí a muchos peruanos y a inmigrantes de diferentes países. Los veía en las calles, en las esquinas, esperando el bus o camino a la estación del tren, apurados, sudorosos, con caras somnolientas.

Nueva York es una ciudad de muchos contrastes, tiene su lado bello, hermoso, monumental como el tan mentado Broadway, la Estatua de la Libertad, el parque central o la zona cero donde estaban las Torres Gemelas, pero tiene barrios donde la comunidad inmigrante le ha puesto su sello. La Rossevelt es uno de esos ejemplos.

Allí conocí a un joven colombiano que me decía "la inmigración de mi país es muy diferente a la de los países centroamericanos que ven en los Estados Unidos el sueño americano y ven la posibilidad de quedarse toda su vida. El colombiano y el matibeño vienen con la intención de regresar rápidamente a sus tierras".

Ese es el cuento de muchos inmigrantes, los brasileños que emigran a cualquier parte de los Estados Unidos también dicen lo mismo, pero muchos de ellos terminan quedándose.

Con Andy, un periodista peruano de muchos años afincado en Boston, viajé también muchas veces a Nueva York cuando se instaló el Colegio de Periodistas al frente de Roberto Rodríguez como decano. Allí me encontré con muchos colegas que vivían en diferentes ciudades de la Gran Manzana, algunos estaban ejerciendo la profesión y otros trabajaban en lo que sea para poder subsistir.

En casa de Roberto nos reuníamos a compartir y recordar, entre tragos y comida peruana, los buenos tiempos que pasamos en Perú. Eran muchos los rostros conocidos. Por lo general viajábamos los sábados por la mañana y retornábamos los domingos por la mañana. En uno de esos tantos viajes y de regreso a Boston llevamos a su apartamento a una de nuestras amigas que nos contaba había terminado su matrimonio con un puertorriqueño que le pegaba para hacer el amor y terminó denunciándolo por violencia doméstica. Bajo esas circunstancias hizo sus papeles ante Inmigración ayudada por una agencia comunitaria.

Lucrecia nos invitó a pasar a su apartamento, vivía en el sótano de un edificio casi destartalado y pegado a un puente. Nos invitó a comer caldo de gallina y nos sentamos los tres en la cama a saborear su comida, no tenía sillas ni mesa y sólo la acompañaba su cama, su equipo de música y su televisor. No tenía nada más.

La vida no es igual para todos, es dura, pero la pasaban bien.

Con varios de ellos me encontré en la Rossevelt en un hotel donde en alguna ocasión busqué hospedaje. No era un hotel de mala muerte, era nuevo y sus clientes --muchos de ellos inmigrantes-- lo habían convertido en un antro de placer. El indú cobraba 50 dólares por polvo, es decir no podías excederte más de una hora y allí veías a parejas heterosexuales como veías a hombres con hombres o mujeres con mujeres besándose, jadeando de placer mientras esperaban turno para después irse a perder en cualquiera de las habitaciones. Eran dormitorios con cierta comodidad, higiénicos, pero uno tenía miedo con tanta leche de todos los colores que dejaban los ocasionales clientes.

Por pasar la noche te cobraban 120 dólares, pero quien carajo podía dormir allí con el ruido del tren sobre tu cabeza. De allí que el indio le sacaba provecho alquilando las habitaciones para encuentros amorosos y no les importaba si eran prostitutas, homosexuales o lesbianas.

Ya en la redacción le contaba a Julián las experiencias que había tenido en Nueva York cuando aparece un nuevo correo de la mujer de Suecia.

Fron Beatriz

To: Max

Ya no se ni que pensar de ti, te tengo tanto odio, me has despreciado, te di la oportunidad de trabajar conmigo, pero felizmente me di cuenta que eres un ser despreciable, un evangélico de mierda. La última vez fui al periódico porque quería agarrarte a bofetadas por todo lo que me has hecho y me has dicho, pero me arrepentí. Lo único que ahora siento por ti es odio.

From: Max

To: Beatriz

Te dije que ya paralé, pero con tanta mierda que te sale de ese cerebro carcomido y de las barracas que no quise pasar por alto esta oportunidad para responderte por última vez. Eso de que venías a abofetearme no te lo cree nadie, eres una pobre retrasada mental a lo mejor con una cara —como dices tú-- "extremadamente bonita", "que los hombres se derriten a tus pies", pero con la mierda que vomitas yo no creo que haya ser humano que se te pueda aproximar. Por lo menos este "feo y gordo" --como te llenas la boca para graficarme-- no lo haría por nada en el mundo.

Eres un verdadero desastre humano. Yo no puedo imaginar a una especie humana que dice haber estudiado Ciencias de la Comunicación en la Universidad de Lima que no tenga recursos de los más elementales para escribir o responder lo que se puede decir una ofensa. Solo tienes en esa boca apestosa lo que te enseñaron en las barracas de donde probablemente saliste. Porque no creo que en la Universidad te hayan enseñado a decir tanta basura.

Eso grafica lo que eres, un simple y vulgar mamarracho. Espero no cruzarme contigo en la calle, pero si lo hago te daré un abrazo de bienvenida porque los feos tenemos estómago para discernir y colar tanta mierda que circula por el espacio.

Hasta nunca

Tu papito huevón

---Original message--

From: Beatriz

To: Max

Ya basta, esta vez te pasaste, no soy un mamarracho ni un macho soy una mujer por todos los lados muy bella y eso lo han podido ver. Todo en mi es de primera clase, mi pelo, mi cara, mis ojos, mi boca, mis pechos, mis caderas, mis manitas, mi cuerpo, mi voz, mi personalidad. Soy lo que los romanos llamarían una Diosa Venus o para los griegos una Minerva, la Diosa de la belleza, inteligencia y del amor.

Juana no me has contestado, que te pareció mi foto, no podrás negar que soy un "breath taken", porque no me dices que opinas de mi foto. Acaso dudas por un instante de que los hombres y el mundo caen de rodillas ante mí para rendirme pleitesía.

Supongo que les has enviado a todos, quiero decir a Max y Andrés mi foto, que dicen, me muero de ganas por escuchar sus comentarios. Soy la Diosa personificada, mi cuerpo, cara y personalidad grafican lo que valgo y algo que ustedes jamás llegaran a conocer o ser parte de mi grupo.

Ya me cansé de este jueguito, ya me aburrieron, olvídense de mí y por favor ya basta de insultos.

Ya me hartaron todos ustedes. Fui al Mundo, ubicado en una barriada de Jamaica Plain, que asco pensé que por lo menos estaría en una zona mejor, yo vivo en Jamaica Pond y es muy bonito. ¡Qué diferencia!

Max no me importa lo que digas, soy una mujer, nadie puede negarlo, todos me aman y veneran, el mamarracho eres tú, que ofendes y degradas a una mujer bella e indefensa. Maldigo las veces que trate de ser tu amiga.

Nunca más vuelvas a escribirme porque no te voy a contestar, eres el ser más despreciable y te escondes en una máscara, jamás quiero saber de ti. Si te veo no te voy a abrazar sino a vomitar. Hazle un favor a la humanidad y entiérrate vivo, te odio, te odio, te odio.

Juana usted también me ha ofendido, no estoy loca ni necesito medicina mucho menos un psiquiatra, entre a yahoo y vi su foto con toga y virrete donde le están entregando un doctorado, y usted no es una mujer fea, tiene ojos muy bonitos, pero para nada se compara con mi belleza. Usted no me llega ni a los tacones, la bella y extraordinaria rubia natural soy yo. Ahora más que nunca si debe estar celosa de mi belleza, pero sabe que no la necesito ni a usted ni a nadie, me he contactado con unos cubanos extraordinarios que me dan mi lugar y atienden como me merezco y siento mucho el haberme involucrado con ustedes. También la detesto, me habla como si yo fuera una ignorante y retrasada, quien se cree que es para psicoanalizarme. La odio a usted también.

Beatriz

From: Beatriz

To: Max

Hello baby

Lancé como "bola de ensayo" el término mamarracho y parece que di en el clavo, pero no voy a descender más ni a replicar y mucho menos a figurarme como sería comerse un mamarracho disfrazado de mujer de las dimensiones y belleza que pregonas. No creo que sirvas como mujer y para serte sincero no me interesa averiguarlo y mucho menos responder tus palabras que salen no de una boquita apetitosa sino de un boquerón de desagüe. Una vez más te digo ¡ya párale!. No me interesa seguir en este jueguito. Hasta nunca.

Max

Julián, Alfonso, Mauro y Robert estaban sorprendidos por los e-mail de Max y las respuestas de Beatriz.

Ya con esto creo que santo remedio, ya me la quité de encima para siempre, no creo que ya le quede ganas de escribirme.

Alfonso no lo cree así, es una leona y en cualquier momento te da otro zarpazo. "Pero te pasaste Max, no debiste tratarla de esa manera".

Max estaba todavía ardido por todas las estupideces que le había dicho. "Creo que hice lo correcto, ya no quiero saber más de esa mujer y si ustedes van a seguir frecuentándola no me la mencionen". Julián tenía la misma opinión. Ya se fue todo pa'l carajo.

Lo único que atinó a decir Mauro fue "ya nos cagó Max, nos cerró la puerta con Beatriz, porque la mujer debe estar que echa mierda contra todos nosotros".

Pedro le cambió de giro al tema de conversación cuando le recordó a Max el caso de Noemí Román, la joven mujer asesinada en su apartamento hacía 19 años en presencia de su hijo Sergio que tenía en ese entonces dos años de edad. El caso se iba a ventilar en una Corte de Boston.

"Estamos contentos, felizmente todo salió a la luz, el asesino de Noemí pagará con su vida el resto de sus días en la cárcel, pero el vacío que nos ha dejado todavía está allí, aunque hemos visto un cambio en Sergio, una paz interior, sus ojos están más brillantes ahora".

Norma, una de las cinco hermanas de Noemí y quien siguió de cerca todo el proceso, me hablaba de lo feliz que se sentían ahora con el asesino de su hermana condenado a cadena perpetua tras "19 años de sufrimiento".

Con Norma conversamos de su hermana, de su hijo y del asesino identificado como Kervin Richardson.

"Sergio creció bajo mucha tensión, estaba siempre enojado, pero ahora todo ha cambiado, haber escuchado al juez sentenciar al asesino de su madre le ha dado una paz interior, está volviendo a nosotros y eso nos da la esperanza de que vuelva a sus estudios, a llevar una vida mejor", me anota Norma abrazando tiernamente a su sobrino. Su abuelita Elva Román y sus otras tías hacen lo mismo.

La familia Román mira ahora la vida diferente. "Terminaron los años de sufrimiento, lo que nos duele en este caso es que ese hombre no solo mató a mi hermana sino que dejó a un niño víctima de esa atrocidad".

Todos creían que el crimen de Noemí, como tantos otros perpetrados contra latinos, iba a quedar impune. El caso estaba archivado, pero Norma rescató el trabajo de la policía que "luchó hasta el último momento para dar con el asesino de Noemí". Las pruebas de ADN dieron con su paradero.

Norma cuenta que en los días del juicio estaba confundida con el jurado. "No sabía cuál era su mentalidad, las mujeres podemos pintar diferente y preguntar ¿por qué le abrió la puerta?, tonterías, pero que podrían confundir y no ver lo que pasó, entender las evidencias. Eso me tenía nerviosa, tenía tanta duda en el sistema legal, pero cuando el jurado dio su veredicto de culpable ahí me senté tranquila y respiré hondo y sentí la felicidad que invadía mi cuerpo. Yo sé que en nuestra creencia Noemí está descansando en paz, está en las manos de nuestro Dios, mirándonos, pero nosotros somos los que hemos estado sufriendo este dolor".

Elva Román y sus hijas ríen y lloran de felicidad porque --según dicen-- "se hizo finalmente justicia, por fin el asesino va a pagar lo que hizo después de mantener una mentira por tanto tiempo. A sus amigos les decía que era un mal entendido y que todo estaba bien. Ahora comienza la parte fea para ese hombre y lo sentimos por su familia, por sus cuatro hijos que tiene que mantener, aunque ese hombre nunca tuvo misericordia por nosotros", me dice Norma.

Las poses de inocencia de Kervin Richardson terminaron con su confesión de culpabilidad y de los detalles de su horrendo crimen. "Yo no sé si estaba orando, pero estaba de rodillas pidiendo hasta el último momento clemencia, pero ese hombre no la tuvo, no tenía compasión y el motivo fue aparentemente el rechazo. Mi hermana no quería tener con él ninguna relación", cuenta.

Pero de acuerdo a las investigaciones Richadson no solo quiso acabar con la vida de Noemí sino causar la muerte del niño que vio morir a su madre y otras personas que vivían en el edificio de apartamentos.

"Ese hombre es un desquiciado que se merece eso y mucho más, pero lo queremos vivo para que sufra todos los días de su vida", me decía Norma.

Sergio Román, quien cumplió 21 años un día antes de conocerse el veredicto, se siente ahora más tranquilo. "Ese fue el mejor regalo de mi vida porque se hizo justicia, pero esa justicia no me devolvió a mi madre"

CAPÍTULO 6

SOMERVILLE

Pedro ya estaba buscando apartamento por Somerville, su casa de Jamaica Plain ya la tenía casi pérdida. González quería hacer una jugada maestra para que no pierda su casa, pero lo único que hizo fue retrasar el desalojo. Los días ya estaban contados y nuestro buen amigo lloraba su mala suerte. Lo vi muchas veces escondiéndose en el baño o en el comedor para que no lo vean llorar como un niño que pierde su juguete más preciado. Sus hijos si bien todavía estaban pequeños sentían también la pérdida de su casa. María en cambio estaba encandilada en otra cosa que no decía nada, estaba en la luna con los placeres que le daba su sobrino que no le importaba nada.

Pedro se sentía solo, abatido, sin ganas de trabajar y lo que quería era tirarse al abandono. "Estoy perdiendo mi casa", decía entre sollozos. Julián decide esa mañana acompañarlo a ver un apartamento que estaban alquilando en el mismo Jamaica Plain. "Este apartamento te conviene, está cerca del periódico y no vas a gastar mucho en gasolina que se sigue disparando", le aconseja. El banco ya le había dado fecha para que abandone la casa que estaba en "foreclosure" (embargo) y lo menos que quería era esperar que lo desalojen. "Me siento mal, estoy perdiendo lo que más quería, mi casa".

Max lo consuela diciéndole "tú no eres el único, esto fue una pendejada de los bancos".

Cuando conversábamos sobre el día final o "foreclosure" de la casa de Pedro ingresa una llamada de "El mago" Luis. La policía lo había tenido recluido toda la noche por aparentemente haber armado un escándalo en un McDonald.

La versión que dio Luis y el reporte de la policía se contradecían abiertamente, pero quien tenía la razón o cual de las dos versiones se ajustaban más a la verdad.

Alfonso estaba sorprendido porque esa tarde estuvo con "El Mago" y su suegro tomando unas cervezas y comiendo unas carnes. Víctor había preparado una parrillada y Luis se retiró a su casa como a las 8:00 de la noche porque tenía que terminar unos trabajos en su computadora. "El mago" era dibujante y hacía trabajos para varias editoras.

Lo que nos dijo Luis es que a eso de las 2:00 de la madrugada salió de su casa para comprar un "combo" en el McDonald de su barrio, tenía hambre, pero la joven que lo atendió le había cobrado demás y al reclamarle se suscitó una discusión. "El mago" reclamó sus derechos de manera airada y cuando le entregaban la coca cola el vaso se le resbaló y ensució parte del mostrador y el piso. Otra empleada de la tienda le alcanzó otro vaso con la bebida y se retiró para su apartamento.

La muchacha con la que discutió había llamado al 911 y reportado el incidente. Dos oficiales llegaron al establecimiento y recibieron la queja. Por la placa del vehículo que manejaba Luis le dieron el alcance en un edificio de apartamentos de un proyecto habitacional donde vivía con su esposa y sus tres hijas.

Uno de los policías le inquirió ¿qué pasó en McDonald? Nada ¿por qué? ¿Cuál es el problema? respondió Luis.

Aparentemente la respuesta o la actitud de "El mago" no fue del agrado de los dos oficiales que bajaron del vehículo y lo golpearon para llevárselo detenido. Su esposa y sus tres hijas dormían y no sabían nada de lo que estaba pasando a escasos metros de su apartamento.

Los oficiales le montaron todo un parte policial por lo que Luis terminó en la Corte bajo los cargos de estar bajo la influencia del alcohol o de una sustancia, de conducir un vehículo a excesiva velocidad, resistencia a la autoridad, agresión a uno de los policías y de provocar un escándalo en McDonald.

Luis juraba que nada de eso era cierto. La policía llegó a McDonald cuando él ya se había retirado y no lo pudo haber visto manejando a excesiva velocidad porque ya había estacionado su vehículo y estaba caminando en dirección a su apartamento cuando los oficiales llegaron.

"El Mago" estaba metido en tremendo lío, aparentemente no era culpable de nada, salvo el incidente con la muchacha de McDonald, pero la policía le montó cargos inexistentes y en un inusual interrogatorio hasta se burlaron del crucifijo que llevaba en el pecho y del tatuaje del 'Che Guevara' que tenía en el brazo.

Según contaba, los policías lo obligaron a caminar en un pie para establecer si estaba ebrio y le decían pareces 'una bailarina loca'. El periódico local de Milford, The Milford Daily News, publicó en portada la historia de su caso que le dio la policía con una foto que le tomó uno de los oficiales cuando hacía sus pases de ballet para demostrar que estaba totalmente sobrio. Luis se comió la noche en una celda de la estación de policía de Milford.

Su esposa Rosario tuvo que sacarlo al día siguiente pagando una fianza.

"El Mago" juraba y rejuraba que todos los cargos que la policía le había montado no eran ciertos, pero ya estaba jodido. El juez lo trató como a un vil delincuente y no le creyó lo que le decía. El abogado de oficio que le pusieron casi no lo ayudó y Luis terminó recagado. Le suspendieron la licencia y el juez le ordenó asistir tres veces por semana a la Corte para someterse a pruebas para ver si estaba limpio de drogas y alcohol.

Luis se la pasó seis meses yendo a la Corte, no podía beber ni un solo trago y tampoco manejar, por lo que tenía que caminar. La vida se le complicó y "El Mago" maldecía a los policías blancos por todo lo que estaba pasando. En su casa tenía que estar pendiente de una llamada de la Corte para correr a hacerse la prueba.

"Que vaina es esta y hasta las cuantas es", repetía Luis casi bromeando. Esos malditos policías le habían destrozado la vida.

Con Julián conversaba del caso, pero el cubano era incrédulo. "Ese muchacho es boconcito y se fue de lengua con la policía", decía.

Pero Alfonso le daba la razón a "El Mago" y su historia salió publicada en el periódico "Siglo 21" de Lawrence donde le tiraba mierda a la policía y los acusaba de racistas y xenofóbicos.

Con Lucinda Rivera, una inmigrante mexicana que había logrado sobresalir y llegar a ser abogada, hablaba sobre nuestra realidad como inmigrantes. "Los hispanos somos muchísimos en los Estados Unidos, pero estamos por todos lados fraccionados, no estamos organizados, no tenemos un frente común a diferencia de los afroamericanos o los chinos", me decía.

"Nosotros estamos agrupados en diferentes asociaciones, los afroamericanos en una sola y eso es lo malo, los latinos estamos divididos pese a que nos une el lenguaje, la cultura, los valores familiares".

"A mi me llega al corazón el problema del inmigrante, yo soy inmigrante, mis padres hablan español que es su primer lenguaje, mi padre no habla inglés y yo quiero ayudar a mi gente, aportar a la sociedad".

Julián y Mauro escuchaban hablar a Lucinda que le gustaba que la llamen Lucy, una joven abogada latina que quería llegar a ser Representante estatal. Sus padres la ayudaban, pero tenía muy poco arrastre en la comunidad por lo que ella decía "estamos divididos" o por ese bendito don de la indiferencia política. El mismo Julián que era ciudadano norteamericano y tenía más de 40 años viviendo en Boston me hacía pensar cuando alegaba "para que carajo pierdo mi tiempo y dinero yendo a votar, yo vivo de mi trabajo y me importan un huevo los políticos".

A lo mejor Julián tenía sus razones, pero estaba equivocado. Lucy lo decía. "La única forma de que los políticos anglos nos tomen en cuenta es si salimos a votar y somos parte del motor de la economía. La diversidad es la energía de la sociedad".

Pero la joven abogada tenía puntos de vista diferentes con respecto a la inmigración ilegal. "Estar aquí indocumentado es contra la ley, las leyes tienen que respetarse. Como ciudadanos de los Estados Unidos, independientemente de que seamos inmigrantes, tenemos que ser respetuosos de la ley".

Hay 12 millones de inmigrantes o más que viven en este país bajo el membrete de "ilegales". La mayoría es gente de trabajo, nadie duda de eso, pero nos cuesta adaptarnos a la cultura y a las leyes de este país. Cuando cerrábamos este capítulo entra una llamada de "El Mago" para decirnos "es un salvaje ese ecuatoriano".

¿Qué paso? ¿De qué ecuatoriano hablas?

"Acabo de presenciar una espantosa tragedia", me dice por el hilo telefónico, tienes que venir. Alfonso y Mauro salieron de inmediato para Milford, un apacible pueblo al Oeste de Boston. Alfonso y Max vivían por esa zona y "El Mago" que ese día había salido de su casa a dar un paseo por el parque cuando vio como una camioneta que ingresó raudamente por la Congress Strett embistió una motocicleta pilotada por un joven estudiante universitario. El conductor del vehículo trató de darse a la fuga aparentemente sin darse cuenta que el motociclista había quedado atrapado entre las ruedas. A pesar de los gritos de la gente que lo correteó, la camioneta arrastró a su víctima media milla causándole la muerte.

Alfonso y Mauro llegaron a tiempo cuando la policía y la gente terminaron cercando el vehículo de la muerte. De allí bajó Nicolas dando tumbos.

Huamán, un inmigrante ecuatoriano indocumentado, estaba borracho y manejaba sin licencia de conducir como muchos inmigrantes que no tienen un estatus legal y no pueden sacar una licencia del Registro de Vehículos y Motores.

Su caso nos puso como animales. Nicolás había salido con su hijo de 6 años a comprar más cerveza a la "Liquor Store" que estaba a unas 10 cuadras de su casa cuando ocurrió el accidente.

"Esto no es un accidente, es un asesinato", decía Michael Maloney, padrastro de Denice, mientras que su esposa Maureen llorando alegaba "no estoy en contra de la inmigración, pero esta gente tiene que entrar al país por el camino correcto. Matthew era el amor de mi vida y ahora está muerto".

Matthew J. Denice de apenas 23 años de edad estaba camino a su casa en su motocicleta cuando fue arrollado. "Si el vehículo se hubiera detenido después de la colisión, no estaría muerto", anota Michael alegando que el conductor de la camioneta no se detuvo sino que arrastró a Matthew media milla al quedar atrapado entre las ruedas del vehículo.

"No siento rabia, pero estoy con el corazón destrozado por no tener a mi hijo, es injusto lo que ha pasado y vamos a presionar para que el culpable de su muerte reciba una sentencia de cadena perpetua". El dolor de una madre la hacía hablar de esa manera.

Su esposo alegaba que el estatus legal de Huamán es menos importante que "el daño que nos ha causado. No se trata de hablar de su origen ni si es legal o ilegal, sino de lo terrible que es perder un hijo en la plenitud de su vida".

La otra cara de la moneda estaba reflejada en María Yupanqui, de 35 años, natural del Ecuador, esposa de Nicolás. "Nunca pensé que le pudiera ocurrir esto", balbuceaba entre sollozos luego de ver a su esposo enfrentarse a la justicia por atropellar a un motociclista causándole la muerte. "Mi esposo está muy triste y no se acuerda lo que pasó. Lo que pido es que lo deporten cuanto antes para que no tenga que sufrir aquí".

Casi sin entender durante el juicio en la Corte Distrital de Milford, María vio a su esposo cuando se declaró no culpable de ocho cargos, entre ellos homicidio vehicular bajo la influencia del alcohol, no detenerse a la orden policial, operar un vehículo de motor sin licencia, y poner en riesgo la vida de un niño.

"No sé todavía lo que voy a hacer, pero voy a seguir viendo por mi hijo de 6 años".

En la Corte María estaba virtualmente sola, había llegado caminando para --según dice-- "apoyar a mi esposo, estoy molesta porque salió borracho, pero esto es un accidente".

"No tengo miedo, quiero que lo deporten lo antes posible, tenemos tres hijos en el Ecuador y la familia de mi esposo ya sabe lo que pasó y está de acuerdo con su deportación".

María cuenta que su esposo y su pequeño hijo la habían dejado en el trabajo a eso de las 3:00 de la tarde para regresar a su apartamento donde estaban dos amigos bebiendo licor desde muy temprano. "Con ellos se puso a tomar, aparentemente la cerveza se terminó y Huamán salió a comprar más licor cuando ocurrió el accidente".

De la Corte Alfonso trasladó a María hasta su casa en la Cherry Street, a unas pocas cuadras donde Huamán arrolló al motociclista.

Pero antes tuvo que enfrentarse a una nube de periodistas norteamericanos que la acosaron con preguntas. ¿Por qué su esposo no detuvo la camioneta cuando atropelló al motociclista? ¿Sabe usted que lo arrastró media milla? María respondió entre sollozos. "No sé lo que pasó, pienso que estaba borracho y no se dio cuenta".

María vivía cinco años en Milford, antes estuvo un año residiendo en Nueva Jersey. "Mi esposo vino primero, había mucha necesidad en mi país y decidió salir dos años antes. Yo vine después cruzando la frontera, caminando por el desierto", me cuenta camino a su apartamento. Ya viviendo en Nueva Jersey tuvo a su cuarto hijo norteamericano. Los otros tres viven en el Ecuador. Ambos llevaban 15 años de casados.

En la Corte vimos a un Huamán con la mirada extraviada, cabizbajo, diciendo que "no es culpable" de los cargos de homicidio vehicular por

negligencia al conducir bajo la influencia del alcohol, abandonar la
escena de un accidente con lesiones personales y muerte, posesión de
un envase abierto de alcohol en un vehículo, no detenerse a la orden
de la policía, conducir sin licencia, no detenerse en una señal de alto,
resistencia al arresto y de conducta imprudente al poner en riesgo la
vida de un niño.

El juez fijó una fianza de 100,000 dólares para que Huamán pudiera
salir en libertad condicional. "De donde vamos a sacar ese dinero", me
decía María.

Huamán le dijo a la policía que el accidente no había sido su culpa y
que no se detuvo porque su camioneta estaba dañada y no sabía qué
hacer, según el informe policial.

Este terrible accidente puso a la comunidad ecuatoriana en la mira de
la policía y de los anglosajones, muchas personas temían por lo que les
pudiera pasar. Wilson Valdez, dueño de Unienvios que brinda ayuda
a muchos de sus paisanos, estuvo con Alfonso y Mauro en la Corte
siguiendo el caso de Huamán y temiendo que por este hecho se desate
una cacería contra los ecuatorianos. "Nos preocupa, lo que pasó es un
accidente, pero hay una corriente antiinmigrante que lo está viendo de
otra forma", me apuntaba.

Valdez siempre veía a Huamán como "un gran trabajador", cariñoso
con su esposa y su hijo. Por los últimos cinco años fue su cliente. "Es una
desgracia lo que ha pasado, pero por este incidente no se debe culpar
a todos los inmigrantes. Nuestra gente trabaja duro y se comporta
bien", decía.

La Cónsul del Ecuador en Boston, Beatriz Stein, también estuvo con su
comunidad logrando conversar con Huamán que decía no acordarse
de nada.

El jefe de la policía de Milford, Thomas O'Loughlin, tenía en la mira
a los inmigrantes ecuatorianos. Huamán estaba ilegalmente en el país
y el Departamento de Seguridad Nacional ya había emitido una
orden de detención y deportación, que se activaría cuando el proceso
judicial haya terminado. Los padres de la víctima habían pedido

cadena perpetua para el acusado, pero se sabía que podría enfrentar hasta 15 años de cárcel si la justicia lo hallaba culpable del cargo de homicidio vehicular.

Huamán ya no tenía salida. En su descargo le dijo a la policía que había una luz verde en la intersección entre la Congress y la Fayette y que al voltear le salió la motocicleta al frente por lo que no pudo evitar el accidente.

Cuando la policía lo detuvo su pequeño hijo de 6 años de edad se bajó de la camioneta y la emprendió a puñetazos y patadas contra los oficiales, según el reporte policial. El niño pedía que dejen libre a su padre que había intentado huir de la escena del accidente. Varios oficiales tuvieron que perseguirlo varias cuadras antes de detenerlo cerca de la intersección de las calles West y Lee.

María Yupanqui tuvo que llegar hasta la estación de policía para tomar la custodia de su hijo.

La camioneta de marca Ford era de propiedad de Nicolás, pero estaba registrada a nombre de su hermano Pablo, quien tuvo que pagar también las consecuencias por permitir que su hermano conduzca un vehículo de motor sin licencia.

"Que animal ese ecuatoriano", me decía Alfonso.

La trágica muerte del joven estudiante norteamericano había desatado la ira de los que estaban a favor del programa "Comunidades Seguras", un programa federal que tenía como propósito limpiar las ciudades de inmigrantes indeseables o criminales.

"Como sheriff del condado de Worcester quiero ser enfático que si la Ley de Comunidades Seguras ya estuviera vigente, un extranjero criminal como Nicolás Huamán con un registro de arrestos ya habría sido identificado por el Departamento de Seguridad Nacional y el ICE y deportado antes de este horrible crimen", decía el alguacil Lew Evangelidis.

Según las autoridades, Huamán había sido detenido en tres ocasiones desde el 2007, todas ellas por conducir sin licencia en Milford, Uxbridge y Attleboro. También tuvo un año de libertad condicional desde mayo 2008 hasta mayo 2009 por cargos que incluyen asalto y agresión a un oficial de policía y a un bombero en un incidente familiar.

El jefe de la policía de Milford tenía toda la pinta de anti-inmigrante y decía que la llamada Ley de "Comunidades Seguras" debería entrar en vigencia. Su voz y la de muchos otros anglos llegaron a oídos del gobierno que ya la puso en vigencia en Massachusetts antes de que sea obligatoria en todos los estados de la nación a partir del 2013.

El caso del ecuatoriano estaba siendo tomado como ejemplo para que Massachusetts se una a ese programa federal que pondría a los inmigrantes a rezar cuando sean detenidos por cualquier circunstancia, inclusive por tránsito, y sus huellas dactilares sean cruzadas en una base de datos de la FBI y el ICE. Este programa alertaría a las autoridades de inmigración para que puedan tomar las medidas contra los que están aquí ilegalmente.

El senador estatal Richard T. Moore, un demócrata de Uxbridge, le escribió al gobernador Deval Patrick instándolo a tomar medidas enérgicas contra la inmigración ilegal y contra los que conducen un vehículo sin una licencia.

"El pueblo de Milford está en estado de shock y duelo por la pérdida sin sentido de una vida joven y prometedora", escribía Alfonso y anotaba que el policía Angel Arce lo había descrito como "una escena salvaje y caótica".

Lo que más sacó de onda a la gente que lo persiguió para que se detuviera fue cuando los agentes abrieron la puerta de la camioneta y vieron las latas de cerveza Budweiser en el asiento del pasajero y en el suelo. Huamán estaba con los ojos vidriosos y enrojecidos. La cabina de la camioneta olía a puro alcohol.

Huamán ya tenía la deportación asegurada, pero primero tendría que pagar por el delito de homicidio vehicular.

Su esposa estaba preocupada por su pequeño hijo, temía que lo iba a perder, porque si deportaban a su esposo se había propuesto seguirlo para atenderlo y ver por sus otros tres hijos. A su hijo Nico que es norteamericano lo dejaría al cuidado de unos amigos o en manos del Departamento de Servicio Social.

Nico como muchos otros niños de origen latino viven muchas veces en el limbo tanto en Boston como en Nueva York o cualquier parte de los Estados Unidos por las deportaciones de sus padres.

Una estadística escalofriante del Departamento de Seguridad Interna (DHS) subraya el drama humano que viven muchas familias. Más de medio millón de padres de familias con hijos nacidos en Estados Unidos han sido deportados por el Servicio de Control de Inmigración y Aduanas (ICE) durante los pasados 5 años. Lo que realmente pasa con los hijos de los inmigrantes deportados nadie lo sabe a ciencia cierta.

"Los estadounidenses comprenden lo que es contar con una familia. También entienden cuando el mundo parece venirse abajo por la ausencia o la pérdida de uno de los padres. Los inmigrantes comparten los mismos valores y sentimientos. Tiene que haber una manera más humana y más práctica de tratar a la migración no autorizada que no implique el desmembrar las familias", decía Xiomara Corpeño, directora de trabajo de base en CHIRLA.

En la década pasada, más de 2.2 millones de inmigrantes no autorizados han sido deportados por ICE. Aproximadamente 5.5 millones de niños nacidos en EE.UU. viven con un padre no autorizado o de estado migratorio mixto.

"Todos perdemos cuando todos los días un niño regresa a casa después de la escuela y no recibe un beso de buenas noches porque uno de sus papás ha sido detenido o deportado por ICE. Las redadas y las deportaciones de inmigrantes no autorizados sólo incrementan el dolor y empeoran el aislamiento que ocasiona este sistema de leyes de inmigración inhumano e injusto".

Estos son solo algunos datos y cifras que fueron divulgados acerca de los hijos de inmigrantes en Estados Unidos:

- Según cifras del Instituto Urbano, cuatro de cada cinco hijos de inmigrantes son ciudadanos estadounidenses.

- Casi el 20 por ciento de los niños en el país, casi los 17 millones, tienen a un padre o una madre que es inmigrante.

- A nivel nacional, más de 8.5 millones de niños hablan otro idioma en casa pero también manejan bien el inglés.

- Los hijos de los inmigrantes comprenden el 22 por ciento de los 23.4 millones de niños menores de 6 años en Estados Unidos.

- Casi todos los hijos de padres inmigrantes cuentan con un padre de familia que trabaja. El 72 por ciento de estos niños cuenta con un padre de familia que trabaja tiempo completo.

- Hasta los niños ciudadanos que viven en hogares de bajos recursos están dos veces más propensos a no tener seguro médico si sus padres no son ciudadanos estadounidenses.

- Se proyecta que para el año 2020, uno de cada cuatro niños en EE.UU. será latino.

Cuando revisaba toda esta información con Alfonso ingresa un nuevo correo de la mujer de Suecia cuando se creía que ya todo había quedado zanjado con los últimos correos llenos de insulto de gran calibre. Julián se interesa por saber lo que dice.

From: Max

To: Beatriz

Max Papito rico

Tu personalidad dista mucho de lo que eres gordo de mierda, después del puto e-mail que te atreviste a enviarme, fui otra vez a bofetearte al periódico y a vomitar en tu cara o culo, pero no lo hice porque se me subió la presión. Eres un hombre sin culo, tienes el trasero achatado, y pareces un tanque ruso.

Pensar que te pedí apoyo para mi proyecto, pero ahora todo lo tuyo me repugna. Lo que más te va a doler cholo es que nunca voy a ser tuya. Quédate con las ganas y sigue babeando. Nunca en tu perra vida me POSEERAS. Soy el manjar más codiciado y delicioso que existe sobre la tierra, no hay un solo hombre que no haya perdido la cabeza y la fortuna por mí. Quédate con las ganas maricón.

Besitos

Betty

From: Max

To: Beatriz

Subject: Re: Besitosj

¡Puta! Qué felicidad: "nunca voy a ser tuya, jamás voy a ir a la cama contigo y ese va a ser tu castigo". ¡Qué imbécil! ¡Qué presumida! Como si estuviera necesitando una perra, no sirves ni siquiera para limpiarme el pájaro. No hubiera querido caer en tu juego de niña castigada por la vida, de vivir con un padrastro evangélico que abusaba de tu madre y de tus hermanas como dices, pero creo que respondiéndote de la manera que lo hice te di en lo que más te duele, en tu poca vergüenza, en tu desgraciada vida. Me resulta difícil utilizar un lenguaje tan traído de la mazmorra para responder tus insultos, pero veo --como si tuviera una bola de cristal— la mierda que te está revolviendo porque nuevamente caistes como una imbécil. No te desesperes, sigue haciendo gala de tu conducta que raya con la delincuencia y tu rico lenguaje a mierda que no respeta ni siquiera a la madre. Hazte un examen de conciencia, si es que la tienes. Por lo que me toca seguiré gozando y tratando de analizar cómo es una mujer vestida de excremento. Y allí párale. Que no voy a responderte más, es la primera vez que me cruzo con una especie humana que ha tenido que ver con violadores y evangélicos.

Adiós, besitos

Tu papito chuchón

Mauro le advierte a Max de los peligros de Betty, es una mujer que no mide consecuencias y cualquier día se te planta en el periódico para que le hagas el amor, es una mujer arrebatada, diabólica. "Pajarito" que se quedó esa noche con ella me contó que te tiene entre ojos y que no te va a dejar tranquilo. Esa mujer está dolida por tus desplantes, por tu desamor, por haberla ignorado y tratado como una basura.

Julián y Robert escuchaban lo que decía Mauro, pero Max prefirió no hacer mayor comentario, estaba alistándose para viajar a Colombia enviado por el periódico El Mundo Boston para hacer un amplio reportaje con los "paisas" que habían sido deportados de los Estados Unidos y estaban triunfando en su país como Nicolás Alzate y Duberney Pineda que tuvo que salir huyendo de East Boston por supuestamente molestar a un niño.

De viaje a Medellín, la tierra de los "paisas" de East Boston, leía el libro "Colombia Amarga" del escritor y periodista Germán Castro Caicedo, en el que basado en testimonios y reportajes nos deja la noción de una "endemia colombiana", de una violencia en "todas sus manifestaciones" que a cualquier visitante le pondría los "pelos de punta".

La Colombia de hoy es otra, por lo menos la que vi difiere sustancialmente. Colombia vive días de gloria. Desde Medellín, pasando por Bello hasta Don Matías, un pueblo que es toda una "caja de sorpresas" y de donde son originarios la mayoría de los colombianos que viven en East Boston y en otras ciudades de Massachusetts y del mundo. La Colombia que vi tiene otra cara, otro rostro. De felicidad, de esperanza, de júbilo.

"Lo que se vende para el exterior es una mentira, mire cómo vivimos nosotros, usted puede pasear por las calles tranquilo, sin temores a que una bomba pueda estallar. Colombia es otra, hay tranquilidad en las calles", me decía Nicolás Alzate, un colombiano que vivió varios años en East Boston, fue deportado y ahora es Concejal de Bello, uno de los distritos más grandes y pujantes de Medellín.

Pero no solo Nicolás Alzate que está ahora en las filas del gobierno sino muchos colombianos de diferentes esferas o niveles sociales dicen que "Colombia ya no es la misma de hace 10 ó 0 15 años". La violencia, el desangramiento de millares de colombianos por culpa de la Farc o del narcotráfico, tenía marcada a Colombia. La realidad que se vive hoy en día es otra.

Por ese entonces en las calles de Medellín nadie dejaba de hablar de la histórica liberación de Ingrid Betancourt y de otros secuestrados por la Farc que a decir de muchos colombianos comunes y corrientes estaba perdiendo fuerza, capacidad. Se está desmoronando, pero "todo ello gracias a que el presidente Uribe es un berraco", me decía Martín Valencia, un colombiano que vivió muchos años en Chelsea, trabajo de "sol a sol", se hizo ciudadano norteamericano y regresó a su país para hacer patria arriesgando y metiéndose de lleno en los negocios. Ahora es dueño de "La Berraquera", uno de los negocios más pujantes y vistosos de Bello, ubicado a unos siete minutos de Medellín.

Son muchos los colombianos que vivieron en los Estados Unidos, salieron por distintas razones y están triunfando en su país de origen dejando por los suelos ese viejo refrán que dice "nadie es profeta en su tierra". Por lo menos a los que pude ver en los cuatro días que estuve recorriendo Medellín viven cómodos, con un negocio en sus manos y sin nada que extrañar de lo que vivieron en East Boston, Chelsea y otras ciudades norteamericanas.

En Don Matías, uno de los pueblos que le ha cambiado la fisonomía y la estructura al mundo con edificios de cuatro o cinco pisos, conversé amplio y tendido con el alcalde Jhon Jairo Berrio Lopez, quien vivió en Chelsea y estudió en el Bunker Hill Community College, y con Duberney Pineda, ese colombiano que hizo historia en East Boston organizando uno de los mejores festivales con "silleteros" de flores y con los mejores artistas colombianos.

Pero lo de Duberney era historia aparte. Lo encontré como coordinador de Deportes del Municipio de Don Matías.

"Mientras uno ande bien en la vida siempre está allí, estoy aquí en mi pueblo trabajando para mi comunidad y con las mismas proyecciones que hice en East Boston, tenemos 2,500 niños en nueve disciplinas deportivas y estamos involucrando a toda la comunidad", me dice. También estaba dirigiendo la selección mayor de fútbol de su pueblo y de la selección departamental.

Duberney vivió varios años en East Boston en un pequeño apartamento, mucha gente lo estimaba, había logrado poner en alto a su comunidad organizando uno de los festivales colombianos más vistosos y de gran participación y creando la "Copa América" en la que participaban equipos de diferentes países latinoamericanos. Con su Academia de Fútbol también creó el semillero de estrellas.

"Tengo la frente siempre en alto", me decía Duberney que de la noche a la mañana tuvo que salir huyendo de East Boston para no ir a la cárcel.

Lo que le pasó parecía un chiste. Duberney iba dos o tres veces por semana a la escuela Umana para utilizar el gimnasio para los entrenamientos de sus pupilos. En esa escuela un joven estudiante de color lo tenía de "punto", le pedía dinero cada vez que lo veía y un día harto por tanto acoso le dijo "chúpame las bolas si quieres dinero". El muchacho lo denunció a las autoridades de "sexo arrasment" y Duberney cayó en un tremendo lío.

La broma le resultó cara. Duberney tenía que responder a las acusaciones en una audiencia en la Corte, pero decidió huir, regresar a su pueblo.

"Yo estuviera escondido en otro lugar, en otra ciudad, viviendo atormentado de la vida y de las cosas. Pero no tenía de que arrepentirme, no hice nada malo. Quizás no supe enfrentar y dar la cara para defenderme por un comentario que hice, pero tenía una orden de deportación por ingresar ilegalmente al país y no quise ir a la Corte. Ese quizás fue mi error, pero no lo creo".

"El Planeta", un periódico local que recién había aparecido y que no conocía la trayectoria de Duberney lo puso como un abusador de niños. "No era cierto, pero eso me hizo perder la tranquilidad".

Pero también habían colombianos que no creían en su inocencia como Wilson que tenía un programa de radio en la 1600AM. Se decía que era por celos porque le arrebató el control del festival colombiano de Boston.

Sea cierto o no, Duberney hizo lo que muchos colombianos no pudieron hacer en años por su comunidad, incluso trajo al "Pibe" Valderrama y lo paseó por todo East Boston con una gigantesca caravana de seguidores.

"Nunca pasó nada, pero uno es inmigrante y tiene toda la de perder. Estaba metido en una situación muy fea por un simple comentario", me confiesa.

Duberney estaba tranquilo en su pueblo y según me decía al día siguiente que llegó huyendo de East Boston ya tenía trabajo en el Municipio. "Yo doy ejemplo aquí, yo no consumo cerveza, vino ni ningún licor, no lo hice en Boston, tampoco lo hago en mi pueblo y estamos contrarrestando la droga y el alcohol a través de programas deportivos".

Duberney me habla de su verdad, de una verdad que se ve y que se siente porque los éxitos le están sonriendo en el pueblo que lo vio nacer.

La suerte de Nicolás Alzate a quien conocí en Chelsea era otra. Lo vi en el municipio de Bello mandando, organizando. Era todo un Concejal y de su vida en los Estados Unidos decía que era "un mal recuerdo" aunque lo que más le dolía y sentía había sido dejar a su pequeño hijo a su suerte con la madre que le tendió una "trampa" para que lo deporten.

"De eso para que hablar, ya la vida se lo está cobrando", me decía.

Alzate era todo un personaje en Bello, uno de los pueblos más pujantes y prósperos de Medellín, la tierra de Pablo Escobar. En una de sus calles principales había una fila de restaurantes y bares. "La Berraquera", de propiedad de Martin Valencia que vivió también en East Boston, estaba allí atendido por bellas muchachitas "paisas". Con Nicolás estuvimos muchas veces en ese lugar compartiendo, disfrutando del aguardientico acompañado de mango verde y limón picados. Era algo diferente.

A Nicolás le gustaba hablar de su vida, de su pasado, de su futuro. "No puedo decir que me fue mal en los Estados Unidos, era muy joven, trabajaba de día y bebía por las noches, pero nunca me olvidé de mi familia, siempre les enviaba dinero".

En el periódico El Mundo del que fui editor publiqué su historia luego de conversar largo y tendido con él en "La Berraquera".

Nicolás tenía 20 años de edad cuando se le metió en la cabeza salir de su pueblo en Colombia para buscar el "sueño americano", trató de cruzar cinco veces la frontera hasta que lo consiguió. Vivió casi siete años en East Boston trabajando sin descanso, pero al cabo de ese tiempo lo deportaron dejando un hijo al que casi no conoce. Frustrado y sin un peso en el bolsillo se hundió en su pueblo en la desesperación y el alcohol.

Bello tiene una población de más de 500 mil habitantes y es el segundo municipio en Antioquia después de Medellín.

"Nunca pensé ni en sueños --después de pasar por esa gran adversidad en los Estados Unidos-- ser todo un personaje pese a mi educación precaria y humilde como la que yo tuve, mi madre una lavandera y mi padre un alcohólico, todavía no lo creo y le doy gracias a Dios", me dice. "Cuando me deportaron me sentía desahuciado, sin ninguna esperanza, había dejado mi corazón, mi hijo en East Boston", me contaba Nico como lo llama su familia. Sus padres, sus hermanos y su amiga Claudia con la que se casaría años después lo esperaron en el aeropuerto. "Regresé tal como me fui, sin un peso en los bolsillos. Con la misma ropa con la que estuve seis días en un centro de detención antes de mi salida forzada de los Estados Unidos".

Alzate relata que la deportación lo sumió en el alcohol. "La vida mía no valía un comino, estaba destrozado".

Había llegado a los Estados Unidos a finales del año 86 con muchas ilusiones, muchas esperanzas. "Viví días de gloria, de felicidad, pero también de amargura", me cuenta.

En Colombia no le dieron visa y le tocó irse por "el hueco". Lo intentó siete veces hasta que logró ingresar por la frontera con México. Su novia de la infancia había viajado con visa y se iban a encontrar en East Boston. Su hermano los ayudó.

"Me pusieron a administrar un restaurante donde tuve experiencias maravillosas que se volvieron una pesadilla cuando tuve problemas sentimentales con mi novia con la que había tenido un hijo".

"Al principio fue una vida llena de experiencias, una vida nueva. A veces aburrida, monótona, pero estaba contento".

Alzate divide su vida en East Boston en dos partes. "La mitad del tiempo fue de maravilla, la otra mitad una pesadilla".

"De la noche a la mañana me deportaron. ¿No sé por qué ocurrió? Yo estaba en mi apartamento y a las 6:00 de la mañana llegaron diez hombres armados con fusiles y revólveres y me llevaron como si fuera un delincuente. Me tuvieron en un centro de detención y me dijeron que si quería quedarme que busque un abogado porque no tenía antecedentes".

Pero Alzate ya había decidido durante sus días de encierro regresar a su país de origen, a su "gran Colombia".

Aparentemente "me tendieron un trampa y me deportaron" para alejarlo de la mujer y de su hijo.

Alzate regresó a su pueblo de Bello decepcionado de la vida. "Un año seguido estuve tomado licor, no encontraba sociego", pero de un momento a otro su vida cambió. Con la ayuda de sus padres, de sus hermanos y de su nuevo amor Claudia comenzó a buscar nuevos horizontes para salir adelante.

Pero jamás pensó "ni en sueños" lograr meterse en la política, apoyar la candidatura de un amigo a la alcaldía de Bello y conseguir luego el nombramiento de director de la cárcel de San Quintín, una de las más peligrosas de Latinoamérica.

"Jamás me imaginé regresar a Colombia y tener la posición que hoy tengo, la verdad que es una bendición de Dios", me apuntaba.

En el municipio de Bello, Alzate es muy querido por la gente que lo busca para pedirle ayuda. "He logrado que mucha gente me quiera porque a nadie le niego mi apoyo".

Alzate logró llegar a la Concejalía por primera vez con la más alta votación y repitió el plato ocupando la presidencia y la vicepresidencia del Concejo Municipal. "La humildad es el secreto, eso es lo que siente mi corazón y esto que le sirva de ejemplo a mucha gente que está siendo deportada de los Estados Unidos. Venimos sin un peso y nos dedicamos al vicio del alcohol y las drogas por haberlo perdido todo. Yo le digo a esas personas que no desfallezcan, que le pidan a Dios, que sean humildes porque nunca es tarde para empezar".

El reelegido concejal de Bello recuerda sus inicios en la política en su país. "Yo no era un estudioso, ni profesional ni hacía grandes discursos. Lo mío era voluntad, la ayuda de Dios y mucha humildad".

"Si los deportan y van a sus países de origen nunca bajen la guardia ni se entreguen al vicio, Dios nos tiene una sorpresa, nunca pierdan la esperanzas, yo no la perdí, yo luché y aquí estoy".

Sus padres ven a Nicolás como un ídolo, su hermana Lucía López siempre ha sido su "pieza de apoyo".

Cuando estuvo de director de la cárcel de San Quintín ayudó mucho a los presos. "Se les cobraba por usar el teléfono, por las visitas. Yo logré que no se les cobrara un centavo y que se les tratara como seres humanos. En todas las cárceles hay corrupción, pero yo ayudé mucho en la rehabilitación de los presos".

Alzate cuenta que le habían encargado la dirección de esa cárcel por dos meses, pero se quedó cuatro años.

En la calle, la gente lo saluda, lo felicita, le invita un trago. "El termómetro de un político es la comunidad" me anotaba, mientras caminábamos por una calle de Bello.

Alzate cree que su paso por los Estados Unidos lo ayudó a madurar, a pensar mejor las cosas. "Regresaba a mi terruño del mejor país del mundo y eso me ayudó a ser uno de los mejores directores de las cárceles reconocido por el presidente Álvaro Uribe y por el gobernador en su momento".

Obligado por las circunstancias, Alzate me cuenta que se puso a estudiar, terminó su bachillerato y estudió administración de empresas. "Fui a estudiar obligado, pero no me arrepiento".

Alzate tiene ya una historia en la administración pública, fue subdirector del Área Metropolitana que maneja los municipios más importantes de Antioquia, fue asistente general del Congresista Oscar Baez en Bogotá y tuvo la oportunidad de ser suplente de un congresista. Luego aspiró a la concejalía de Bello, "un municipio tan difícil y donde, según me decía, se necesita mucho dinero para aspirar. Un puesto que lo sueñan empresarios, multimillonarios, pero yo llegué en primer lugar y ningún pobre lo cuenta".

Alzate recuerda que empeñó hasta lo que no tenía para lanzar su candidatura. "Tenía el apoyo de la gente, pero no tenía grandes recursos. Pese a ello gané las elecciones con la máxima votación".

Ahora tiene en sus manos un tercer mandato en el municipio, pero sus aspiraciones futuras son la asamblea departamental o una alcaldía, "no porque yo lo quiera sino porque la misma comunidad me lo pide".

En nuestra larga conversación, Alzate recuerda con humor su paso como director de la cárcel de San Quintín, una de las cárceles más peligrosas de Latinoamérica en su momento. "El primer día que llegué llevé un garrafón de agua bendita, pedí que se celebrara una misa y eché agua bendita a todos los rincones de la cárcel. Los presos se reían de mí, delincuentes condenados a 40 o 50 años, jefes de banda por narcotráfico, por homicidio, se reían de ese culicagado que llegó con agua bendita".

Pero, según me decían, dio resultados tan positivos, 'porque a los ocho días me estaban felicitando, desde el delincuente más liviano hasta el más pesado. Las llamadas costaban 5 y 10 mil pesos, yo dije que las llamadas tienen que ser gratis. Las visitas costaban, yo me opuse contra mi propio riesgo y mi integridad física, ni las llamadas ni las visitas debían costarle ni un peso a los presos y así fue".

De regreso a Boston sentía que la vida me había cambiado, había bebido del éxito, del triunfo de colombianos que vivieron en los Estados Unidos comiéndose la mierda en busca de ese anhelando "sueño americano" que nunca lo lograron hasta que salieron deportados sin soñar siquiera que el triunfo los esperaba en sus pueblos de origen.

Martín era otra "berraquera", había logrado hacerse ciudadano norteamericano para regresar a su Medellín y meterse de lleno al negocio, en Bello tenía un bar-restaurant. En su vehículo viajamos a Don Matías, un pueblo que vale oro

Hay quienes dicen que en East Boston viven unos 10,000 colombianos originarios de Don Matías, pero el alcalde que vivió en sus tiempos mozos en Chelsea dice que "no es tanto", pero no hay cifras exactas.

Don Matías es un pueblo asentado al norte de Antioquia, en Colombia, que le ha cambiado la historia, la estructura a los pueblos tradicionales de Latinoamérica. Porque cualquier visitante se queda sorprendido al ver por todos lados edificios de cinco y seis pisos, dejando virtualmente sepultadas las casas tradicionales de un solo nivel con sus techos de tejas. Todavía quedan algunas en pie, pero "el pueblo le ha ganado espacio al cielo". Por donde se le mire, Don Matías es un pueblo de los más pintorescos, tiene 18,200 habitantes en las áreas urbana y rural, pero muchos de ellos son inmigrantes.

"Vienen de diferentes pueblos a buscar mejores oportunidades de vida" me dice el alcalde John Jairo, quien emigró a los Estados Unidos en sus tiempos mozos, vivió en Chelsea, trabajó en diferentes oficios para ahorrar dinero y regresar a su país para terminar sus estudios y luego convertirse en el concejal más joven de Antioquia.

"Don Matías es un municipio parecido a los Estados Unidos, es un pueblo adonde migra mucha gente. East Boston recibe mucha gente de Don Matías y nosotros recibimos mucha gente de diferentes pueblos buscando mejorar su situación económica". La mayoría son personas que vienen de la región del norte de Antioquia, de Medellín y del área metropolitana, buscando trabajo en las fábricas de confección y en las diferentes empresas que tiene el municipio.

La razón es que Don Matías es uno de los pueblos que se ha despuntado económicamente gracias a las remesas familiares que le inyectan capital a las fábricas de confecciones y al campo. "Las fabricas siguen aumentando y hoy podemos constatar con documentos que hay 124 talleres de confecciones que generan 2,500 empleos directos y 800 empleos indirectos. Se confeccionan 25,000 blujines diarios", me decía Jairo.

A Don Matias también se le conoce como el primer porcicultor en Colombia, registrando más de 220 mil cerdos al año. La lechería es otro renglón importante. Producen 186,000 litros de leche al día.

Muchas de las fábricas de confecciones trabajan para terceros y exportan a Centroamérica, Estados Unidos, Canadá y Europa. "Una de las apuestas grandes que tenemos ahora en la administración es impulsar la creación de marcas propias en Don Matías para que el negocio y la rentabilidad se pueda quedar en nuestro municipio", me anotaba el alcalde.

Sin duda alguna la inversión de los matibeños residentes en East Boston a través de sus familias es de vital importancia. Las remesas son el renglón más importante de la economía de ese pueblo, por encima de las confecciones y de la lechería.

Su iglesia es punto aparte, es monumental, grandiosa y su interior está bañada en oro.

De los que vi en Colombia puedo decir que la deportación no les hizo mella y están corriendo con suerte, pero cuantos no se están comiendo las uñas en sus países de origen. En El Salvador la mayoría de los que han sido expulsados se han metido al narcotráfico, al crimen o a las pandillas que es el mayor flagelo que tienen países como El Salvador, el llamado "Pulgarcito de América", adonde viajé con mi amiga Cecy Gutiérrez en un vuelo inaugural de TACA, la línea aérea Centroamericana que se había expandido a naciones de América del Sur.

Con la guía de salvadoreños evitábamos entrar a zonas que ellos decían eran altamente peligrosas. Los diarios reportaban casi todos los días crímenes de los más espeluznantes. Las pandillas tenían el control de muchas zonas de la ciudad y extorsionaban a comerciantes y empresarios a cambio de sus vidas. No me metí a esas zonas, pero disfruté de muchos lugares en San Salvador y conocí también a salvadoreños exitosos que habían sido deportados de los Estados Unidos. La vida les había cambiado, pero eran muchos más los salvadoreños que querían regresar por "el hueco".

Ya de vuelta al barrio, en la redacción del periódico Pedro estaba con la moral por los suelos, ya había dejado su casa y lloraba por cualquier rincón. Julián, Mauro, Robert y Alfonso lo animaban. "Ya déjate de mierdas, vamos a tomar un trago", le decía Mauro. Pedro se sentía morir, sabía que no sólo había perdido su casa sino también a su mujer que --según decía-- "no sé qué bicho le ha picado, porque no le importa nada y ni siquiera me hace caso". Sus hijos tampoco le hacían caso.

Robert sabía que a Pedro le estaban poniendo los cuernos, su mujer lo engañaba con su sobrino que según su amiga ecuatoriana "la hacía temblar". La ecuatoriana le había contado con pelos y señales todo ese enredo amoroso. "Es una perra", espetaba. Pero no se atrevía a decirle nada a Pedro, sabía que podría reaccionar violentamente.

Julián también lo sabía y decía "el cabrón de la casa es el último en enterarse".

Pedro estaba viviendo en un pequeño apartamento en el mismo Jamaica Plain con su mujer, sus hijos y su mentado sobrino que había conseguido trabajo en una peluquería de Dorchester.

Mauro, Alfonso y Robert animan a Pedro para salir a tomarse unos tragos, el día estaba soleado y Robert los lleva a East Boston al Santarpio para disfrutar de una pizza con un combo de puerco al pincho y un vino italiano. "De allí nos vamos a Revere para tomar unas cervezas frente al mar", dice.

Cuando estaban en pleno disfrute aparece Betty, la mujer de Suecia, con un amigo, un moreno fornido que parecía atleta.

Betty lucía espectacular, estaba con un vestido rojo ceñido que resaltaba toda su figura. Alfonso se acerca y le habla al oído, Mauro sabía de sus enredos, sabía que después de aquella noche brutal con los "cuatro mosqueteros" se habían visto varias veces en la intimidad. Robert estaba embobado mirándole el trasero. No le sacaba los ojos de encima hasta que Betty lo despertó preguntando ¿dónde está Max? Robert atinó a decir "yo no sé".

En pleno restaurant la mujer de Suecia abrió su laptop y comenzó a escribir.

> Maximilianoooooooooo y Juaannaaa estoy con sus amigos en el Santarpio.

> ¿Qué les pasó? ¿El perro les comió la lengua?

> Ustedes que son tan hocicones con una geta de llanta y siempre tan animados a hablar de su organización, aparecen en todos los periódicos hablando cuanta mierda se les ocurre, como lo hicieron últimamente en la televisión, Univisión, Cuencavisión, Telemundo, Canal 4, no tienen nada que contestar. Estarían interesados en que yo sea la imagen de su organización, con el cuerpo y cara que me manejo, pero eso si me tienen

que pagar. Hacen unas 3 semanas estuve en el Mass General por razones de trabajo y la vi Juana, luce terrible, tiene una cara de embarazada y su barriga la delata, no dicen que su posición es muy importante, toda una Asistenta Social con una blusa de maternidad. ¿Qué está tapando? ¿Está embarazada o es su gordura? Alguien tiene que decirles lo que la gente piensa de ustedes y no se atreven. Por cierto iré al Jolgorio Puertorriqueño, allí van a ver lo que es calidad y elegancia, estoy segura que estaré en la portada de todos los diarios, mi belleza jamás pasa inadvertida. Hagan algo con sus cuerpos, bola de gordos.

Betty

Max y Julián que todavía estaban en la redacción leen este nuevo correo de la mujer de Suecia y se echan a reír.

¿Dónde carajo están? Julián llama por el celular a Alfonso, quien le cuenta que están en el mismo restaurant con la mujer de Suecia, lo primero que hizo fue preguntar por Max, tiene su nombre a flor de labios. Julián anima a Max para ir al Santarpio, pero luego desisten. Estaban preocupados por Pedro cuando ingresa una llamada de Daniel, su mamá había sido detenida por manejar sin licencia de conducir y puesta en manos de Inmigración.

Lucrecia de origen salvadoreño, llevaba casi diez años viviendo en Chelsea, había logrado traer a su hijo por la frontera pagando a un "coyote", pero ahora lo dejaba solo. La separación de familias ocurría casi a diario. El abogado Macías trató también de sacar de un centro de detención de inmigración al entonces presidente de la Asociación de Colombianos de Boston que terminó siendo deportado, dejando esposa y dos hijos a su suerte.

Con el gobierno del presidente Obama las detenciones y deportaciones se multiplicaron, más que en cualquier otro gobierno y, según MIRA, una de las organizaciones pro-inmigrantes de Boston, cada día crece el número de inmigrantes recluidos en diferentes centros de detención de Inmigración sin vistas ni fianzas. Si en 1996 el número de detenidos llegaba a 10,000, en el 2008 esa cifra se triplicó superando los 30,000 y en los últimos tres años los números han aumentado dramáticamente llegando a los 400,000.

La mayoría de los detenidos tienen dificultades enormes para conseguir un abogado o ayuda con la que conducirse por el complejo proceso legal. Hay personas que se desesperan tanto que acceden a ser expulsadas aunque sus circunstancias no lo justifiquen.

Entre los detenidos hay personas con residencia legal permanente en el país, inmigrantes indocumentados, solicitantes de asilo y supervivientes de tortura y de trata de seres humanos. Para algunos de ellos, un funcionario de inmigración es la instancia final —y la única— que decide sobre su detención. En el caso de otros, la detención ni siquiera se revisa. Las organizaciones de derechos humanos han subrayado la necesidad de que un órgano judicial revise cada caso para determinar si la detención es necesaria. En el sistema actual, plagado de errores y sin un mecanismo de supervisión significativo, la detención en sí misma puede, en la práctica, sellar el destino de un inmigrante.

"Estados Unidos debe sentir indignación por la magnitud de los abusos contra los derechos humanos que tienen lugar dentro de sus propias fronteras", decía Larry Cox, director ejecutivo de Amnistía Internacional en Estados Unidos. "Las autoridades están encerrando sin el proceso debido a miles de seres humanos y recluyéndolos en un sistema por el que resulta imposible circular sin el equivalente jurídico a un GPS".

"Estados Unidos ha sido desde hace mucho tiempo un país de inmigrantes, y los derechos humanos de estos inmigrantes —ya lleven aquí cinco años o cinco generaciones— deben respetarse. El gobierno estadounidense debe garantizar que toda persona detenida por motivos de inmigración tiene acceso a una vista en la que se determine si esa detención es necesaria".

Max revisaba el informe de Amnistía Internacional y leía lo que decía Sarnata Reynolds, directora de política sobre derechos de las personas refugiadas y migrantes de esa organización. "Entre los miles de detenidos hay personas que podrían perfectamente tener la ciudadanía estadounidense, pero llegan a tal punto de desesperación que aceptan ser expulsadas a países que ni siquiera conocen, es evidente que en el sistema de detención por motivos de inmigración de Estados Unidos hay un fallo de inquietantes proporciones. Se ha demostrado una y otra vez que las condiciones de los centros de detención violan tanto las normas del ICE como el derecho internacional, pero no existe prácticamente ninguna rendición de cuentas por estas violaciones. El Servicio de Inmigración y Control de Aduanas debe rendir cuentas y debe promulgar normas de derechos humanos de obligado cumplimiento para eliminar las condiciones inadecuadas y peligrosas de reclusión".

"Todo esto es una pendejada", me decía Julián. "Son muchos los inmigrantes que viven 20, 30 o más años aquí sin arreglar papeles, nunca se preocuparon, solo les importó hacer dinero y ayudar a sus familias en sus países de origen. El caso de Daniel es un claro ejemplo, vivió en Revere más de 20 años y murió indocumentado".

Una llamada 9-11 que ingresa a mi celular lo interrumpe. Maggie Rodríguez apenas podía hilvanar una palabra. Estaba llorando y me alcanza a decir que había salido a comprar cigarrillos a una estación de gasolina y cuando regresó a su apartamento ya no encontró a sus dos pequeños hijos. Trabajadores sociales del Departamento de Servicio Social se los habían llevado.

Maggie y su amigo salieron de su apartamento en Dorchester dejando a sus hijos aparentemente durmiendo. La policía encontró a uno de los niños cerca de la calle Richfield y al otro en su cama.

Maggie no sabía qué hacer, pero sabía que había incurrido en un tremendo error y que podría perder a sus hijos. El Departamento de Servicio Social ya la estaba investigando. "Esta es una mala conducta de muchas madres latinas de dejar a sus pequeños hijos solos en su apartamento o en el carro", me decía una de las trabajadoras.

Maggie era una joven madre soltera, tenía 25 años y esa noche había estado con sus hijos en una fiesta en la casa de una vecina. Allí se encontró con un amigo que también estaba con sus dos hijos. Ambos decidieron pasar la noche en su apartamento. Los cuatro niños dormían y a eso de las 2.30 de la madrugada decidieron salir a comprar cigarrillos.

La madre pidió perdón a las autoridades por dejar solos a sus hijos de 2 y 6 años de edad, pero no les devolvieron de inmediato a sus dos niños.

Oficiales del Departamento de Niños y Familia le dijeron a la madre que tenía que estar consciente de su responsabilidad y que los niños podrían ir a una casa de crianza. Maggie pasó días de angustia. Las autoridades tuvieron que comprobar que los niños estaban bien alimentados y en buenas condiciones de salud para devolverlos a su casa.

Lo de Maggie no era nada nuevo, las autoridades reportaban casi a diario a madres latinas por dejar a sus hijos menores de edad solos en casa, en el parque o en el carro, pero lo que le ocurrió a Luis Matos, conocido activista dominicano, era como para no creerlo. Matos trabajaba haciendo transporte escolar a varios "Day Care" o guarderías infantiles y una mañana dejó olvidado en el vehículo a un bebé de apenas 17 meses de nacido.

Matos estacionó el vehículo frente a la guardería que funcionaba en su casa en Dorchester, se fue a descansar y cuando regresó al vehículo después de seis horas se dio contra la pared. El bebé estaba muerto asfixiado por sofocación.

Con Luis Matos conversé varias veces, estuvo detenido bajo cargos de negligencia, pero salió en libertad. Matos corrió con suerte, porque muchas personas de la comunidad no entendían como pudo haber olvidado al bebé cuando lo llevaba a la guardería que era de propiedad de él y de su conviviente Gloria Feliz.

"Ni el mismo Matos lo entiende", me decía Juan Valerio, su amigo entrañable y con quien crearon la Fundación del Arte y la Cultura de República Dominicana en Boston.

La muerte del bebé planteó varias interrogantes y la pregunta del millón era ¿Quién es culpable? ¿El conductor del vehículo que no se percató de la presencia del bebé? ¿La madre por dejar a su bebé viajar sin su supervisión? ¿La encargada de la guardería por no tomar acción de inmediato? ¿El sistema debido a que las regulaciones estatales no son lo suficientemente estrictas?

El día de la tragedia Matos se levantó muy temprano, como de costumbre, y desayunó con su compañera con la que pensaba casarse. Su vida era su trabajo, la iglesia y su organización a través de la cual servía a su comunidad. Era un hombre entrado en años apasionado por su trabajo, responsable 100 por ciento.

Pero ¿qué le pasó ese día? ¿Cómo pudo olvidar al bebé?

Matos, según su confesión, no se dio cuenta que el bebé estaba a bordo de la camioneta que dejó estacionada al final de su ruta en Floyd Street con Blue Hill Avenue, en Dorchester.

Después de seis horas regresó a la vand y se dio cuenta de su error, pero Joshe Gabriel-Pierre Cazir ya estaba muerto asfixiado por sofocación.

El bebé se quedó solo durante horas con una temperatura exterior llegando a los 82 grados, mientras que en el interior el termómetro podría haber oscilado entre los 120 grados, según los meteorólogos.

Su amigo de toda la vida, Juan Valerio, me decía: "Luis casi se vuelve loco cuando se dio cuenta de su error y estrelló muchas veces su cabeza contra la camioneta" hasta que lo llevaron al hospital de Massachusetts preso de una crisis nerviosa. Allí estuvo internado varias semanas sin querer hablar con nadie.

Su abogado Timothy Bradl sólo emitió un comunicado en el que decía: "El señor Matos desea expresar su profunda tristeza y profundas disculpas a la familia del niño", mientras la tragedia seguía dando lugar a una serie de investigaciones sobre la muerte del niño. ¿Negligencia? ¿Error involuntario?

Julián me decía cómo se explica haber olvidado el bebé cuando las regulaciones estatales exigen a los conductores de un vehículo escolar seguir de cerca el número de niños que suben al vehículo, incluso hay una directiva del Registro de Motores que exige a los choferes caminar a lo largo de todo el vehículo. Nadie se lo explica.

Luis Matos salió libre, corrió con suerte, no tuvo cargos criminales y en La Centre Street de Jamaica Plain lo vi varias veces participando en reuniones de su Iglesia Metodista y de su organización, pero nunca más quiso hablar del tema. Su abogado se lo había prohibido.

Cuando Julián me decía ¿cómo salió en libertad? si hay un responsable de la muerte del bebé ingresa una llamada urgente por el celular. Era César Villalobos, agentes de inmigración estaban sobre su cabeza.

¿Pero qué pasó si estaba arreglando sus problemas legales?

Alfonso y Mauro salieron volando con dirección a su casa en Revere. Cuando salió de la cárcel, César decidió mudarse de su apartamento de Cambridge porque en varios lugares públicos habían pegado afiches con su foto con el membrete de ofensor sexual.

Cuando Alfonso y Mauro llegaron a la casa, su hermana María estaba temblando. Agentes de inmigración casi derriban la puerta. "Querían detener a mi hermano", dice. Eran las 5:00 de la madrugada y la oscuridad le permitió a César huir por la puerta posterior que daba a unos matorrales.

César se escabulló entre la maleza y me llamó otra vez. "He corrido como un loco y estoy llegando a la Chelsea Street, cerca del Rincón Limeño, me puedes venir a buscar para conversar, quiero que me recomiendes un abogado". Salí de inmediato y encontré a César abatido, destrozado.

"Perdí la apelación y ahora Inmigración me está buscando para deportarme", me dice.

Con César conversé largo rato y lo que rescataba de todo lo que me hablaba de manera atropellada era que no quería volver a prisión. "Yo ya pagué un delito que no cometí, porque ahora Inmigración quiere ensañarse conmigo, me fueron a buscar a casa como si fuera un criminal, con sus armas asustaron a todo el mundo", me cuenta.

Luego de tomar un ligero desayuno, ir a su casa en busca de todos los documentos de su caso y hacer un poco de tiempo para salir porque varios agentes seguían en el área regresé hasta donde había dejado a César para llevarlo al abogado Jeff Ross, uno de los mejores abogados de inmigración en Boston, a quien ya había llamado para alertarlo del caso. El abogado me confió. Su situación "no tiene vuelta de hoja", pero "vamos a ver que hacemos".

En pleno centro de Boston, en el lujoso Park Plaza, agentes de seguridad nos piden documentos para ingresar a las oficinas del abogado. Yo le muestro mi Licence Driver (licencia de conducir) y me apresuro en decir 'el señor no tiene documentos, lo estoy llevado al abogado Jeff Ross'. Su nombre ya estaba circulando y los de seguridad del edificio tenían conexión con la policía.

Ya en las oficinas de Ross, César le explica todo y le muestra los documentos tanto los de su anterior abogado como los de la corte. Jeff los revisa con cuidado y le dice "lo único que nos queda es negociar con ICE tu salida del país. No tienes otra alternativa, ya has perdido la apelación".

César se había comido casi tres años de cárcel por un delito que, según me confiaba, no había cometido. "Fue una trampa la que me hicieron" y atribuía toda su desgracia a su primera mujer quien se enredó con un oficial de la policía de Cambridge que lo amenazó de hacer hasta lo imposible para sacarlo del país.

Durante varios días César vivió escondido, a salto de mata, llorando su mala suerte hasta que decidió abandonar los Estados Unidos por la frontera. Su condición de residente legal lo mató y, según me decía, no se hizo ciudadano norteamericano porque la denuncia que tuvo de violencia doméstica, es decir de intentar agredir a su mujer, se lo impidió.

César regresó al país que lo vio nacer para retomar su carrera en los escenarios.

Pedro lloraba por lo que le había pasado a César, estaba muy sensible y desde que perdió su casa se había refugiado en el alcohol.

"Mi esposa me engaña", le había confesado a Mauro, quien no supo que decirle.

Otra llamada interrumpe la conversación, la telefonista está buscando a Max, dice que en su extensión no contesta y es urgente, es una mujer que está desesperada.

Mauro grita por todos lados y Max sale del baño.

¿Qué pasa?

Hay una mujer que quiere conversar contigo, está en tu extensión.

Max contesta y para su sorpresa era la mujer de Suecia.

"No quiero que me enganches el teléfono, quiero que me escuches, necesito tu ayuda", le dice a manera de súplica.

Max estaba sorprendido.

"Estoy metida en un tremendo lío, anoche me fui a un motel de Chelsea a disfrutar una noche de placer, estaba con el mismo moreno que me vieron tus amigos en el Santarpio, pasé una noche divina, pero no sé por qué carajo la policía detuvo el vehículo en el que salíamos del motel y para sorpresa mía encontraron en el maletero un kilo de cocaína. Yo no sabía nada, pero igual me han puesto cargos y tengo que presentarme a la Corte de Chelsea, quiero que tu amiga me ayude, por favor háblale".

No sabía que responderle, pero le hablé a Beatriz como a una amiga, sin dobleces. 'Te soy sincero, no creo que mi amiga te quiera ayudar, ella es muy apegada a la ley y lo que haría sería refundirte más en la cárcel, odia a los traficantes de droga'.

Beatriz no supo que decirme, se quedó callada y después de un largo silencio pidió que la ayude a buscar un buen abogado.

Le di nombres y teléfonos de tres de los mejores abogados de Massachusetts, pero le aconsejé 'es mejor que empaques maletas y te regreses a Suecia porque el día que te vayas a presentar a La Corte te van a quitar el pasaporte y no vas a poder viajar'.

La mujer de Suecia buscó a uno de los abogados que le recomendé y de allí salió desilusionada. "Me cobró 500 dólares la consulta para decirme lo mismo que tú me habías dicho", me dijo en otra llamada. Beatriz estaba desesperada, no quería salir huyendo del país y abandonar su trabajo.

Julián, Mauro, Alfonso y Robert estaban en la redacción cuando llamó Beatriz.

¿Qué pasó? ¿Qué quería? Le hablaste como si fuera tu amiga de toda la vida, le dijo Robert.

La mujer está desesperada, me lloró para que la ayude, la agarraron con un kilo de cocaína en el carro en el que viajaba, el moreno con el que ustedes la vieron en el Santarpio era traficante de drogas.

Alfonso se dejó caer, estaba impactado, sabía que a la mujer de Suecia le gustaba su coca, pero terminar embarrada con cargos de tráfico de estupefacientes ya era otra cosa.

"Así tenía que terminar, es una mujer sin escrupulosos, sin moral".

Robert interrumpe a Julián diciendo "pero bonita la condenada, tiene unos pechos y un trasero que cualquiera cae rendido".

-"Y como le gusta que le den por atrás, si vieran como goza la condenada", exclama Alfonso rompiendo su silencio, todos sabían que su relación con Betty había ido más allá de aquella noche de sexo grupal.

Alfonso sentía que la mujer de Suecia la había embrujado con sus encantos no obstante saber que su sonrisa y su manera de actuar eran lo único natural que tenía. Betty era una mujer fabricada. Ella misma se lo decía, le habían arreglado la nariz, la cara, le habían aumentado los pechos, las nalgas y arreglado las piernas, todo su cuerpo había pasado por el bisturí.

Julián le abre los ojos y le espeta ¡y qué carajo te estás comiendo! un maniquí.

Max los interrumpe diciendo 'ya a joder a otra parte con esa mielda', palabreja que por lo general usaba para despreciar algo o llamar la atención.

Por ahí aparece el colombiano y saca a todos del cuadro de la tal Beatriz.

La marmota dice que ya nos quedan pocos días de invierno. Ya salió de su escondite y según dicen es una vieja tradición que siguen los meteorólogos, pero dejemos a la marmota este chiste es buenísimo, lo escuché anoche y tiene que ver con la crisis económica.

Dicen que una persona llama al Banco Central de Reserva para hacer una operación de dinero y le sale la máquina diciendo:

Para español apriete el Uno

Para inglés apriete el Dos

Para depósitos apriete el Tres

Para retiros apriete el culo porque no hay dinero.

El colombiano traía cada chiste a la redacción y se reía a mandíbula batiente que contagiaba a todos. Su vida de mierda la convertía en gloria con sus cuentos, había perdido el trabajo de medio tiempo. Los dueños del restaurant le dijeron que los números de su social security habían rebotado con el programa "E-verify" que permitía a las empresas chequear la documentación de sus trabajadores, especialmente su número de social. Sólo el gobierno federal aplicaba este programa para evitar la infiltración de ilegales, pero en Massachusetts Beacon Hill estaba queriéndola aprobar.

Es una de las enmiendas más anti-inmigrantes que se aplica en otros estados, pero el temor, el descontento estaba en las calles de Boston o de cualquier ciudad de Massachusetts.

"Hay una ola anti-inmigrante que nos está afectando como comunidad, ya tenemos sobre nuestra cabeza el programa "Comunidades Seguras" que entró en vigor el 15 de mayo del 2012 y ahora estas enmiendas que están generando temor en la comunidad", me decía Sergio Reyes de la Coalición Primero de Mayo.

Otra de las activistas, Patricia Montes, directora ejecutiva de Centro Presente, me había expresado también sus temores. "Definitivamente van a continuar criminalizando a las personas indocumentadas y también documentadas porque basado en qué puede la policía definir si una persona está o no en el país con un estatus legal, únicamente va a ser como luce su perfil racial, así es que basado en esto estaremos viendo más deportaciones".

En el 2012 ya era normal, rutinario en Massachusetts que un oficial pueda chequear el récord de una persona a través de las huellas para saber si ha cometido un crimen o para saber su estatus migratorio. "De esto último se trata porque Obama terminó su primer gobierno rompiendo su propio récord de deportaciones". "¿Y quién lo diría? El negrito salvador, el llamado Mesías de los Inmigrantes terminaba hundiéndolos, desgraciándoles la vida", decía Mauro.

Pero la vida no sólo le cambió a una comunidad inmigrante indocumentada por la política de inmigración que mandó de regreso a sus países de origen a cientos de miles de inmigrantes sino que por la crisis económica el estilo de vida de jóvenes de todas las razas, incluyendo a los anglosajones, se vio duramente afectada.

Antes los muchachos soñaban, anhelaban cumplir los 18 años para irse de sus casas, lograr la emancipación. "Ahora hay que botarlos y eso es lo duro, porque primero salgo yo antes que su mamá permita que saque a sus hijos de la casa. Mis hijos ya tienen 26 y 24 años y los muy condenados no se van", se quejaba Mauro.

Julián vivió otra historia, su hijo se fue de su casa el mismo día que cumplió los 18 años. Eran otros tiempos, la década de los 90. "Mi hijo le dijo a su madre que se iba de la casa y se fue a vivir con unos amigos hasta que se casó y se fue a vivir con su esposa". Su hijo logró el "sueño americano" porque se hizo profesional y compró su casa en las afueras de Boston.

Lo de Mauro era una historia que se repetía en muchos hogares, no solamente latinos. Ricardo contaba que sus dos hijos se habían ido de su casa a los 18 años, pero al cabo de un tiempo retornaron con mujer e hijos. No podían pagar el apartamento y decidieron con su mamá acomodarse en el sótano y en el ático que lo habían acondicionado para que les sirva de apoyo para su vejez porque tenían previsto rentarlos.

Ricardo y su esposa se convirtieron en niñeros de sus hijos porque "los muy hijos de su madre" salían con sus esposas a divertirse en discotecas o en fiestas sociales.

El patrón americano de la "independencia", de mudarse de sus casas, alquilar un apartamento y ser libres como el viento ya se había perdido. La recesión económica y los problemas financieros en todas las esferas sociales se había hecho sentir y al igual que en muchos países de América Latina cada vez son más los jóvenes de hoy que prefieren seguir viviendo con sus padres.

En sus clases en el Boston College, Olga abordaba este tema con estadísticas que habían salido a la luz pública. El 56 por ciento de hombres y el 43 por ciento de mujeres mayores de 18 años continúan viviendo en sus casas y, según el estudio, "no se sabe por cuánto tiempo más". Las razones eran variadas, pero lo económico tenía mucho que ver.

Si antes los jóvenes vivían con una ansiedad de independencia al cumplir los 18 años, hoy es todo diferente. Los que adquieren la mayoría de edad se resisten a salir de sus casas para buscar la tan "anhelada emancipación".

El estudio atribuye también los cambios a la "vida fácil" que encuentran los jóvenes de hoy al seguir viviendo con sus padres, pero señala como principal factor la crisis económica por la que está atravesando el país. El desempleo sigue creciendo y el estudio señala que culminar estudios superiores en universidades ya sea de bachillerato o maestría ya no es una garantía para encontrar trabajos, además los sueldos son muy bajos. Por lo tanto, los gastos que tendría que asumir un joven emancipado serían mayores que los ingresos.

De allí que muchos jóvenes mayores de 23, 24 y 25 años, con estudios superiores culminados, deciden regresar a "casa de papá" y algunos con "paquete y todo", es decir con mujer e hijo. "Y los jóvenes divorciados ni que decir, con el pago de manutención o "child support" ya no les queda nada para pagar la renta y regresan al dulce hogar que los vio nacer y crecer", decía Olga.

Antes los "viejos" vendían sus propiedades y se iban a pasar el resto de sus días a La Florida para disfrutar de su jubilación, hoy en día todo eso ha cambiado. Ya no venden nada, los hijos se apoderan de sus viviendas y son invitados permanentes con exoneraciones del pago de la renta, luz, calefacción, cable, gas, teléfono, agua, impuestos a la propiedad, etc. etc.

"Eso le pasa a muchos viejos como yo", me decía Ricardo que tiene a sus dos hijos otra vez viviendo en su casa y no aportan un carajo y encima quieren que la madre los atienda, les cocine y les lave la ropa.

¿Cómo han cambiado los tiempos, pelona?, me observaba Julián. Esa conducta era muy propia de nuestros países que con muy raras excepciones los hijos abandonaban sus casas cuando se casaban. Hoy en día los jóvenes estadounidenses y muchos de ellos de origen latino, "nos están imitando, copiando nuestros patrones de vida".

El estudio señala que los padres invierten un promedio de $170,000 dólares por hijo durante los años que permanece a su lado hasta los 18 años, pero yo creo que esa cifra se queda corta.

Cuando analizaba con Julián este estudio ingresa a la carrera el colombiano. Su forma de caminar llamaba la atención porque agitaba sus dos manos como si fueran dos hélices de un motor de arranque, caminaba muy rapidito.

"Este chiste es buenísimo, es una berraquera, es cortico, pero bueno".

Dice que un doctor le dice a su colega.

-Hay que operar rápido a este paciente"

-*¿Qué tiene?*

-Muchos verdes

La muerte del bebé en el vehículo escolar que conducía Luis Matos había desatado la furia contra los "Day Care". La redacción recibió muchas llamadas de gente quejándose por las malas condiciones en que operan. La guardería de "Gloria's Day Care" de propiedad de la conviviente de Matos había sido cerrada con tablas por una serie de violaciones, incluyendo el detector de monóxidos de carbono, obstrucción de salida y el permiso para cambiar la ocupación del edificio a una casa de tres familias con una guardería infantil en el sótano.

Alfonso estaba siguiendo el caso y le parecía lógico las nuevas medidas que se estaban dando para reforzar los procedimientos que regían en Massachusetts para el cuidado de los niños en su transportación en buses o autobuses. Los conductores están obligados a "registrar asistencia", decía una de las normas, pero el Departamento de Educación Temprana y Atención de los Niños señalaba que "no hay un mecanismo claro para vigilar y hacer cumplir esta disposición" y estaba en lo cierto.

Alfonso y Julián no llegaban a ponerse de acuerdo y hablaban de Luis Matos cuando Max los interrumpe para contar el caso de Lucía, una madre de dos hijas que rompió su matrimonio después de casi 20 años para casarse con un puertorriqueño y darle a su hija la oportunidad de estudiar una carrera en la universidad.

Julián conocía a Lucía y le tiraba mierda con ventilador. "Yo no la entiendo, como puede desgraciar su matrimonio y dejar a nuestro buen amigo Mario en la calle de la amargura, es una mujer sin sentimiento, Mario debe estar sufriendo".

Max no lo veía así, Lucía le había contado que decidió separarse de Mario y sacarlo de la casa porque en casi 20 años de matrimonio no había hecho nada por regularizar su estatus migratorio. Vivieron todo ese tiempo en la ilegalidad y su hija mayor se había ido de la casa para casarse y buscar los papeles. Su menor hija estaba por terminar el High School y quería ir a la universidad y sin los papeles no lo podía hacer.

"Es una mujer que desgració su matrimonio, pero buscando la felicidad de su hija, eso hay que valorarlo", espeta Robert.

Julián los manda al carajo y les grita alcahuetes. "Cómo se explica que una mujer que saca a Mario del Seminario, lo hace colgar los hábitos para casarse para toda la vida termine de esa manera, esa mujer estaba buscando otro bicho, no hay otra explicación".

Lucía logró sus sueños de hacerse residente legal, pero al cabo de tres años de matrimonio se divorció luego de hacerse ciudadana norteamericana. Alfonso le seguía los pasos y decía ya se casó ahora con un brasileño que la hace bailar samba en la cama. ¿Cuántos maridos más *tuvo*? Ya eso que puede importar.

La desesperación lleva a muchas familias a separarse, a romper valores y a mandar al diablo matrimonios de años. Las organizaciones comunitarias culpan al gobierno de la separación de familias de inmigrantes indocumentados por las deportaciones, pero lo cierto es que muchas personas se ven obligadas por las circunstancias a dejar a esposos o esposas para buscar el ansiado "gren card". El caso de Lucía es uno de los tantos que ocurren a diario en distintas partes de los Estados Unidos.

Mauro cuenta otra historia, ¿se acuerdan de Lucrecia?

Agentes de inmigración llegaron a su apartamento de Revere para investigar su vida marital. Lucrecia se había casado con un puertorriqueño para "hacer papeles", pero había incurrido en una serie de errores en sus trámites para lograr la residencia que la tenían en la mira. Lucrecia le contó a Mauro que para no perder una serie de beneficios que recibía por estar desempleado Roberto había hecho sus "taxes" (impuesto) por separado y dado direcciones diferentes.

¿Qué estúpidos? ¿Cómo pueden incurrir en errores tan elementales?, se preguntaba Julián.

Los agentes de inmigración llegaron al apartamento, y preguntaron por el esposo y se metieron a investigar hasta lo más mínimo, preguntando por su ropa interior y la de su marido, sus zapatos, su ropa, su cepillo de dientes.

Lucrecia llamó desesperada a Roberto para que regrese a casa cuanto antes, le había dicho a los agentes que había salido a pasear en su bicicleta. Roberto al fin contestó a la quinta llamada y de inmediato regresó a la casa.

Los agentes lo llevaron a un costado y le dijeron que "si quería seguir con esto". Roberto les dijo que su matrimonio había sido por amor y que Lucrecia lo cuidaba porque desde la muerte de su madre estaba con los nervios destrozados. Luego le hicieron las mismas preguntas de sus calzoncillos, medias y de su cepillo de dientes.

Ambos ya estaban alertados de lo que podía pasar luego de que el Servicio de Inmigración le negó la residencia porque no pudieron probar que vivían juntos.

Cuando Mauro contaba la historia de Lucrecia, la telefonista llama por el interlocutor a Max y le dice tiene una llamada urgente.

Max responde y era la mujer de Suecia.

-Por favor, déjame hablar Max, te lo suplico, no me enganches el teléfono.

Su voz estaba apagada, no tenía el brío de otras veces.

-Me siento morir, tenías razón, le pagué 500 dólares al abogado por gusto porque me dijo lo mismo que tu me dijiste, quiero que me ayudes con tu amiga. A lo mejor con ella arreglo todo y no tengo que presentarme a la corte.

Max fue tajante, yo no te puedo ayudar y mi amiga no creo que quiera hacerlo.

Beatriz me colgó el teléfono sin siquiera darle alguna otra explicación.

Cuando estaba hablando con Julián de la mujer de Suecia entra otra llamada de nuestra amiga de la Corte molesta, arrebatada y reclamándome porque la había enviado a Beatriz a su oficina.

Max trató por todos los medios de convencerla, de decirle que no lo había hecho, pero no lo escuchó y enganchó el teléfono.

Beatriz había ingresado a la Corte preguntando por Darly, había despertado más que una mirada y el jefe de oficiales de probatoria se fue en halagos, en atenciones. Le dice que la oficial es su amiga y la hace pasar a su oficina cuando ella estaba en un juicio en una de las salas. Ya le habían avisado por el interlocutor y estaba que trinaba.

Darly se vio obligada a atenderla. ¿En qué *la puedo servir?*, le espetó.

*Quiero que me ayudes, estoy pasando por una situación terrible. En el auto en el que viajaba, la policía encontró un kilo de cocaína y estoy con cargos en la corte.

*Yo no creo que pueda hacer nada por usted, pero déjeme chequear con la policía.

El oficial que estaba a cargo del caso le responde y le dice que esa mujer está metida en un gran lío, no solo es consumidora sino distribuidora.

Darly le dice lo que le ha dicho la policía mientras saca su expediente y le pregunta por qué le dio otro nombre a la policía.

Beatriz se puso nerviosa, no sabía qué decir. Luego le lloró, le suplicó que la ayudara y le confió que le había dado a la policía el nombre de su pasaporte peruano.

Darly le pide los dos pasaportes y al revisarlos se queda muda, sorprendida, de una sola pieza.

La tal Beatriz, la mujer de los encantos, la mujer que tenía a los hombres bajo sus pies, era nada menos que Pedro, Pedro Nicolás. En Suecia se había cambiado de nombre y de sexo y la habían convertido con la magia de la cirugía en una real hembra, en una tremenda hembra por la que Alfonso había perdido la cabeza. ¿Y cuántos hombres más? El mismo personaje que la trajo de Suecia estaba encandilado con ella.

Darly sin salir de su asombro le dice, es mejor que se vaya por donde ha venido y siga los consejos de Max, tome el primer avión de regreso a Suecia porque si decide presentarse a la Corte es probable que quede detenida y su pasaporte retenido y no va a poder viajar. Váyase de una vez, no pierda tiempo.

Beatriz llora, no quiere irse de Estados Unidos, pero no le queda de otra. Si se queda, la cárcel la espera.

De regreso a su apartamento Betty llama a Max, le cuenta lo sucedido, maldice a su amiga por no querer ayudarla y le habla de su gatita Diva.

"Voy a tratar de no perder el tiempo y salir cuanto antes para Suecia, no le voy a decir nada a la Universidad, solo voy a desaparecer, pero quiero regalarte mi gatita. Antes de salir voy a pasar por el periódico para dejártela".

Max le pide que se lo regale a cualquier otra persona. Yo no la quiero.

Beatriz le insiste, ya verás que la diva te va a brindar placeres sexuales diabólicos.

Max ya no la quiere escuchar, su fugaz estancia en Boston había sido una verdadera caja de sorpresas no sólo por su 'chateo' o correos electrónicos morbosos sino por su final escandaloso que lo dejó con un sabor invertido.

El Indio Benito se había quedado corto para describirme lo que podía pasar con esta mujer-hombre que me tuvo mucho tiempo atormentando. Me dio varias veces unos relajantes y me decía que la medicina natural es el futuro del mundo. "La vegetación del Perú está tocada por la varita mágica de Dios", me decía.

Son muchas las historias que marcan la vida de un inmigrante. La de Livio Arias, el cantante y activista local venezolano que no quería que lo deporten, había cruzado la frontera para alcanzar su más caro anhelo de vivir en el mejor país del mundo y vivió 20 años de su casi acabada existencia a salto de mata porque sobre su cabeza había una orden de deportación y agentes de inmigración lo estaban buscando.

"No quiero que me deporten", les decía a sus amigos y activistas que lo visitaban en el centro de detención de inmigración en Boston.

Jeff Ross, uno de los abogados más prestigiados de Boston, asumió su defensa, pero los costos eran muy elevados que sus amigos de diferentes países latinoamericanos le organizaban diferentes actividades para recaudarle dinero.

Livio no tenía un dólar en los bolsillos y su caso despertó la compasión de la gente porque era un hombre ya entrado en años. "Las camas allí son muy duras", me decía Tito Meza, presidente del Proyecto Hondureño 2000, que había estado tres meses recluido en ese centro de detención por un acto de desobediencia civil.

Livio Arias vivió como muchos inmigrantes que tienen que enviar dinero a sus países con muchas carencias económicas que lo llevaron a vivir miserablemente en un cuarto de un apartamento que le subarrendaba a una inmigrante también indocumentada.

¿Por qué Livio se resiste a que lo envíen de regreso a su país? ¿Por qué no firma su salida voluntaria y acaba su calvario en el centro de detención de inmigración? ¿Por qué carajo prefiere vivir en un mundo que no es el suyo en la pobreza más absoluta?

Su familia en Venezuela le pide que firme su salida voluntaria para que lo regresen a su país, pero Livio se niega, prefiere seguir en el centro de detención cavando su tumba. Los días, las semanas, los meses pasan viviendo su encierro y ayudando y consolando a otros inmigrantes que están, al igual que él, camino a la deportación.

Livio es un amigo del alma, es un hombre bonachón, simpático y canta con el corazón de su Venezuela que dejó para vivir más de 20 años en los Estados Unidos sin más papeles que los que llevaba todos los días al baño. Su encierro terminó casi al terminar el 2013 cuando salió deportado para su país.

La historia de Alan, un mexicano que vivía 15 años como indocumentado, no era muy diferente. Vivía en el sótano de un edificio de apartamentos. Una noche como muchas otras salía para ir a trabajar en su bicicleta, pero en la puerta lo esperaba un zorrillo que lo orinó por todos lados.

Alan se montó en su bicicleta y salió como alma que lo lleva el diablo hasta que llegó a su trabajo, una fábrica de botellas, oliendo a mierda. Sus compañeros de trabajo salieron despavoridos y el jefe de la planta tuvo que mandarlo de regreso a su casa para que se bañe y se cambie, pero ya había dejado en la fábrica una pestilencia de los diez mil diablos.

Mauro se cagaba de risa por lo que le pasó a Alan, hasta los zorrillos lo mean.

Pero muchas veces los inmigrantes tienen que vivir como topos en los sótanos de casas y edificios expuestos a todo, pero no hay de otra, trabajan mucho y ganan poco. Muchos de ellos tienen que enviar dinero a sus países y lo que les queda les permite cubrir apenas sus necesidades básicas que tienen que vivir hacinados, con gente que no conoce y en algunos casos exponiendo a sus pequeños hijos a ser victimizados por ofensores sexuales.

Las cortes distritales y federales están saturadas con ofensas sexuales a menores de edad y una de las razones tiene que ver con las condiciones infrahumanas en las que viven.

Los casos de violencia doméstica, violaciones de órdenes de restricción, conducir en estado de ebriedad y sin licencia son apenas unos de los tantos casos que a diario desfilan por las cortes distritales que, según me decía una oficial de la Corte de Chelsea, se ha convertido en una "pandemia".

La falta de educación es uno de los problemas que más aqueja a nuestra comunidad inmigrante, me lo machacaba Claudio Martínez, miembro del Comité Escolar de Boston, sobre todo si tomamos en cuenta que no solamente se trata de una barrera idiomática sino de la ignorancia de muchos inmigrantes que no han terminado ni siquiera la primaria y en algunos casos no saben leer ni escribir.

Lo veía a diario en mi largo trajinar periodístico, gente que no leía un periódico porque no sabía leer. Los hijos de los inmigrantes están cambiando un poco la historia, por lo menos ya saben leer, pero igual me decía Julián "muchos de ellos están camino a la ignorancia" por la gran deserción escolar.

Las historias no terminan y unas más que otras le tocan a uno el corazón. El caso de Evaristo, un inmigrante que vivió más de 40 años en los Estados Unidos, terminó sus días en la soledad. Con su primera esposa con la que tuvo dos hijos se separó tan pronto se hizo ciudadano norteamericano para traer a una novia de su país de origen con la que terminó casándose.

Pero a Evaristo le gustaba vivir en soltería y dejó a su segunda esposa para enredarse con otra muchacha de su barrio, tuvo cuatro matrimonios hasta que la muerte lo sorprendió solo, sin más perro que le ladre, en el segundo piso de su apartamento.

Evaristo confió en su última esposa y le dejó en vida una carta con sus últimos deseos. Los hijos y la primera esposa querían que velen sus restos en una funeraria antes de enterrarlo, pero la mujer se opuso y, según el deslenguado de mi amigo Andrés, dice que dijo "quemen esa mierda". Evaristo quedó sin velatorio y reducido su cuerpo a cenizas.

Muchos inmigrantes entierran su vida en los Estados Unidos, salen de sus países con muchos sueños y terminan enterrándolos muy lejos de su patria como el caso de Sandra, una mujer que vivía con su esposo y sus dos hijos en un pequeño apartamento en Whaltan y el cáncer fulminó su existencia.

En la Iglesia Divino Redentor de East Boston peruanos y latinoamericanos se unieron en un desayuno benéfico para ayudar a la familia de Sandra a darle el último adiós. La mujer de 52 años vivió una terrible agonía, los médicos del Mass General Hospital le dieron todas las atenciones hasta que le pidió a la familia que la lleve a un hospicio de Cambridge para que pase sus últimos días. La muerte de Sandra doblegó a su esposo y a sus dos hijos que vieron desaparecer en un horno el cuerpo de Sandra por la incineración que es la combustión completa de la materia orgánica hasta su conversión en cenizas.

Sus restos, sus cenizas se quedaron indocumentados en los Estados Unidos en medio de la pena y del dolor de su esposo y de sus dos hijos que estuvieron en todo momento a su lado hablándole de su inmenso amor.

La vida no es diferente para José Martínez, un inmigrante de origen uruguayo de casi 70 años de edad que fue detenido por inmigración y puesto en un centro de detención de inmigración a la espera de su deportación.

Su detención movió a toda la comunidad de Fitchburg que salió en su defensa logrando su libertad por vía de un asilo político y el pago de una fianza de 2,500 dólares que activistas y amigos reunieron vendiendo comida. Martínez corrió con mayor suerte, vive 15 años como indocumentado y fue arrestado por la policía por manejar una camioneta sin licencia de conducir. Ya lo habían detenido otras veces cuando en su trabajo diario salía a las calles a recoger metales y botellas para una fábrica de reciclaje.

Martínez vivió casi 4 meses de "infierno" en un centro de detención. "Yo no quería regresar a Uruguay, quería quedarme, pero no veía ninguna chance, la deportación me asaltaba, no me dejaba dormir", me decía.

Con el rostro ya castigado por los años, Martínez se quedó a vivir en los Estados Unidos, pero ¿por cuánto tiempo más?

La reforma migratoria de la que se habla tanto en el 2013 con el segundo gobierno del presidente Obama lo alcanzará o la "pelona" se lo llevará a vivir el sueño eterno como a Evaristo o Sandra. La tan anhelada reforma podría aliviar la situación legal de millones de inmigrantes, pero ¿qué hacemos con la pobreza y los sueños de cloaca de miles de indocumentados?

A muchos se los está llevando el diablo afectando su salud mental porque la depresión, por citarlo como ejemplo, es típico en muchos inmigrantes que buscan alivio en los brujos o santeros o en la Iglesia "Pare de sufrir" que con sus cuentos del "manto sagrado", del aceite o del agua de Israel les está quitando clientes a los supuestos curanderos.

Martínez no quiere regresar a su país de origen, pero son muchos otros que lo quieren hacer. El Perú, uno de los países de América Latina, ya dio el ejemplo en el 2013 al aprobar "La Ley de retorno" que le permitirá a los peruanos gozar de una serie de beneficios para empezar de nuevo en su patria. Es una manera de darles la mano para dejar atrás días, años de penurias.

Pero cuántas historias más tenía que escuchar o ver, ya no quería más cuentos porque todavía estaba pasmado, incrédulo y sin querer saber más de la mujer de Suecia ni de su gatita Diva que no sé con quién diablos se quedó y terminó su vida embarrada en sueños de cloaca.

Adiós América.

Final del formulario